致无尽岁月

池莉 著

江苏凤凰文艺出版社

图书在版编目(CIP)数据

致无尽岁月 / 池莉著. -- 南京：江苏凤凰文艺出版社, 2024.10
ISBN 978-7-5594-8619-6

Ⅰ.①致… Ⅱ.①池… Ⅲ.①中篇小说－小说集－中国－当代②短篇小说－小说集－中国－当代 Ⅳ.①Ｉ247.7

中国国家版本馆CIP数据核字(2024)第083994号

致无尽岁月

池 莉 著

出 版 人	张在健
策划统筹	孙 茜
责任编辑	姜业雨
特约编辑	王晓彤
装帧设计	昆 词
责任印制	杨 丹
出版发行	江苏凤凰文艺出版社
	南京市中央路165号，邮编：210009
网　　址	http://www.jswenyi.com
印　　刷	苏州市越洋印刷有限公司
开　　本	880毫米×1230毫米 1/32
印　　张	8
字　　数	180千字
版　　次	2024年10月第1版
印　　次	2024年10月第1次印刷
书　　号	ISBN 978-7-5594-8619-6
定　　价	56.00元

江苏凤凰文艺版图书凡印刷、装订错误，可向出版社调换，联系电话 025-83280257

| 目　录 |

致无尽岁月
1

看麦娘
67

有了快感你就喊
153

致无尽岁月

为了永远的相聚，我宁愿一再地分离。

1

有的时候,闭上眼睛把头晃一晃,就可以感觉到生命的速度是飞——我的二十岁,分明就在一刻之前。

用现在人的眼光来看,那个时候的二十岁很傻:脸蛋又大又红,皮肤上生着一层细细密密的茸毛,茸毛下充盈着饱满的水分,天然得与秋天的水果有着本质上的一致,以至于经常惹起的是人们吃的欲望而不是别的。经常有这样一些中老年妇女,她们趁我不备就揪住我的脸颊,笑眯眯咬牙切齿地说:恨不得吃你一口哇!

那个二十岁,真的就在不远处。就在七十年代末和八十年代初相交的时刻。距今不到二十年。那一年我在武昌青山区红钢城的一片荒地上栽了十一株樟树苗。我清楚地记得是在泥泞的春雨中栽的,自己挖的树坑,穿着一双新买的黑色长筒橡胶雨鞋。那些樟树现在也只不过碗口粗,还不能算作大树。而我的雨靴上至今还牢牢地黏附着黄色的泥土。前几天我们家下决心清除废旧物品,我一眼就看见了我那双沾满黄泥的雨靴。它被他们扔在一堆现在的报纸中,压在一个彩色的性感女郎身上。我不声不响地把雨靴拎了出来,又放回了储藏间。

在储藏间,我关上门小坐了一会儿。我从雨靴注意到了储藏间这个地方。感谢上帝,生活中总有一扇扇门在向我开启:我又在突然间认识到储藏间原来是一个好地方。储藏间存放的都是故事和历史,而且是属于你个人的故事和历史,不是那些充满了噪声的史书。储藏间所有的东西看起来都是那么凌乱和随意。正是这种凌乱和随意的姿态,才告诉了我们什么才可以叫作出世和潇洒。而到处积淀的灰尘,那才是真正的沧桑。储藏间不说话,它把故事和历史,把来龙与去脉都含蓄在它本来的形状里。你心里想看什么,就可以看得见;你真心地想交谈,它自然与你窃窃私语。尤其让你舒服的是,你不必担心你的眼睛和心旌被照花和扰乱,它已经绝对没有了,或者说已经完全收敛了新东西的耀眼光芒,那种类似于暴发户、新贵、当红明星和刚出厂的家具的光芒。它酷似明朝的瓷器和那些最好的音乐,它们都是没有一点燥光和燥气的,是那么温润,柔和,宁静,悠远。沐浴这种智慧之光,你便有可能走出迷途,回到你真正的老家。我在储藏间小坐了一会儿,我想,一个人只要生存空间许可,储藏间应该是必需的。我想,储藏间大约是我将来老了以后常坐的地方了。然后,我会被我的孙子辈在外面阳光下的大声叫唤所惊醒。他们叫道:奶奶在哪里呢?我饿坏了!

我前不久的二十岁就在那里。在还没有买那双雨靴的前个把月。那是冬天最冷的日子。我把一双胳膊袖进袖笼里,靠在洪湖县县委招待所的大门口，看大街上纷纷跌跤的人们。结着厚厚冰凌的柏油路在这里有一个优美的坡度，骑自行车的人们有百分之九十在这里落马。更好笑的是洪湖的人民似乎都很蔑视冰凌，他们一个个满不在乎地骑过来，当他们猝不及防一屁股坐到地上的时候，满不在乎的表情还没有来得及从他们的脸上逃遁，紧接着，他们就不好意思地笑了。这就是使二十岁的我被紧紧吸引在县委招待所门口的唯一原因，也就是惹得我不时地开心大笑的唯一原因。二十岁的人不需要太多的原因。就是这样，我认识了大毛。大毛也是知青，也是在县委招待所住着，等候招生学校来接人，我们先天就具备了相同的血缘。

大毛也是来看人跌跤的。他比我高出一个头，站在我的身后不断大笑。他一笑，我的头顶上就刮过一阵风。在那滴水成冰的季节，我的头顶冷得就像要被刀子刮掉。于是，我就不得不回过头，并且，朝着他，把自己的脸蛋慢慢地扬了起来。

我说：喂喂，请你把你的嘴巴拿开好不好？

大毛说：你说什么？

我摘下朋友从医院里搞出来送给我的大口罩，重复了一遍我的话。

大毛的眼睛像电压正常了的灯泡一样慢慢地明亮起来。顽皮的笑容含在他的眼角，他故意地说：请问，我的嘴巴应该拿到哪里去？

大毛露出了他整齐的白牙齿。

我的二十岁非常简单幼稚，坚信具有整齐雪白牙齿的男青年就是清洁的、聪明的、有理想的好青年。后来，我在知青住宿登记簿上看到了大毛的学名，他叫共党生。他的学名更加支持了我的信念：共产党生的哪有坏人？

奇怪的是，从认识大毛的那一天起直到后来的许多年，我就从来没有叫过他的学名。

2

那天下的油凌是江汉平原上罕见的油凌。据县委招待所门房的老伯说,这种油凌大约十几二十年下一次,他还记得上一次是在一九五六年下的。一九五六年,那是一个我无法感觉的时间,因为我还没有出生。老伯却说得很兴奋,一副对罕见的事物记忆犹新的样子。可见无论什么都可以成为一个人骄傲的资本,只要你善于骄傲。老伯对我们说话的时候,口鼻处和火车头一样突突喷着蒸汽。他很有经验地把草绳绑在鞋子上,给我们示范怎样走路才不会滑跤。他的腰间也紧紧地系了多重的草绳,他介绍说这样扎住棉袄,人就暖和多了。大毛也拿过一根草绳,紧紧地扎住了他自己的腰,然后挺起胸脯拍了拍腰眼,说:哦,真的是暖和多了。我哧哧笑着扭身走开。我是二十岁的姑娘。二十岁的姑娘就是冻死也绝对不会往腰间扎草绳。

油凌就是指这种冷得要命、滑得要命的冰凌。我对下油凌的说法并不陌生。在老人们的讲古当中,我无数次地听说过。没有想到的是自己竟然遇上了一次,并且在这罕见的天气里,我认识了大毛。本来，在我的生命中，油凌对于我也许只是一种天气。认识了大毛，油凌的性质就起了变化。

那天的油凌是突如其来的。在这之前的几天里，天阴着，偶尔飘一点小雪，小雪落到地上，很快就融化了。我是穿着一件毛线衣和一件棉袄，坐手扶拖拉机来到县里的。当然头上严实地包裹了围巾，脸上戴了大口罩。在大半天的路途中，我并没有感觉到承受不了的寒冷。昨天下午开始，寒冷的感觉明显加剧。雪完全停了。西北风一阵比一阵紧，还从树梢上和墙缝中发出鬼一般的厉叫。我棉袄里的棉花好像在渐渐地被抽掉。我袖着手在院子里闲逛，发现了蜡梅非同寻常的姿态，它们在枝头勃然怒放，纤细的花蕊每一根都如钢针般挺立，而平日里那淡淡的清香此刻是那么浓郁地直接扑上了人的脸。待我回过神来，天空已经灰里透黄，缓缓下压，梧桐树顶端的乌鸦"呱啊"一声逃向远方。我把手从袖笼里抽了出来，手就顿时像被谁咬了一口。今天的清晨，我是被冻醒的。我的被子里已经没有一丝热气，脚趾头冻得生生地疼。使我诧异万分一骨碌就坐了起来的还不是这冷；是我的头发，我披散在枕头上面的发丝，有几缕在我的呼吸的气息边缘，它们结了冰！头发在我睡觉的枕头上结了冰，这是我从来没有经历过的奇事。我连忙打开箱子，拿出了棉裤，棉背心，把自己穿得鼓鼓囊囊，连胳膊肘弯过来都要费很大的劲。穿好衣服，我出门一看：我的天！整个世界完全被晶莹的冰凌所包裹，无比地洁净，无比地光滑，每一根线条都是那么圆润！天哪，美极了！我的眼睛眩晕了。我眯缝着眼睛顽强地欣赏着眼前的美景。没有了，由于连日的小雪造成的泥泞肮脏的地面；没有了，台阶上残破的缺口；没有了，路边那把被遗弃的破旧椅子的断肢。不，一切都还在，熟悉的环境并没有离我远去，可一切都变得是那么完整与美丽。这不就是玉宇琼楼吗！这不食人间烟火的气息让我喘不过气来，心中油然而生的是无限的崇拜和折服。这美丽之巨大之磅礴之精致之神奇远远超出了我的心理准备。我惊呆了，心里有小鸟的翅膀在欢快地扑腾。接着我又把自己滑了出去，四脚朝天地躺在地上，用我们在田野里干活时候呼唤伙伴的声音撒野地叫道：你们快出来呀——他们，许多知青，纷纷地跑了出来，一个个都疯了似的欢叫起来！

如果不是大毛的出现，我将继续沉浸在单纯的诗意的快乐之中。

中午，在食堂吃饭的时候，大毛表情极其严肃，他不胜遗憾和不胜感慨地发表评论说：湖北，湖北这个地方，过去我知道的就是：它是一个美丽的鱼米之乡。我万万没有想到的是，它的气候是如此的恶劣，冬天是这么这么的冷！

我说：你们北方的冬天不是更冷吗？

大毛说：那是外面。房子里面是不冷的。房子里面有暖气，穿一件毛衣就够了。哪有冷得睡不着觉的道理！

我发誓，在我二十岁的人生经历里，我是第一次确凿地听人说北方的冬天不冷，在房间里可以穿毛衣。我不相信天下有这么好的事情。

我说：你吹牛。

大毛说：这还值得我吹牛吗？我们北方就是这样的。我在来到你们湖北插队之前，就没有冻坏过手和脚。不信我可以带你到我们长春去看看。我们的大雪可以厚厚地覆盖整个城市，我们在玻璃窗里看雪景，漂亮极了。并且我们的夏天也没有湖北这么热。

大毛的话在我面前全都变幻成了童话般的形象。它们激起了我强烈的羡慕和嫉妒，还有更阴沉的一种内心隐痛。我生在湖北长在湖北，我从来没有意识到湖北的气候如此恶劣。我在没有意识到它恶劣的感觉中度过了二十个春秋，度过得坦然而自在。夏天有蒲扇与竹床，蚊虫与疟疾。冬天的早晨，洗脸的当然是结着冰的毛巾。寒夜里，奶奶会把那只把手上雕了花饰的紫铜烘炉塞进被窝。后来，妈妈从上海买回来了热水袋。下了农村之后，乡下的猫狗可以暖脚。每年的仲春时节，用生姜水泡洗冻疮的项目是我生活的必然内容之一，在暖融融金灿灿的阳光下伸出冻伤的手、脚和脸，鼻子充满了太阳的香气。这也就是在我的内心深处理解和崇拜太阳的理由之一。对太阳的理解和崇拜又是我把握其他很多事物的参照标准。举例说吧：东方红，太阳升，中国出了个毛泽东。共产党，像太阳，照到哪里哪里亮。这些歌在我二十岁之前，我一唱就能够轻而易举地激动落泪。

却原来世界上还有人根本就不会生冻疮！

这是一种残酷的觉醒。我听见我的骨头在绽裂。在我二十岁的那年冬天，在洪湖县委招待所的食堂里，我忘了往口里扒饭。我用十分复杂的眼神望着大毛，悲愤而又忧伤地想，这往后的日子该怎么过呢？

大毛好像有点明白他对我的打击是致命的。他就转换了话题。他转换话题之后说了一些什么，现在的我已经不记得了。我记得的是大毛为了让我彻底地忘却根本就不应该记忆的记忆，他提议我们也去坡上骑自行车。他打赌说他肯定不会跌跤,因为他车技非凡。我说我才不会跌跤呢。我谈不上什么车技,但是我熟悉湖北的油凌和地形。

打了赌之后,很快,大毛不知道从哪儿借来了一辆自行车。最后的结果是我们都跌跤了。大毛仅仅是跌跤了而已。我却扭伤了脚踝。大毛把我扶到县委招待所医务室,鼻尖上挂着清鼻涕的医生心不在焉地给我擦了一些松节油。我的脚踝在当天晚上肿得像发面馒头。大毛只好不停地为我用松节油按摩。我们开始担心明天招生学校会来接人。

大毛用知识面很宽的神态安慰我说:这种油凌的天气,路面根本不能行车。只有等油凌化了汽车才会来。到时候你的脚早就好了。

可是,第二天上午,来接我们的大卡车咯吱咯吱开进了县委招待所的院子。卡车的轮胎上挂着防滑铁链。

3

　　武汉这个城市我太熟悉了。我在汉口同济医院出生的那天，这个城市正在下着一场百年不遇的大雪。当时我的父亲正在省里开会。下午散了会之后，大雪已经封锁了交通。他向省委所在地水果湖附近的农民借了一头毛驴。他骑着毛驴从水果湖出发。由于崭新的长江大桥被各种停滞的车辆堵得水泄不通，我父亲就牵着毛驴坐轮渡过了江。然后又骑上毛驴穿过从前英国租界哥特风格的建筑，来到同济医院看我。仅仅也就是因为发生了这么一个简单的生活片段，我就对这个城市没有了生疏感。我走在长江大桥上十分自然和贴切。我在武汉市芜杂如迷宫般的大街小巷里也不会迷路。关键时刻屏息静气地嗅嗅长江水的气息，听听轮船的汽笛声，我就可以知道自己在这个城市的大概方位。我父亲骑着毛驴的身影，温顺的毛驴在碎石子马路上那踏踏的脚步声，便是我与这个城市永远的无形交流和无形联系。

　　大毛对武汉市的印象非常混乱，甚至有一点儿厌恶。他认为一个城市有三大城区，而且互相之间都隔着大江大河，这简直是不可思议的事情，多不方便哪！

我问：什么东西多不方便？

大毛想了想，也没有做出明确的回答。大毛总是弄不清楚汉口、武昌和汉阳的位置，他经常指鹿为马。人在汉阳，说这是武昌吧？人在汉口，说这是汉阳吧？同学们经常笑话他，这在一定程度上伤害了他的自尊心。男人的自尊心就和小孩子一样，经常表现在很不关键的地方，比如他们就是需要装出什么都知道的样子，其实谁能够什么都知道呢？

武汉市的街道不分东南西北，随着长江的流向分上上下下。这是大毛与武汉市达不成谅解的巨大矛盾之一。大毛说：我们的城市，中国的许多城市都是方正的，道路都是有东南西北的。你看看北京，人家是首都，天安门城楼正南正北朝向，谁都好辨别。

大毛气愤得唾沫飞溅的时候，我还没有去过北京。几年之后，我去了北京，站在天安门城楼前，看着长安街，重温大毛的话，觉得大毛的气愤是很有道理的。北京的道路就是非常地中规中矩。然而，我总在北京迷路。有一次去朋友家，我迷了路，路上的行人告诉我：你朝东直走，出了胡同再向北，走十来米远再往东。这明确的指向使我越听越糊涂，因为我根本就不知道哪儿是东哪儿是北。我们在北京行路需要太阳的指引，可北京经常没有太阳。那天就是一个阴天，我就没有及时地吃上朋友为我准备的好饭菜。而近一些年的迷路是因为空气污染太严重，现在北京的天空经常被铅灰色云气遮天蔽日。在北京遇上迷路而产生的感想我总是希望有机会告诉大毛。可是我和大毛总是在没有约定的情形下见面。这种见面总是突然得使你做不了任何有准备的事和说不了任何有准备的话。

多年之后，我经常有机会短暂地享受北方城市的冬天，主要是在北京这个城市。北京的冬天的确是像大毛描绘的那样可以在房间穿毛衣，其实还可以穿衬衣和裙子。享受的结果是一再地加深着武汉冬天的痛苦和经常患感冒。可是在我们的生活中，除了希望在严冬的房间里暖暖和和，还有许多别的内容。在前面我说过我站在天安门广场，东张西望长安街，想告诉大毛说北京的道路的确是很有规矩，尤其是和武汉相比。我的容易迷路我想责任在我，主要是我这个人没有方向感和路线感。但是我还想说的是，天安门广场，长安大街，包括故宫，在我第一次见到它们的时候，它们并没有给我应有的震撼。这让我很伤感。因为我小学一年级的第三课就是雄伟壮丽的天安门城楼。第一课是伟大的领袖毛主席万岁，第二课是伟大的中国共产党万岁，这两课都没有问题，岁月都让我慢慢地理解了它们的意义。第三课是实物，它就在那儿，我看到它具体形象的同时，想起的是所有对它的描绘、形容和赞扬。关键也不在于那些描绘、形容和赞扬与它有几分吻合，主要的是它没有震撼我。迷路不迷路其实是并不重要的，有没有获得震撼可就太重要了。对于一个世故的成年人来说，与之相遇没有震撼就意味着遗忘和抛弃。在故宫里头，我的失望和伤感使我悄悄地流下了眼泪。我怎么能够忍心遗忘和抛弃我童年时代的情感呢？至于为什么不受震撼，我也说不清楚更多的道理来。我只是觉得对于一个终日与长江厮守的人，故宫的宏大没有达到惊人的程度。而且那方正的院子和方正的石板地，那锐角的宫墙，它们使我心里堵得慌。故宫没有随意的树和葳蕤的野草，没有水，地面的颜色是灰白的，酷似石灰，而石灰是一种干渴的没有生命感觉的物质。石灰的联想一经出现就烙进了我的经验里。千百次，北京居然以石灰的意象在我不经意的时刻闪现。其实我是喜欢北京的。其实我是不喜欢武汉的。这喜欢和不喜欢都能够说得出无数条理由的。可由不得我的是：人实质上还是一头动物。我待在北京的时间一长，鼻子就开始流血。我就一天到晚地喝水，到处寻找水果吃。我的身体也好像在渐渐地变成石灰，在皲裂、木僵和干枯。于是，对于长江的想念，对于湿润的想念，对于流畅的想念，对于一泻千里的想念，对于无边无际的想念，对于信马由缰的想念便占据了我的整个大脑空间包括夜里的梦。我的渴望是那种波浪舔舐河岸的本能渴望，无穷无尽，无休无止，无可阻拦。我想再说一遍，我是喜欢北京的，我是不喜欢武汉的。这是一种怎样的悲哀和巨大的矛盾呢？

在我二十岁的那个严酷的油凌日子里，大卡车还是来了。张司机说马上就要过年了，我们怎么能够把你们丢在县里的招待所过年呢？张司机是我们医学院的司机，但是大卡车是武汉钢铁公司的。张司机必须接走被招工到武钢的知青和带走武钢的物资。我们不久就知道了所谓武钢的物资，就是洪湖某些领导赠送给武钢某些领导的土特产品，几箱沙湖的红心盐蛋，松花皮蛋，洪湖的莲藕和大青鱼，一竹筐乌龟王八和十几只老母鸡。那天午饭后，我们二十多个知青和这些散发着很大气味的年货，一块儿挤在大卡车的车厢里，由洪湖县向武汉市进发。

平时的正常时间是四个小时到达武汉。那天我们走了十个小时。大卡车在公路上慢慢地爬行，好像它装载的真的是物资而不是人。我们十个小时没有吃东西，没有喝水，张司机停了两次车，要我们下车解手。我的脚受了伤，上下车极其不方便，再加上我死活也不好意思当着一群男知青的面走到路边的树丛里去解手。我没有下车。大毛下车之后给我带回来一根从树梢上折断的冰凌，我小心翼翼地无声地把它吮吸了。未来的武钢职工黄凯旋偷了一个皮蛋吃了。其他人都没有偷。有的知青说不敢。大毛不屑。大毛很鄙视地朝黄凯旋哼了一声。我觉得我真是没有看错大毛，一个正派的青年就是饿死也不能做小偷。因为没有吃东西和喝水，后来的六个小时就没有人下车解手。我们真的像要被饿死一样了。二十多个人东倒西歪，气息奄奄。对我们最严重的威胁还不是饥饿，而是寒冷。尽管卡车上有帆布车篷，我们还是被冻僵了。当难受开始的时候，我们想靠精神力量战胜困难。大毛向大家提议唱歌。我们就唱起歌来。而且专门唱高昂铿锵的毛主席语录歌。我们反复唱道：下定决心，不怕牺牲，排除万难，去争取胜利！后来，难受还是战胜了革命歌曲。黄凯旋就给我们唱黄色歌曲，黄色歌曲倒也引得大家兴奋了一阵子。黄凯旋的黄色歌曲是知青特色的，是对革命歌曲加以歪曲和篡改。比如歌剧《洪湖赤卫队》里面的歌曲，黄凯旋就这么唱：刘队长，有胆量，悄悄地摸上了韩英的床（悄悄地摸进了后厅堂）。等等。然而，最后还是寒冷和饥饿战胜了一切。在一片懒得说话的沉寂中，有一个瘦小的女知青嗯嗯地哭了起来。对于这种指向明确的哭泣，谁也无法劝慰，因为谁也没有食物和温暖给她。我也顶不住了。我主要是冻得不行。我的脚因为扭伤瘀血而血流不畅，已经整个地青紫，那寒冷的感觉是一种钻心刮骨的感觉。我咬着牙。我的头不由自主地没有规律地晃来晃去，一如风中的芦苇。语言在这个寒冷和饥饿肆虐的车厢里已经完全失去了作用。这个时候大毛做出了一个惊人举动。大毛毅然地拿起了我的脚，脱下我的棉鞋，将我的一双冰疙瘩脚揣进了他穿着军大衣的怀里。我飞快地看了看四周的知青同伴，说：不！我想这下可糟了！这一下日后肯定会有人对我和大毛的关系议论纷纷了。我着急地再次说不！大毛对我的"不"坚决地摇了摇头。我用力抽我的脚，抽不动，我的脚被大毛用力握着。不一会儿，大家纷纷效法大毛，自动地分成两个人一对，互相把脚伸到对方怀里，其中不乏男女混合的对子。我释然了。二十岁的我那时候总是异常地谨小慎微，被"文化大革命"搞怕了，对大多数人群的意志总是盲目地敬畏和服从，通俗意义上正确的东西总是能够给我以安全感。我示意大毛，要他把他的脚给我，大毛再一次地坚决摇头。然后，他把目光掉向了别的地方。

夜里十点多钟，我们的卡车进入汉口。看见汉口的密集灯光，我们欢呼起来。

大毛说：到了吗？

我告诉他：到了汉口，我们很快就要到武昌了！

但是，大卡车过长江大桥移动得非常缓慢。武汉也下了油凌。我们掀开了车篷的门，看见大桥上有许多解放军战士在敲打桥面上的冰凌，还有市政的卡车在往桥面上撒盐。又用了两个多小时，我们才到达目的地。大毛的脚冻伤非常严重，冻疮开裂流出黄水。后来的十几天里，他拿他一双缠满了白色纱布的脚没有办法，因为没有足够宽大的鞋可以供他使用。大毛发誓说：我将来一定要离开这个鬼城市！

在大毛的脚能够穿到鞋子里面去的那一天，他就坐火车回长春了。

寒假很短暂，春节过后我们就开了学。大毛没有按时返校。春暖花开的三月中旬，大毛才姗姗而来。我和大毛同班。我已经是副班长。老师让我批评大毛，我就是迟迟不批评。我怎么能够批评大毛呢？那样的话我不是太忘恩负义了！

后来老师就找我谈话说：如果你是这样的当干部，那就太没有原则了。

我说：我又不想当干部。

消息传到大毛耳朵里，他对我说：其实你没有这个必要。你完全可以策略一点。

从那时候起，大毛就显然地比我成熟和比我有经验。后来他一直都走在我的前面，任何事情他都处理得比我们要好一些——这是同学们的评价。也就是说大毛总是能够通过自己的努力，达到大多数人正在追求而追求不到的目标。开学后不久，传来全国恢复高考的消息。我们班包括我在内的绝大多数同学都想重新参加高考，选择自己理想的专业和大学，还有自己喜欢的城市。但是高教部有规定说是在校大学生一律不准许参加高考。然而大毛疏通了我们学校的领导关系，参加了高考并且被北京一所理工大学录取。大毛是我们班的唯一。若干年之后，我才知道，大毛得以参加高考的原因是他给我们的校长搞到了一辆小轿车的指标。这种事情对于当时的我，根本是做梦也想不到的。

4

大毛走了，去了他的北方，去了他的理想。我是真心为大毛高兴的。因为大毛既憎恶学医又憎恶武汉这个城市。他常常很有煽动性地在男生们中间说：男不学医，女不学艺。说什么一个男人学了医就把一点男人气都学没了。所以大毛的学习成绩并不好。大毛很讨女生的喜欢。他与我们班上的柳思思搞得很热乎，经常在班里公开地说说笑笑。柳思思是一个长相娇媚的女孩子，柳叶眉，流星眼，有颗小虎牙，风风火火，疯疯癫癫，说话没有一点遮拦。班里暗中流传着她的谣言，说她是与农村的大队长睡觉得到招生指标的。柳思思从见到大毛的第一天起就公开追求大毛。大毛对柳思思极其随意。高兴起来可以搂搂她的肩，不高兴的时候就说：滚开。

而我却喜欢上了学医。喜欢在安安静静的解剖室里待着，把人体构造分析得清清楚楚。喜欢在清晨的校园树林里背诵课文。我优秀的成绩使老师和同学都对我非常看重和友好，我的学医生活如鱼得水。多年以来，我因为父母是走资派一直忍受着种种屈辱。我的屈辱在医学院才开始得到真正的抚慰。我珍惜医学院的每一天。我对柳思思的传闻不感兴趣，对大毛与她的关系不感兴趣，对班里所有的热闹都不感兴趣。我的全部注意力都集中在自己身上。原来我以为我完蛋了，现在我发现自己居然可以摆脱父母的影响，再创一个新的我。在我的行为举止里，充满了对新生的自己的爱护和培养，表现得十分地用功和矜持。就像孵卵的母鸡，小心翼翼地连挪动一下位置都不敢。

更关键的是，对于我自己下意识地做出来的这一切举动，当时我并没有明确的认识。所以我和大毛无从交流。我在我的世界里。大毛在大毛的世界里。我是一个好学生，班干部。大毛是一个妖言惑众的坐不下来的成绩平庸的头痛生。我们不在同一种生活状态了。我们自然就无法保持在大卡车里的亲密。那亲密没有人再提起，就好像它没有发生过。按说它应该顺利地发展成为一种健康的纯洁的友谊。至少我和大毛应该是比较要好的朋友。遗憾的是我们不是。在这种情况下，大毛要走了，我觉得我是真心地为他感到高兴，我自己也有如释重负之感。

大毛的走，果然一下子又把我们的距离缩小了。大毛悄悄地在我的课本中塞了一张纸条，约我到很远的汉阳归元寺去谈谈。我如约而去。我去的原因就是他要走了。

归元寺是一个古寺而不是公园。青年男女在公园谈话有谈恋爱的嫌疑。而禅寺是一个互启心智的好地方。武汉市这么大，公园这么多，我不知道大毛是如何想到了归元寺的。有时候大毛表现出来的智慧令我打心眼里佩服。在归元寺的石条凳上，我们并肩坐着，中间放着书本。我们进行了一本正经的交谈。

我告诉大毛：由于他对他如何得以参加高考的原因闪烁其

辞，讳莫如深，同学们一下子都与他疏离了。另外，还有嫉妒，同学们都嫉妒他，所以他应该谦虚谨慎一点。

大毛哈哈大笑了一通。大毛与我的观点完全不一样。他说：我走我的路，由他们去说吧！

在我二十岁的那时候，大毛的这种话是绝大多数人还不敢说的。我觉得他太张狂又觉得他很豪迈，这又是怎样的矛盾呢？我这个人总是容易陷入矛盾之中。在交谈中，大毛仍然没有告诉我他能够取得学校许可参加高考的原因。对于这一点，我很是耿耿于怀。但是我什么也没有说。我只是固执地保持着我和他的距离。

大毛认真地对我说：你好好复习吧。明年，我一定会想办法让学校同意你参加高考。你也一定会考到北京来的。

我不置可否地笑了一下。

大毛说：你笑什么？你必须有一个明确的态度。我告诉你，北京绝对是好地方。人在那里进步得快。中国各行各业的精英人物都在北京。北京才是真正的大都市。

我还是不置可否地笑了。我固执地保持着我与他的距离。

大毛无可奈何地看了看我，叹了一口气。我知道他明白了我们有许多东西无法交流。他摸不着头绪在哪里。我也摸不着头绪在哪里。大毛只好转而说到武汉的气候。

大毛说：武汉他妈的气候太恶劣了！我相信你将来会有机会来北京的，我相信你还会有机会到其他许多地方，你将会发现没有哪个城市比武汉的气候更恶劣。由于武汉恶劣的气候，武汉人的脾气也暴躁凶恶得很。你这种人与他们是相处不来的，你要受欺负的，所以，你一定要趁高考的机会转移到另外的城市去。将来后悔是来不及的。工作了以后再调动工作是一件非常难办的事情。

我承认武汉的气候是比较差。我也不否认我希望将来有机会离开武汉到更好的城市里去。但是我喜欢学医，喜欢我现在的学校，我不愿意挪窝。我心里觉得大毛有点爱说大话。我觉得爱说大话的人不深沉。我更喜欢深沉一些的人，在我二十多岁的时候。

大毛说：一般说来，女孩子学医是比较好的。你当然还是可以考医学院。

我说：哪里的医学院不都是一样的课程吗？

我突然就厌倦了。这种车轱辘式的谈话一点没有新意。一点没有结果。我打了一个呵欠。

大毛说你是不是累了？我说是。大毛露出失望的样子。我们就不再谈话，毫无意趣地进到罗汉堂数了数罗汉。后来就坐公共汽车回校了。

我和大毛相处的时间不能算长，我们在一个奇冷的冬天相遇，春天开学的时候大毛迟到了一个多月，夏季他参加了高考，夏末他就走了。大毛是坐火车走的。有一大群同学去送他。我掺杂其中。奇怪的是黄凯旋也掺杂其中，他和大毛什么时候好了呢？我还发现有一些我不认识的青年，穿的是武钢的工装，与大毛粗鲁地亲热着，揪他的耳朵撸他的头发。真正是班上的同学倒没有几个，大家也都比较斯文。柳思思肯定是来了的。她大胆而敏捷地攀上火车的车厢，飞快地替大毛掸着卧铺上的灰尘。在火车开动的时候，柳思思挥动着手帕，大声叫道：写信来啊！

我混在大伙中间,看见火车无形地移动了,我才感到了一种失落的恐慌。我想,就是这么一个粗黑的大毛毛虫吗?它真的开动了吗?大毛这个人就这么经过了我的身边,一去千里再难回返吗?

5

　　武汉的气候可是让我吃了大苦了。这十几年来，冬天的冷虽然没有冷过那个下油凌的日子。但是也实在是冷得太不像话了。房间里面没有暖气，房屋的墙壁都是那么轻薄。每一个冬季，在西伯利亚强劲的寒潮面前，我们的栖身之所就变得像儿童的玩具那么轻飘可笑。我们需要很多的御寒服装。尤其是在结婚生子之后，我惊恐地发现我们狭小的家在迅速地肿胀。我们每一个人都有从薄到厚的毛衣若干件。毛裤，棉毛裤，棉裤，棉袄，羽绒袄，各类背心若干件。棉大衣，呢子大衣，驼毛大衣以及后来的羽绒大衣若干件。每张床呢，下面的垫絮从三斤重的到八斤重的若干床，上面盖的被子从最薄的毛巾被到三斤至八斤的棉被若干床。进入九十年代，又增加了几件皮衣、云丝被、羽绒被、电热毯等等御寒物品。在十二月到三月初的日子里，我们一家老小在家里都穿得像太空人那么厚重严实，直着胳膊走来走去。需要出门的时候，大家才精简一下，利索地出门。武汉的户外比户内要暖和得多，樟树的树叶永远是油绿的。

也许就是这种假象欺骗了人们,所以没有任何决策性的人物作出在武汉安装暖气设备的决策。

我们家的所有衣柜和抽屉里都塞满了衣物。在春天,所有的衣物都会发霉,然后就得在夏季白亮的阳光下,翻晒洗烫所有的衣物。这是一项浩大而艰巨又琐碎的工程。我每年都是打着赤脚,穿一件紧身背心,高高束起头发,以便更加麻利地进行工作。把全部的衣物晒透了,拍打干净了,晾凉了,分类整理好了,事情还没有结束,还要在每个抽屉里写上标签。这是我摸索出来的经验。如果不写上标签的话,下一个冬天骤冷的时候,你就会急得乱翻一气。因为在这个冬天之后,我们将要使用其他三个季节的衣物,从春秋的春秋装到炎夏最单薄的丝绸衣裙、汗衫短裤和背心,还有竹床、凉席、凉水壶、电扇和扇子等等。现在,我使用电脑。我用电脑图表记录四季衣物的安放位置。我相信这是任何电脑软件专家都想象不到的一个非常实用的用途。我感谢电脑,它免除了我年复一年制作标签的索然寡味的体力劳动。

通过好几天的辛勤劳动,一切都好了,在下一个冬季里,家人随时都可以穿上干净的散发着太阳香气的冬装。好了!我要休息一天了。我扶着酸痛的腰眼,靠在阳台上远望长空,飞鸟在长空翱翔,它们带着我的眼睛优美地在云彩里滑动,什么都不要去想,真好!下午就可以静静地看书了。这样的时候看书,往往一看就看到心里去了。书也真好!或者,我也会去长江边,慢慢地散步;在江边的沙滩上坐着,听着江鸥跟在轮船后面馋嘴的尖叫,看着那光屁股的小男孩在沙滩上蹒跚学步。江水那微腥的气息沁人肺腑,滚滚的波涛可以拍打到你疲惫的灵魂深处。长江也真好！是不是只有这样，只有从最实在最与生存直接相连的最摆脱不了的辛勤劳动中直起腰来，一切的感觉才会加倍地好呢？

记得那是一九九一年的春节，我们家当时住在没有电梯的九层楼。那天我们的父母要来我们家吃团年饭。可是我们的水管子冻成了冰凌，家里没有自来水了。我只好把所有的菜都搬到楼顶上去洗，爬上水箱，把水箱表面的冰层砸碎，用塑料桶一桶一桶地打水，就像从井里打水那样。我的手背上布满了冻疮。在冰水里浸泡着，冻疮成了一颗颗的紫葡萄。水箱里只有半箱水，我使劲弯腰去打水，不知道怎么的一下子人就栽进去了。在我栽进水箱的一刹那，我甚至希望我已经就死掉了。那天我有一点经受不住生活的重负了，是情绪比较糟糕的一天。我在顶楼的寒风中洗菜的时候就满腹怨恨，我想这他妈的是人过的日子吗？

我还是不由自主地喊了救命。我丈夫来了。他在水箱的冰水里发现了我，吓得脸都变了颜色。他赶紧设法把我拉了上来。我患了严重的感冒，在高烧中度过了整个春节。

春天来了。柳梢绿得非常娇艳，桃李也开得如火如荼。武汉的花草树木最是知春的，几乎四季都不断绿。但是人们并不喜欢春天的忽冷忽热和漫天漫地的潮湿。接着是梅子雨，是大雷雨。大雷雨大得惊天动地。雨粒大得如巴掌，而且是那么地密集，狂暴地啪啪抽打这个世界。谁家的窗户被掀开了，玻璃惊恐万状地哗啦啦地破碎着。不知是哪一棵大树被折断了，那痛苦的断裂声透过了雨的喧哗，使人不忍卒听。突然，电停了。目及之处黑压压一大片，那是高压线被扯断了。所有的人家都赶忙去关电视机和拔掉冰箱的插头。人们在蜡烛的微光下，看着雨水从窗户的缝隙里涌流进来，就像瀑布挂在窗台上。为了保护家具和家具里面的衣物，人们只好抱起毛巾被去蘸吸地板上的雨水。一昼夜的风雨过后，武汉市就沉浸在一片汪洋之中。骑自行车上班的人仗着路熟，在水中慢慢地骑着，眼看水要漫上屁股了，才自嘲地笑着下了车。有的年份，大雨一下就是几天几夜不肯停歇，直到武汉市的所有空间与所有人的心思都被大雨夺走。接着，洪水就来了。

雷是比雨更可怕的东西。在武汉，春天的雷是怎么也躲不过的。无论你在房间里还是在夜梦中，那强烈的闪电都会撕开你的眼睛。这种时候，我们只能冲到孩子的房间，把孩子紧紧抱在怀里。而我们自己，除了用祈祷来迎接炸雷，没有别的办法。这种炸雷时常唤醒我的动物意识，当它在我头顶爆炸的时候，我能明确地感到自己就是大自然的一头孱弱的动物，正匍匐在苍天之下。黄凯旋就是被春天的炸雷击毙的。这是一九九三年的事情。黄凯旋已经脱离了单位，在开出租车，是一个稍微秃顶、快乐诙谐、乐于助人的人了。大雷雨那天，他正在他红色的出租车里，一个炸雷穿过汽车的外壳击中了他。当场人就被烧焦了。我去参加了黄凯旋的追悼会。他的妻子哭得死去活来，见了我就像见了亲人一样搂得我透不过气来，其实原来我与她也就是点头之交。人和人在这天降的灾难面前自然就依靠在一起了。我们几个朋友凑了三千块钱，放在了他儿子的口袋里。

后来大毛给了黄凯旋的妻子两万元钱，让她给黄凯旋在风景优美的九峰山买一个墓位并安排厚葬。黄凯旋的妻子从邮局收到汇款就去办这事。我们几个朋友在黄凯旋的骨灰下葬的那一天都去了九峰山。大家为大毛的慷慨所感动，但也为大毛居然如此有钱而心里酸溜溜的。

武汉的夏天就更不用说了。副热带高压总是盘旋在这个城市的上空，导致武汉成百上千的湖泊和长江汉江的水蒸气散发不出去。以至于我们经常要在四十摄氏度左右的气温里持续地生活一个月或者两个月。整个城市都处在半昏迷的状态，一到午后，几乎所有的工厂和机关都关了门。人们在令人窒息的酷热中缓慢地摇动着蒲扇，不停地喝着菊花茶。家里的食物基本上是绿豆稀饭和西瓜，别的瓜果都因水分不足而在武汉惨遭冷遇。孩子们不分昼夜地浸泡在游泳池里、东湖里、月湖里、莲花湖里、长江里和汉水里。每年夏天都有溺水孩子父母绝望的哀哭回响在安谧的凌晨。大街上不时有凄厉的急救车飞驰而过，老弱病残每天都在以惊人的速度遭受淘汰，而新闻媒体习惯性地要在每天的早上向本市的居民报告这个不幸的消息。另外还有一个必然要报告的消息是洪水的水位。每年武汉市都在做着抗大洪的准备。有些居民的家里养着草龟，如果有特大洪水将至，草龟在前两天就会顽强地往高处爬，家里人就该收拾金银细软，准备漂流了。我家也一直养着龟，当然不是指望它预报洪水。是因为我们通过长江洪讯每年的提醒，深深感到了长江源头生态环境遭受破坏的危机。我们家将尽力养活来到我们家的所有生命，动物和植物。希望能够以此传达我们对大自然的敬畏和爱意。

大毛在武汉度过了一个复习高考的夏季。为了抗拒炎热坚持复习，他剃了一个光头，站在长江里，脖子上拴了一根尼龙绳，绳子的另一头则拴在废旧的趸船上，书本则装在塑料袋子里。江边巨大的合欢树上面的合欢花在大毛的头顶上开了又合，合了又开，落英飘在他的光头上。他对开着粉红色绒球状花朵的合欢树说：我再也不会忘记你这种非常漂亮的树，但是我一定要离开这个城市！

6

大毛说离开就离开，他一去北京，就四年没有再来武汉。

大毛去了北京之后，很快就给我们来了信。信是写给我们班全体同学的。大毛对北京和他校园的溢美之词充满了几页信纸，俨然是一个从旧社会突然步入了新社会的翻身农奴。我们大家一致认为大毛的信有炫耀之嫌，就派班上最差的同学给他写了一封错别字连篇的回信。柳思思因为没有单独收到大毛给她的来信而倍感沮丧。大家就开她的玩笑说：你算了吧。人家是首都的人，你是外省乡下人，没有共同语言的。

柳思思柳眉倒竖，双手叉腰说：放屁。我们走着瞧！

后来，大毛给我的来信和寄给我的高考复习资料，都被人先拆开看过后又用米饭粘上了。这种举动又惊醒了我内心的悸痛，那是在"文化大革命"抄家的时候，我看见红卫兵就那么理所当然地拿走了我父母的私人信件和日记本，我当时心里就难受得什么似的。从此我就绝对不再写信与人。我也绝对不再写日记。我把用米饭粘上的信封寄给了大毛，除此以外我一个字也没有写。大毛也就不再给我来信了。几个暑假,大毛都给我们全班同学来信,邀请大家去避暑胜地旅行。很多同学组织起来,大家咋咋呼呼地讨论怎么个去法。柳思思是最积极的。我没有参加他们。在熟人越多的地方,我总是越感无聊。无聊感经常导致我一无所获。所以,我就和两三个与我谈得来的女同学一块儿旅行去了。

一九七九年的暑假,我们几个人坐火车去烟台。在从青岛至烟台的蓝村换车的时候,我听见大毛的声音在惊喜地叫唤我的名字。原来他在一辆方向与我相反的火车里。火车在行进着,声音响了好一会儿,大毛的脸才从车窗里伸了出来。我朝那张长了胡子的脸兴奋地"啊"了一声,那张脸就模糊了,很快就变成一个没有表情的黑点,侧挂在火车的车窗上。

在我毕业的那个暑假前夕,大毛给我挂来了长途电话。不知大毛是用什么方式说服了传达室的老头,他居然同意在晚上九点钟的夜色里蹒跚地摸到我们宿舍来叫我。在八十年代初期的时候,电话还只是被用来传达紧急消息。我一听有我的电话,全身就紧张了起来。我如箭一般地冲下楼,只用了两分半钟就赶到了校门口的传达室。可是电话的话筒不知道已经被谁挂在了机座上。我还是拿起话筒听了好一会儿。第二天晚上,大毛又来了电话。我跑到传达室门口,透过锁着的纱门,看见黑色的话筒孤零零地被撂在油漆斑驳的桌子上。我衷心地希望传达室老头身体健康,脚步能够迈得更快一些。可他还是在我等待了六分钟之后才来给我开锁。我拿起话筒,话筒里果然已经是一片忙音。我不知道大毛有什么事情,或者说出了什么事情,因为他居然使用了电话!第三天晚饭之后,我就去邮局挂长途电话去了。我找了几个邮局，都说不能挂长途，要到专门的电信营业所才有该项业务。我转了几次公共汽车，总算找到了挂长途电话的地方。我在一张单子上填写了大毛的学校地址和他宿舍的号码，营业员递出来一张被无数的手指摸得油腻腻的小纸片，上面写着一个号码。之后，我就开始了漫长的等待。一个小时过去了，两个小时过去了，营业员叫号的声音总是兀然地响起，令我在瞬间遭遇一次希望与失望。她叫的号码总是与我的小纸片上的号码不符。夜已渐深，我担心回校太晚，学校关门。可是我已经等了这么长时间了，实在不忍放弃已经付出的等待。后来，待到营业员叫到我的号码的时候，我都不敢相信自己的耳朵了。我一再地确认了自己的号码才急促地跑进电话间。

我说：喂！

对方也盲目地用一种飘忽的高声说：喂喂！

这不是大毛的声音。这是大毛他们学校的传达室。传达室也要在证实了我传呼谁之后再去叫谁。他们的传达可能比我们的年轻，走路比较快。我听见一个有力的脚步来了，我的心提了起来，接着还是那个盲目的声音，它简单地无情地对我说：他不在。电话就被挂断了。我回到学校的确是晚了一点，大门叫不开。我只好从大门上面翻过去。当我正骑在大门顶端的时候，传达室的老头出现了，他用手电筒直射我的眼睛，牢骚满腹地说：如今真是不像话！女生在外面鬼混到深夜才回来，还会像土匪一样地飞檐走壁了！

我没有再敢出去打长途电话。我对长途电话的畏惧超过了对传达室老头的畏惧。长途电话与传达室老头加在一起的麻烦超过了我对大毛为什么给我来电话的好奇。

几天以后,我应邀去一个医生家做客。这位医生是我的第一个实习老师。我在武钢一栋宿舍楼的楼道里遇见了大毛。大毛和黄凯旋正在下楼,他们大声地说笑着,带着洗头之后的香皂的气息。大毛看见我之后站住了,摇了摇头,又眨了眨眼睛,像话剧演员那么强调地说:真的是你啊!

大毛是这天下午刚到武汉的,是黄凯旋开着单位的车去接的他。他就住在黄凯旋的家里。他说准备明天上午去我们学校的。大毛急急忙忙地解释着。我们都没有因为巧遇而改变我们这天晚上本来的计划。他是要和黄凯旋去看电影《城南旧事》的,据说这部电影非常好,黄凯旋特意为欢迎他而好不容易弄来了票子。我则想都没有想是否应该去对那位医生说一下,更改一下接受邀请的时间。

大毛在电影院遇上了他以前的好几个朋友。他的朋友好像到处都是,来得非常容易。这样,大毛就被他的朋友接走了。他们去游览了黄州文赤壁和蒲圻武赤壁。大毛让黄凯旋来问我愿意不愿意和他们一起去。我说不愿意。我和黄凯旋说话比较随便。我说我又不认识大毛的那些个朋友。黄凯旋说你呀你这个人,我就知道你不会去的。其实你去了不就和大伙认识了?我说我要认识那么多人做什么?黄凯旋说其实大毛是特意来看你的,他分配在北京了,工作以后就没有时间了。

原来大毛给我打电话就是急于告诉我他的分配结果。他被如愿以偿地分配到了北京某部委。这是一个牌子很大的中央机构。大毛说:电话找不到人他干脆就来武汉得了。人是干什么的嘛?只要有了人,什么人间奇迹都可以创造出来。大毛说这些话的时候喜形于色，人生的得意怎么也掩饰不住。

在黄凯旋的精心安排下，我和大毛终于有了一个单独在一起的时间。上午九点钟，我们分别来到了汉口的江汉关。碰头之后我们就沿着江汉路一直往大街上走。大毛建议我们逛逛书店，然后就去吃著名的蔡林记热干面，然后就到民众乐园听听汉剧、楚戏什么的。我同意了大毛的建议。尽管我觉得我们这样的行动带着没有任何基础的空虚感，也不知道会用什么样的收场来作为结局。但是大毛从北京特意地来了，我也就不能太坚持原则了。

没有料到的是，其实一切都不用我前思后想。生活自有它的规则。一场节外生枝的意外很快就结束了大毛的武汉之行。

我们在江汉路上步行了十来分钟，来到了十字路口，这里正在修建环形高架桥，人行道变得非常狭窄，偏巧这里又是最繁华、人流量最大的地方。行人都拥挤在一块儿，摩肩接踵地移动着。我的身后有一个男人早就不耐烦了。

他不断地催促我说：快一点！快一点！

我回过头告诉他：对不起，我快不了，前面都是人。

可是这个男人还是粗鲁地用指头捅着我的肩，说：快一点好不好！

他用一口汉腔骂骂咧咧地说：个把妈的，天上怎么不掉下一颗原子弹，把这么多婊子养的人都杀光他！

大毛擎住了男人的手指头，然后把它甩到一边，说：请你对女同志礼貌一点。

男人伸手就要打大毛，说：咦呀嗨，太阳从西边出来了，江汉路上还冒出了一个敢管闲事的普通话！

这个时候的大毛已经是参加过大学生运动会的田径运动员，他比男人高多了，也强壮多了。大毛不仅敏捷地接住男人的巴掌还暗中使了一点劲。男人脸色顿时就变了，他一蹦三尺高，指着大毛的鼻子说：好！好！你给老子等着！老子今天踏平江汉路也要找到你！

男人飞快地挤出了人群。我和大毛都以为事情就此过去了。可是周围的武汉人警告我们说：你们要赶快走掉！否则大祸临头了！我和大毛都有一点不以为然。这青天白日的，又是武汉市最繁华的大街，交通警察就站在十字路当中的岗亭上在指挥交通，还会有什么事情吗？尤其是大毛，血气方刚的小伙子，又是在女同学面前，自然要表现得更加地从容不迫。可是，过了一会儿，我们身后就发生了异常的骚动。我回头一看，那个男人，率领五六个地痞，拎着西瓜刀和木棍，一路推开路上的行人，杀气腾腾地追上来了。

我不顾一切地拉着大毛就跑。大毛还不愿意。我当街就朝大毛发脾气了。我说：大毛，你现在要是不听我的，我从此绝对不再理睬你！绝对！我知道武汉人的德行，这些人上来就会拿刀捅人的。

我急得嗓音都变调了。大毛这才跟着我跑进了新华书店。我经常来逛这家书店，知道它与古籍书店和翰墨林都是相通的。最近它还开辟了一间地下室，专门卖古旧书籍。地下室的门非常隐蔽，一般人都不知道。男人一伙跟着追进了新华书店，一路耀武扬威地吆喝着，所有的人都纷纷让道。大毛屈辱地被我死死地拽着，跟着我转弯抹角地跑进了地下室。在地下室营业的还是往日的那位老营业员。老头对我已经面熟。我赶紧把大致情况告诉了他。他的眉头立刻皱了起来,说:不好!老营业员让大毛赶紧睡进书架下面的书柜里去。

大毛斩钉截铁地说:不!我就站在这里等他们!

我低声吼叫道:大毛!

大毛就是不听,昂首挺立,一副视死如归的样子。我的眼泪急得流下来了。

老营业员见此情形,他就端了自己的茶杯出去了。老营业员把地下室的门带上并且挂上了锁。他自己则坐在外面喝茶。男人一伙到底还是寻过来了。他们大声地问道:老师傅,看见一男一女两个大学生模样的人了吗?

老营业员就和战争电影里面的革命群众一样机智,他说:看见了,你们上楼的时候,他们早就跑出去了。

危险过去了。我坐在地下室的旧书报上好半天站不起来。一味地只知道对老营业员感激涕零。大毛突然挥起一拳砸在一只旧木箱上。木箱上的一颗生锈的钉子刺进了大毛的手。大毛的血顺着铁钉往下滴,大毛一咬牙将铁钉拔了出来。我怕大毛感染破伤风杆菌,连忙把他带到医院注射了破伤风疫苗。然后就找来黄凯旋,设法将大毛送上了北去的列车。

大毛在月台上举着他受伤的拳头,对我大叫道:冷志超,他妈的这种鬼地方,又不是你的故乡,你打算待多久!

月台上的人都纷纷看我。我没有说话。我只是体谅地朝他送去了微笑。心有余悸的我此时只有一个愿望:祝他一路平安地回到北京。

7

我们毕业分配的结果终于公布了,我被留在了武汉市。我的朋友们为我高兴得又唱又跳,我请他们去悦宾餐厅吃了湘味牛肉米粉和豆皮。消息传到大毛那里,据说他的态度比较淡漠。大毛的淡漠我理解,我遗憾的是他理解不了我的由衷喜悦。我,就是我,我的母亲是固定不变的,我的父亲也是固定不变的,我出生的那个日子也是固定不变的,我遭遇的一切也都被注定在了时间与环境的经纬线上。我是末代的颓废的知青,是最后的不受重用的工农兵大学生。无论我们怎样地努力学习,我们还是被分配到了边远的城镇和山区。为了象征性地显示公平,武汉市只挑选了五名学生。我是这五名学生中的一个。这是不容易的事情!我心里非常清楚,这就是我医学院毕业之后全部的最好的结果。在中国的大城市中,武汉市也许不是一个最理想的地方。但是我又能怎么样?

在那个年代,一个人一旦分配了工作单位,基本就是尘埃落定了。我感恩戴德地穿上了白大褂。我把自己简单的行李从学校的学生宿舍拎到了某医院的单身宿舍。然后去理发店剪掉了长辫子,以比较老成的模样出现在门诊的诊断室里,期待着第一个病人毫不犹豫地坐到我的面前。

当第一个病人果真朝我走来的时候,我的心竟然加剧了跳动。结果在这个病人之后便是无数的病人。我的心早已平静如水,再也不受任何干扰。而十几年的岁月居然就这么悄然地过去了。

大毛于一九八五年结婚,大约一年多之后离婚。离婚后只身南下,先后在广州、深圳、珠海、东莞、海南等地待过,混乱地从事改革开放时期的各种热门职业。其间第二次结婚。大毛的第二次婚姻生有一子,其子被送回长春由他的父母抚养。九十年代的后半期,大毛经常跑国外,在走遍了发达国家以后,选中了欧洲的德国。经过不屈不挠的努力,大毛取得了德国的长期居留证。我在德国读博三年,我知道那是全世界最有规矩最秩序井然的地方,是上帝的偏宠。大毛居住在了适合人类安心居住的地方,钱对大毛来说好像也不再是问题。黄凯旋非常佩服和羡慕大毛,他一再地对我大发感慨,说:大毛成功了!黄凯旋在遭受雷击的前几天还带一个熟人来找我看病,那是他最后一次对我说:大毛真是了不起,人家那才叫活了一次!

我做了医生之后,有机会到处出差了。我参加学术交流会,参加会诊,短期进修,购买医疗器械,等等。有一次我去北京听一个学术报告,意外地在王府井书店与大毛相遇。我们在书店说了好久的话还兴犹未尽,就相约第二天去逛琉璃厂。

我们在书店相遇的时候,大毛刚刚买好一大摞书,他正处在选购书的亢奋之中。我们见面就交换了彼此购买的书翻看。我买的基本上是医学方面的书和文学名著,大毛买的是《看不见的手——微观经济学》《大趋势——改变我们生活的十个新方向》等在社会上激起了热潮的社科类书。大毛的语言表达能力本来就比较强，在北京的几年，显然进步飞快。他把一条腿交叉搁在另一条腿上，肩膀靠着书架，旁若无人地、十分煽情地对我说：新的时代已经到来！中国正处于新旧交替的夹缝时期，经济体制的改革是必然的，社会结构的调整是必然而且无情的。也就是说体现个人价值的时候到了。

他引用并且活用了马克思的一句名言，他说：思想的闪电一旦真正射入这块没有触动过的人民园地，中国人（德国人）就会解放成为人！

听了大毛的话，我也很激动，便也去购买了他手里所有的书。

可是第二天在琉璃厂我们却又是不欢而散。那是在进一家工艺品商店的时候，我被一种镂空的真丝绣花手绢迷住了，我对售货员说我要买三条。大毛抢着要付钱。我不让他付。

大毛坚持要付，他说：我应该买的。我早就应该给你一些礼物，但是我不知道你喜欢什么。

我觉得真要送人礼物还一定要去管人家喜欢什么吗？这种小心眼在我脑子里只是一闪而过。我主要是觉得这三条手绢很贵，一共一百多块钱，我们那时候的月工资才是八十多块。我怎么能让大毛为我一时的心血来潮付出将近两个月的工资呢？我说：你这个人真烦人。你又不是钱多得没有地方花。和我一样都是拿工资吃饭，何必与我讲这个客气呢？

售货员在一旁等着，低垂着眼睛偷偷地笑。大毛听了我的话，甩手就走了。他气冲冲地快步走着，径直到了公共汽车站。

这时恰好来了一辆公共汽车，他居然就上车了。

大毛把我一个人扔在了商店里。我咬着颤抖的嘴唇不敢说话，生怕自己当着售货员的面哭出声来。幸而售货员是一个善解人意的姑娘，她劝慰我说：咱北方男人就是这样，特大老爷们。你呢，刚才也是太不给他面子了。现在时代不一样了。如今北京的男人你说他别的没有都可以，要说他没有钱，他就跟你急。

北京的售货员给我上了一课。我明白了自己的错误，垂头丧气地自己回去了。回到武汉还不到一个月，黄凯旋就告诉我说大毛结婚了。

大毛的婚姻总是给我一种虚假感和飘浮感。而我的感受自然是来源于大毛。在他即将结婚的前夕，他和我在王府井书店里谈了许久的话，却一句也没有谈到他的女朋友和婚姻。我相信，一般来说，那个时候他应该与女朋友交往很深了并正处在结婚的筹备过程中。后来，大毛也没有把他的婚姻当作一件比较重要的事情告诉我。好像是在一次有很多同学聚会的场合下，他与大家开玩笑顺口说了一声"我老婆"什么的。说这个词的时候他的眼睛找到了我，这就算通知我了。我结婚的时候，黄凯旋他们来祝贺，从黄凯旋口里我才知道大毛正在打离婚。几年后我在珠海见到大毛，我们几个武汉老乡在一个渔村吃海鲜的时候，我这才知道他已经第二次结婚。大家都说大毛的老婆非常年轻漂亮。当时他的老婆回他的家乡长春生孩子去了。又过了几年，大毛在德国轻描淡写地回答说，他的老婆在美国念书。如果把大毛比作长江上的一艘船，他的婚姻就好比船尾的一条鱼，他们同在一条生活的河流里，那条鱼却总是游动在他的身体之外。我没有真实地看见过大毛的任何一个妻子，也没有真实地走进过他那种婚姻意义上的家庭。我没有再见到过对自己的婚姻这么心不在焉的男人了。可是黄凯旋认定只有大毛才不枉活了一次。我把黄凯旋的评价转告过大毛，大毛说：他知道什么！

有一次，我去深圳参加一个进口医疗器械观摩会，黄凯旋背着我把我的行程告诉了大毛。我在机场的出口处意外地收到了大毛迎接我的大大的一束鲜花。这是我人生的第一束美丽鲜花。中国女人过去是没有人送鲜花的。因此我相信改革开放之后的中国女人都容易被鲜花打倒。反正我被打倒了。这意外之喜让我高兴得头昏目眩，也足够让我在短短几天里做一个懂事的乖女孩，一会儿被大毛带到拙劣虚假的民俗文化村去游览，一会儿又被带到天安大厦的顶楼滑冰场去滑冰。在这个过程中，大毛有机会充分地不露山水地表现他的经济实力。我跟跟跄跄滑冰的时候，他坐在冰场旁边的咖啡厅里悠然地喝咖啡，就那么看着我。我从他的神态里抓住了他报复后的满足，也许是他自己都还没有意识到的。他的神态分明在告诉我，告诉所有人，告诉这个世界，他不再是那个硬着头皮要给女同学买真丝手绢的大毛了！我没有戳穿他，当然。

大毛脸上罩一只宽大的变色眼睛，穿着梦特娇T恤，戴着浪琴手表，在宽敞平坦的镶着绿化带的深南大道上开着矫健的奔驰小轿车。大毛彻底地脱胎换骨了。阔气又潇洒了。不再是我二十岁遇到的那个把草绳系在腰间取暖的大毛了。

崭新的现代化城市童话一般地在我们眼前掠过，是大毛这种派头的人最好的人生背景。

大毛说：多棒啊！你难道不动心吗？

我说：动心啊。

大毛说：那就来吧。每天都有成千上万的人拥进深圳啊。

我无声地笑了，我缓缓地摇了摇头。

大毛说：担心什么呢？有我啊。我可以把你的户口弄来的。你在深圳每个月至少可以有三千块钱的收入，是你现在的多少倍啊！而且这里是海洋性气候，四季如春啊。

我当然还是没有去深圳。

后来，大毛很是无奈地说：我怎么才能说服你呢？

8

在珠海的聚会是柳思思发起的。柳思思嫁给了一个在珠海投资的港商,很阔气地住在深圳蛇口的小洋楼里。柳思思的老公投资的是一家制药公司,这家公司为了打开在内地的销售,请了我们十几家医院的有关人员商议做临床对照的事情。柳思思这一下就不放过我了。她抓住了一切机会尽情展示她的幸福生活和对旧日同窗的友爱。柳思思本来就是一个火热的女孩子,突然的富裕使她更加火热。柳思思掏钱组织了在珠海的武汉老乡的聚会,大家都坐上日本面包车,到海边的小渔村去吃最新鲜的海鲜。大毛出现在这个聚会上。据说他在珠海搞修建珠海机场的工程。我听了这话就犯晕,修建机场是一件多么浩大的工程,我不知道大毛能够在这里面搞什么。因为自从改革开放以来,但凡在南边做了几天事情的人说话都是这样,口气都大得无边而且内容都大而化之。我也就没有迂腐地追问大毛怎么在搞珠海机场。

那天来的都是武汉老乡,柳思思又是同班同学,大家彼此一点没有陌生感。无论是谁，统统都被笼罩在了柳思思制造的热烈而随意的气氛中。我和大毛在这样的气氛中相互笑了一笑，握了一个简单的手，就被大家拉去唱卡拉 OK。好像我们中间根本就没有隔着几年的时光。

海鲜上来了。虾、蟹和贝类都在活蹦乱跳，海水的盐腥气在餐桌上弥漫。这的确是在城市的大酒楼里吃不到的新鲜，也是没有钱和没有车的人所享受不到的感觉。大家都积极地吃了起来。一律都喝了白酒。柳思思无比殷勤地劝说大家喝白酒，说海鲜是大凉的食物，不让白酒烧一烧就会坏肚子。十几个人大吃大喝，互相敬酒，碰杯，你和他说话，他又和他说话，嗓门需要一个高出一个。所有的话题几乎都被腰斩，所有的问题都是答非所问，语言的碎片在袅袅的酒气当中被大家掷过来踢过去。从这些碎片中，我仅仅知道大毛有了第二次婚姻。大毛的老婆非常年轻漂亮。还有大毛和柳思思的关系。似乎他们是情人，似乎又不是。柳思思倒是一个劲地替大毛剥基围虾。她把剥好的虾仁送进大毛的碟子里的时候，眼风十分的柔情。大毛却毫不在意地一再地把虾仁给旁人分享。后来大毛喝醉了。他突然地站了起来，自豪地对大家说：看，我会走路！你们谁会？

在回去的车上，大毛一直躺在后排。大家以为他在睡觉，可是当我们议论珠海这个城市如何如何好，气候如何如何好，如何静谧，如何小巧，如何适合居住和养老的时候，大毛伸过手来攥住了我的胳膊，用醉鬼那种没轻没重的语气说：你的性格适合珠海呀，你怎么不来珠海！武汉究竟有什么好？我就是想不通武汉究竟有什么好，值得你牺牲一切待下去！你是不是有病啊？正常的人谁不知道人往高处走，水往低处流啊！

柳思思问：大毛你瞎说冷志超，她牺牲了什么？

男人们解围说：大毛今天喝多了。

大家就又谈起别的来了。主要谈怎么挣大钱的问题。车内BP机此起彼伏地响，包括大毛的。大家都捂着嘴巴用手机回电话，也包括大毛。到了城里某个停车场，大毛说有急事。他急急地下了面包车，开上他自己的小车处理他的急事去了。这一次的大毛黑瘦了许多，显得慌慌张张，忙忙碌碌。

在从珠海回到武汉的途中，我思考了这么一个多年没有思考的问题。我为什么待在武汉？

我想起了我二十岁的那一年，那个油凌的天气，我从汉沙公路上进入了武汉。我的脚被大毛揣在怀里。这情形就是发生在湖北，在武汉。我在武汉读了医学院。我的人生初次地被别人尊重和赏识，我一动不敢动，生怕挪了一个地方，那良好的感觉就破损了。我在妇产科实习接生的第一个女孩子，名叫肖侬，她体质不太强壮，时常来看病。她很羞怯，无论如何都要等着我给她看病。一年又一年，我看着她长大。现在肖侬弹得一手好钢琴，只要为我弹奏，她就可以发挥得超常。所以在她参加比赛的时候，她的父母是一定要请我到场的。我和肖侬的父母成了好朋友。肖侬的父亲是华中农学院的副教授，研究无根栽培西红柿。有时候我们一起去华农看各种植物，在南湖边散步，或者看书。我和他们在一起，任何时候都没有不安的感觉。与人相处，没有不安的感觉是多么难得啊！这样的朋友在武汉，我还有一两个。我深知自己是一个不那么容易与周边融合的人，一般说来，别人进入不了我，我也没有进入他人的愿望。该死的，可恶的是我对一般人没有愿望！我是挑剔的，只不过装出不挑剔的样子罢了。在武汉这个七百万人口的大城市里，我生活了这么多年，才慢慢地挑选出自己的两三个好朋友。我不知道如果我换了一个地方，我是否能够从头再来，我是否有足够的时间和心情来遇上我的好朋友。

我不是一个人在武汉。事情没有那么简单。在我的周围，我还有一层层的基础。它们是我的工作，多年的出色工作，以及外界对我的信任和赞赏。那是我在某次会诊会上有力的发言。那是遇上紧急抢救的时候院长在广播里对我急切的呼叫。我们医院食堂的小朴总是偷偷地多给我碗里打一勺子菜。一到半个小时，浴室的老王就要恶狠狠地驱赶所有的人出去以便下一批人进来洗澡，对我却永远网开一面。我治疗过的许多病人，他们经常在大街上认出我并感激地与我打招呼。在有香花的日子里，在我上班途中，总有熟人把最新鲜的白兰花、茉莉花和栀子花塞进我手包。还有黄凯旋这样的一群朋友，他们和我谈不了多少话，但是他们在困难的时候喜欢找你，你碰上了困难也可以找他。如果他正在吃饭，他放下饭碗就会跟你走。黄凯旋死了，在不该死去的壮年，在这样的一个城市里，实在让你不忍心轻易地弃他而去。一旦有朋友长眠在那块土地上，你对这块土地的感觉就是不一样了。我又多次地逛过江汉路，那里有我和大毛惊心动魄的遭遇。那遭遇后来演变成了笑谈。那笑谈点缀着我们平凡的生活。我也曾多次路过我绝望地等待长途电话的电信局。现在到处都是电话了，那电信局已变成提供回忆的往事。你的往事，就矗立在那里，你触手可及，时常引发你的许多感慨。我三十五岁的时候还在体育馆门口平地摔了一跤，引得旁人捧腹大笑。我的丈夫在这个城市里到处寻觅，发现了我并且死死地盯住了我，使我在这个城市里成了新娘，后来又成了肥胖的孕妇，再后来又恢复了体型，这个城市是我作为女人的见证。我把我的孩子安排在这个城市最美好的季节出生，我成功了。而在这一切的深处，我父亲骑着毛驴的脚步声在向我走近，永远地在走近，我很怕我离开了这里，他就找不到我了。

——大概就是这些吧，这就是我之所以为我的原因，就是我正常呼吸的基础，是我生存巢穴里毛茸茸的细草。起初我感觉不到它们，一切都是慢慢地生长起来的。因为我感觉不到它们，所以我无从诉说和描绘。即便是现在我在心里描绘出来了，它们被描绘得这么肤浅和不准确还是使我不能对人开口诉说出来。

我是一个没有说服力的人。经常被雄辩者说得频频点头。但是我坚信我的本能。我本能需要什么我就离不开什么，这不是道理可以说得清楚的。也不是恶劣的气候和恶劣的人文环境可以与之匹敌的。个体生命的需要在关键时刻可以战胜一切！我坚信。

况且，武汉的秋天多好呵！有明净而高远的蓝天，有润泽而清爽的空气，这空气里暗香浮动，是桂花甜蜜的香。尤其是在其他三个缺陷太多的季节的烘托下，它是多么令人新鲜、爽朗、开心和感恩啊！

广州、深圳、珠海虽然没有寒冷的冬天，可那终年的潮湿和闷热何时是了？海南的太阳也太毒一点了！北方没有水！黄河近年屡次断流。在北京和天津喝茶，茶叶再好茶也不香，是水不好。而长江的水是甜的,汉江的水也是甜的,所有湖泊河塘的水都是甜的。水就是城市的血液对不对?一个大城市,没有大江大河怎么行呢?城市再大,没有江河大,你往长江边一站,只要你愿意,你的心就可以一日千里。这也许就是千百年来的优秀诗人都在湖北的长江边写下了脍炙人口的诗篇的原因吧?

况且,武汉的蔬菜是多么香啊!相信我。我吃过了东西南北的蔬菜之后,才发现没有什么地方的蔬菜比得上武汉。是不是正因为寒冷,土地才有机会浓缩和积攒自己的哺育能力?是不是正因为湿润和火热,植物才能够进入最佳的生命状态?武昌洪山宝通寺附近的紫菜薹,在初春的时节,用切得薄亮如蜡纸的腊肉片,急火下锅,扒拉翻炒两下。那香啊,那就叫香!真正的人间美味是无可言表的,唯有你自己来亲口尝一尝。来吧!广东的苦瓜味道太淡,海南的空心菜味道太淡,北方的萝卜味道太淡,湖南四川的辣椒太辣,绍兴的臭豆腐太臭,来吃一吃武汉蔬菜吧。吃了就知道了。

9

从珠海的聚会之后开始,我不定期地收到大毛的明信片。大毛知道我是不会写信的。我们也没有交换过电话号码。也不是故意不交换,就是没有交换过。电话这种在当代非常普及的通信工具不知道为什么被我们完全忽略了。我医院的通讯地址十几年如一日地没有变化。大毛的明信片从人类居住的这个辽阔地球的四面八方越过万水千山地朝着这固定的一点飞来,就像候鸟。一般来说,明信片的正面是当地典型的风景,背面是一句简单的问候。明信片来自云南、西藏、上海,以及新加坡、德国、泰国、美国,还有一张是非洲的喀麦隆。我很好奇大毛到喀麦隆干什么去了,可是他没有留下具体的通讯地址,也没有在明信片上多写几句话。有一年的冬天,我收到了一张来自芬兰的明信片,画面上是芬兰的圣诞老人。据说圣诞老人诞生在芬兰。仔细一看,我才看出画面上正宗的圣诞老人原来是戴着白胡子和红色圣诞帽的大毛。根据明信片所指点的方位来看,大毛去的地方都是人们想去旅行的地方,都是好地方。我不知道他是去旅行还是去工作，可是无论他去干什么，我都毫不怀疑那是出于他生命的需要。

我在德国读博的最后一年是一九九六年。学业结束，拿到了学位，购买了机票，收拾了行装。我提着行李来到了柏林。我要在柏林度过我在德国的最后两天。我要在柏林好好地逛一逛，彻底地休息两天。第一天，我在德国漫长的冬夜里睡到了上午九点半。十点，我下楼，在我下榻的饭店里，面对餐桌上的圣诞花和一小截红蜡烛吃了一顿早饭。对于德国的早餐使用带有布尔乔亚味道的"早点"这个词不太合适，尽管进餐的环境很布尔乔亚；用我们当知青时候在农村常说的"早饭"是最恰当的了。德国的早餐非常丰盛，德国人也吃得非常多，他们在低徊的音乐声中用心地慢慢地吃着，用小竹筐拣来的满满一竹筐烤得焦黄香脆的小面包，在他们轻声细语的交谈中便令人惊奇地消失了。当然，更令人惊奇的是与面包一同消失的食物，它们是大量的黄油，奶酪，果酱，烤肉，火腿，麦片，鸡蛋，水果，生黄瓜片或者生西红柿片，咖啡，冰冻鲜果汁，等等。在这种环境的影响和鼓励下，我也尽量慢慢地吃，多多地吃，学着他们把面包剖面切开，在每一个剖面上一层层地涂上黄油，奶酪，果酱，再铺上烤肉和西红柿片。这样夸张的面包，我最多也就只能吃下一个，然后需要喝一壶咖啡，以消化那些黄油和奶酪，之后还需要喝上满满一玻璃杯冰凉的果汁，否则心里就会烧得慌。即便是这样，餐厅的那位头发花白衣冠楚楚的老侍者在为我开门的时候还是怜香惜玉地说：小姐，你吃得太少了一点，热量不够的。

我的热量足够了，在国内我经常不吃早餐或者就吃一点稀饭和馍馍，我也精力充沛。我这么耐心地从我的早餐说起，是因为这一天有奇迹要发生。而这个奇迹得以形成，就是由我的懒觉，由我漫长的早餐铺垫出来的。有时候，我们在不自觉的行为中发展着生活的细节，发展的当时觉得这些细节毫无意义乃至无聊，当最后的谜底突然在我们面前揭晓的时候，我们在激动之余是怎样地后怕呵！试想如果我们先头不是这样而是那样做了呢？那么你人生的遭遇就会完全不一样。

这一天，我是准备独自去看博物馆的。由于我睡了懒觉，由于我在环境的影响下吃得多多而且慢慢，这样，我十点半钟就没有能够出现在博物馆，而是还待在餐厅，望着被洁白镂花的窗帘装饰得很漂亮的窗外。窗外并没有什么，是寥落的行人和远处的教堂尖顶。这样，我就接到了一个电话。大堂的侍者拿着移动电话来到餐厅，他一眼就看见了我放在餐桌右角的那枚硕大沉重的铜钥匙，铜钥匙上有一个清晰的房间号码。侍者就径直把电话送给了我，说：小姐，您的电话。电话是我的柏林的朋友苇高雅来的。苇高雅是一个地道的日耳曼女医生的中国名字。她从我的导师那儿知道了我在柏林的下榻饭店。她盛情地邀请我今天晚上去吃法国菜。如果我此时此刻已经在某博物馆了，我就接不到苇高雅的电话了。这一天我肯定是在外面吃过了晚餐才回来。中餐在德国是小事一桩，德国的早餐足以需要整个白天来消化，中午最多随便添加一个汉堡包就够了。可是我接到了苇高雅的电话。她的盛情不容我谢绝。这样，无论我去哪里游玩，我都得在晚上八点到达那个法国餐馆。那个法国餐馆的名字我想用中文写出来可是就是写不出来。其实不同语种之间不能翻译的语言是大部分。翻译都是再创作。

这样，我在晚上八点整准时到达了这家法国餐馆。苇高雅也正好到达，我们在法国餐馆的衣帽架旁边拥抱了一下。也许是因为在法国餐馆的原因，苇高雅入乡随俗地在拥抱我的时候亲了我的脸颊，还像法国人习惯的那样发出了响亮的"啧啧"声。我不行，我不好意思，我发不出声音来。不过我不尴尬，我认为这是一个民主的自由的国家，我不想发出什么声音就可以不发。这样，我们就在最近生意比较红火的法国餐馆坐下了。我点了一个鲑鱼。苇高雅点了一个羊排。苇高雅拿起餐桌上一只橡木做的、形状类似于我们中国过去纺锤的东西给我看，说这是法国家常菜的一大特点，要我猜猜这个东西是做什么用的？我猜了好几次也没有猜出来。我旁边一个好心的法国小伙子看见我总也猜不出，很同情我，他希望我容许他帮助我，我说：当然。法国小伙子在我面前旋转了"纺锤"的顶端，立刻就有被碾碎了的胡椒粉飘洒下来，使我猝不及防地打了一个极大的喷嚏。法国小伙子慌忙地向我道歉，我正要说没有关系，可出口的又是喷嚏。周围的人都大笑起来，我的笑声尤其失去了控制，嘹亮得近乎放肆。这种情况无论是在德国还是法国，发生在餐馆里显然是有一点惊世骇俗的。这惊世骇俗的笑声惊动了几乎在餐馆进餐的所有食客。在离我们的餐桌最遥远的一个角落里，有一个中国人站起来了，他朝我们这边张望着。这个人就是我好几年没有见到的、我的好友大毛。

世界这么大，欧洲的国家这么多，德国的城市也还有许多个，柏林的餐馆不计其数，人们都有自己的时间轨道，大毛有他的，我也有我的，我后天就要回国了，可是，我们就是遇上了！这是多么玄乎的概率！就像中大彩那么罕见。在这种概率降临的时刻，不由人不震惊，不由人不兴奋。我们都向对方奔过去，我绕过一张又一张餐桌，不时地撞在人家餐桌的拐角上，我口里干脆不间断地说着对不起对不起对不起。我们相会在法国餐馆那充满了艺术情调的酒柜前，法国酒保双手撑在柜台上，孩童般天真和期待的眼睛看着我们，用人类都能够会意的语言说：嘭——这是开香槟酒的声音，他在祝贺我们。我们在香槟酒的声音中稍微迟疑了一下，还是拥抱了。这是一个没有更多意义的入乡随俗的拥抱，仓促而短暂。在法国餐馆的环境里，在法国酒保的祝贺下，我们除了拥抱好像别无选择。

饭后，我们与各自的朋友告了别。然后我们就近去了路边的一家酒吧。这个时候的我已经比较能够喝德国啤酒了。我们在高脚凳上坐着，一口一口地喝着啤酒。玻璃窗外是德国冬天的毛毛细雨。雨丝在路灯下时隐时现，像个幽灵。酒吧的墙壁上到处是彩色颜料的涂鸦，和柏林大街上被年轻人乱画的墙壁一样。我不知道酒吧的墙壁上是年轻人乱画的还是艺术家认真画的。我和大毛在酒吧聊到凌晨一点多钟的时候，我犯困了。我的头就像被人打了一闷棍，立刻就昏头涨脑，语无伦次起来。大毛将我送回了饭店。我用钥匙打开饭店的门，自己摇晃着走了进去。

由于大量的啤酒，我和大毛在酒吧里的谈话随着谈话的发生而消失着，就像春天里的雪花，根本不等落到地面就融化了。现在还留在我记忆中的只有那幽灵般的雨丝，酒吧墙壁上的涂鸦和挂在酒吧门口的酒幌子。最后我向酒吧招手道再见的时候，唯有它在给我回应。

第二天，这是我在德国的最后一天了。上午十点，我被大毛的电话唤醒。他已经来到我的饭店了，坐在大堂里看当天的报纸。我还是坚持吃了饭店提供的免费早餐。之后，我坐上大毛的小车。我们去看了残存的一段柏林墙，然后沿着菩提树下大街散了一个多小时步。因为这一天是周末，街上所有的商店都遵循德国的法律规定而关门歇业。我们就回到了大毛的住处。大毛的住处也就是他们公司的所在地。他们公司租用的是一幢十九世纪的老房子，据说曾一度是某位丹麦王子在柏林的别墅。公司的几个德国人都休息度周末去了。大门紧闭，花园树丛参差，杂草繁密。从外表看，这幢楼房已经是风烛残年了。大毛用遥控器打开了车库的卷闸门，我们直接从车库进到了房子里头。我发现我首先进入的是厨房。厨房的明亮、洁净和现代化使我顿时对这古老的旧屋产生了相当的好感。当然，对于这个世界来说，我永远是幼稚的，更精彩的东西总是在后面。大毛带着我参观了这幢豪屋的每一个角落。地下室里居然有一个巨大的游泳池和整套桑拿设备，还有豪华的更衣室，精致的化妆间和舒适的休息室。地下室里还有一个房间装的全部是机器设备，那儿有一只圆形的表盘。

大毛说：很简单，如果你想要哪个房间是多少温度，你就扭动一下指针。

我没有去扭动那根指针，我相信德国人会将机器制造得无比精密。外面飘起了雪花，我穿着一件牛仔衬衣，赤着脚走在温暖的地板上。一种制暖的热油通过地板底下纵横交错的管道网络，将整幢楼房均衡地温暖着。纯粹是出于情调的需要，也是出于不忍心拂逆过去的老房东的善意，我们还是点燃了客厅的壁炉。老房东在出租这幢房子的时候，他特意劈了一垛木柴，整整齐齐地码在院子里，大毛说这垛木柴至少可以烧两个冬天。我听了这话就毅然地跑出去抱了几根木柴进来，在壁炉里生着了火。这是我人生的第一次，在零下十五摄氏度的冬天里，穿得轻松单薄，光着脚丫子，坐在火苗熊熊的壁炉前。鲜花在窗台上盛开。餐桌上有一大盘肥硕的水果。德国最好的莫芝尔河的白葡萄酒在玻璃杯里泛着浅琥珀色的柔光。客厅的一面墙壁是整面的落地玻璃，反映在玻璃墙壁上的，是户外自由的绿树和青草，是石阶侧面默默无语的青苔，是被穿着大衣的老人牵在手里的可爱的狗。这一切都使我根深蒂固的冻疮从骨子里很难受地痒痒了起来。这是那种挠不到的痒痒，比疼痛还难受。

　　如果说我没有被这幢豪屋所震动，那是假的；如果说我没有感到我的生活与这种生活的天渊之别，那是假的；如果说我没有因为这种天渊之别而产生深深的悲哀，那也是假的；可如果说我愿意在这幢房子里永远地待下去，那肯定也是假的。

　　后来，大毛对我说：留下来吧！

　　我肯定地回答了他：不。

　　大毛企图说服我。他说：德国是上帝给人类的恩赐。我们要懂得领会上帝的意思。你也知道很多中国人为了留在德国不惜一切代价。

　　我说：我知道。

　　我说：我还知道你和隔壁左右的邻居是不可能来往的。我还知道你从北京带来的大葱藏在阳台的盆花底下，黄酱藏在你卧室的抽屉里。我还知道前几天就在柏林的地铁上，一个黑人被扔出了窗外，而一伙新纳粹分子在柏林的市郊又烧毁了一个中国难民营。

大毛不吭声了。过了一会儿，大毛说：一个人为了自己的理想，总得要忍受一些不如意的东西。

我说：是的，我选择忍受武汉的冬天和夏天。

大毛说：你成熟多了，但你也变得尖刻多了。

那天，我们一起做了两道中国菜。京酱肉丝和粉条熬大白菜。粉条是从北京辗转带来的。大白菜很不理想，就在土耳其人开的蔬菜店购买的。据说这个品种的大白菜，在德国的名字还就是叫作北京大白菜。

我飞上了天空。开始了十几个小时的飞翔。我将如期地回到我的国家和我所在的城市。大毛在送我到机场的途中恢复了他的自信。

大毛笑着说：你一回去就会发现你非常不适应了。

大毛说：冷志超同志啊，你还是幼稚的，你还是年轻了一点儿，见识还是少了一点儿，回去再好好想一想吧。

我说：我肯定会怀念在德国的生活的，我也肯定会怀念这幢别墅的，特别是游泳池和壁炉。

我怎么能够不向往和怀念美好的舒适的生活呢？尽管我知道自己不是太聪明，但我还不至于那么傻。

这一次，大毛主动给了我一张他的名片，上面有他在德国的电话和地址。大毛对我的教导冲淡了分手的感伤，仅仅为了这个，我也要从心里感谢大毛的教导。是他使我比较轻松愉快地在一九九六年的岁末步入了专门为我提供离别的柏林机场。

10

今年的春天，说是由于厄尔尼诺的影响，武汉本来就潮湿的春天出现了更加不可思议的潮湿。整栋的楼房，家里的家具都挂满了细碎的雾珠，脚步的轻微走动，就会使脆弱的雾珠惆怅地流了下来。在这样的春天里，人需要非常强健的精神系统才能使自己不被烦闷和颓丧所感染。我们的呼吸每天都是这样地困难。对一场淋漓尽致大雨的期盼和对灿烂阳光的期盼成了我们对生活的全部期盼。医院里哮喘和肺气肿病人的死亡率急剧地上升。

中午，下班的时间到了。我正要收拾听诊器、处方签什么的，一个病人坐到我的面前说：大夫，我是慕名而来的，请给我看看病吧。

这是大毛！

大毛的话音刚落，我情不自禁地给了他一拳。我的举动把别的大夫吓坏了，以为我的精神在武汉的春天里受潮了，出手殴打起病人来了。

大毛的到来使我多么快乐啊，尤其是在这种天气里，尤其是在我们现在的这个年纪。一个老友突然出现在你的面前，这种情形也许在世界上重复了无数次。但是，在现在的中国，在我们这种四十岁左右的人里面，并且是深深地陷落在俗世的忙碌和纠缠于名利之中的中年人，并且那陷落和纠缠的范围已经突破了国界。这样的人一般都不再有精力和心力去延续没有实际用途的往日友谊。那需要有多大的力量和勇气才能从自己的生活规律中突围啊。要知道，中国的此时此刻的成年人，正处在最不容易突破自己的历史时刻。而大毛却突破了他自己，他就这么丢开一切来武汉看望老同学了。

我当机立断地向科室里请了假，然后邀请大毛住到我的家里去。大毛愉快地接受了邀请，他说：好啊，一直都还没有看看你的家呢。

我们三口之家居住在市内，是不太宽敞的两居室，以便我们上班和孩子上学。但我从来没有想过要把大毛请到那里去，因为我们在市郊还有一栋小楼房，那是我们周末或者想开心的时候来居住的。我在花园的一角种了一些蔬菜。我们家里的人称它为"我们的农舍"。

我开着我那辆普通的小车，把大毛带向我们的农舍。当我的车离开了市区，踏上了宽阔的国道的时候，大毛突然感觉出了这地方。他说：这就是那一年，我们从洪湖进入武汉市的公路吧？

对，就是那条国道。现在它拓宽了，质量也提高了，是一级公路了。公路两旁是几米宽的绿化带。潮湿的气候使人们感到难受，植物却因此而青翠欲滴，格外舒展。我们的农舍就在这附近。我坐在我家的花园里，可以遥遥看见进出武汉市的车辆。我那二十岁的往事便不可能走远，它总是伴随在我的身边。车一拐弯，进入了天水湖山庄。山庄的保安已经认识我的车，没有要求我出示证件。我流畅地把车一直开到我们自己家的车库里。

大毛吃惊地说：这是别墅啊！

我提醒他说：可我家的房子很小，花园里种了蔬菜，严格地说是农舍。

大毛站在我家的花园里四处打量，他说：行啊！你行啊！又是私车又是郊外别墅，你很前卫啊！

我不想因为我的反驳而冒犯我远道而来的朋友。我的车和小楼房都是最简单和最普通的，我的唯一目的就是为了回归农舍。我常常赤脚坐在园子里看书，让那凉丝丝的地气沁入我的脚板，沁入我的身体，就和我当年做知青的时候一样，和我父亲小时候一样，和我爷爷终生一样。我的根毕竟是农民啊。我一直不愿意公开我们的小楼不是因为别的什么，就是因为害怕人们会用一个通俗的观点去归纳你。什么别墅啊，前卫啊，这种归纳似是而非地让你很不舒服。但社会上已经形成了许多语言事实，你个人只能望洋兴叹，一跺脚由他们说去罢了，只是被人们议论着、评价着、归纳着的那个人不再是你。冷瞅着一个不是你自己的人被当作你在社会上活动着，那怎么不是一种奇怪的痛苦呢！当然，我们山庄里更多的是大宅豪屋，可以称得上别墅。这些别墅终日关着大门，只有夜晚才有豪华的小车悄悄地进出。在大门打开的时候，流泻在门廊上的光线里，常常有一个俏丽的妙龄女郎闪身进入。或者是一个外貌猥琐穿着却很有质量的男人，他习惯停在台阶上咳嗽一声，把痰吐在自己家的花园里。这些别墅的房东一般都是不愿意公开身份和姓名的。他们和我保密的动机不一样。中国的经济体制改革也就是这十几年的工夫，千万富翁、亿万富翁的钱是怎么赚来的？大概都是不便说得那么清楚的。总之，现在中国的豪华别墅总不是那么磊落和顺眼，多多少少都散发着暴发的味道。我们是不应该和这样一些别墅主人住在一个山庄的，但是由于我们也需要现代化的物业管理，我们目前没有别的选择。

我前卫吗？也许我是愚蠢。我想可能不会有人像我这么没有头脑，倾其所有地在郊区购置一栋农舍，为的是回到原初的单纯生活。也许还为了将城里放不下的四季衣物往这里放下一部分。在炎热的苦夏，躲开大街的喧嚣和汽车的尾气还有无数邻居做菜时候的油烟，龟缩到这里，坐在我的阴凉的廊下，双足插入泥土之中，这就是我生命的挣扎。为了生命的挣扎，我会不惜代价。为了静静聆听湖水的细细吟唱，我也会不惜代价。

我和大毛坐在我的花园里，喝着清茶，吃着点心。装点心的瓷碟是我曾祖母出嫁时候的陪嫁。有青花的，也有粉彩的，都比较粗糙，一望而知是普通民窑烧出来的，朴素又温和，与我家花园里种的茄子和小葱，与篱笆上缠绕的牵牛花和金银花同在，它们相处得非常和谐。我家楼房里头简单得近乎清贫，但是日常所用的东西都很称手。一般中国人认为这就是别墅。我可是住过丹麦王子在柏林的别墅的，我清楚地知道这就是农舍。

大毛有一点控制不住他的万千感慨。他说：怎么可以想象十几年前的那一天，我们从这条公路上走过呢！那天，你的脚就跟冰疙瘩一样。

我说：是啊！你穿着一件军大衣，里面的棉袄还扎着草绳。

大毛说：我操，湖北这气候。你在武汉坚持到了今天，真是不容易啊！

我真不知道说什么才好。我一再地希望可一再地说不出我在心中描绘过的若干理由。我唯有微笑着喝茶而已。

我的丈夫回来了。他们两个男人的握手是结结实实的。然后他们坐在花园里继续聊天。我抽身去做饭，在他们近旁忙碌，耳朵里捡到他们的只言片语。我在园子里摘茄子。男人们抽着烟谈论时事和即将在法国开赛的世界杯足球赛。我听见我丈夫把巴西球星罗纳尔多也说成了罗纳尔兔。这是我的叫法，我觉得罗纳尔多很像一只可爱的兔子。大毛一边说话一边在桌面上无意识地旋转一颗图钉，这使我想起了他在医学院课堂上的表现。春天的薄雾浸润着我们的花园，尽管没有明亮的光线，我还是看见了大毛的白头发。我看见了，在他的耳侧和鬓角。大毛依然年轻健壮，身体板直，没有发福的迹象，可白头发有了。无论如何，生命的年龄总是被现在的我一再地想起。我再也不像二十岁那样，对年龄毫无感知。白头发对于我来说，它是一种郑重的提醒。

饭后，我和大毛去散步。我们沿着天水湖走着。天水湖是一个活水湖，它与汉江相通，水面辽阔得像大海。成群的黑色蜻蜓在湖面上盘旋，不时地惊起试图歇在小荷上的水鸟。远处的农家传来了隐约的鸡鸣和犬吠。远近一片迷蒙。我觉得这一切都美好极了，大毛却并没有太在意眼前的景色。他好像在别的情景之中。我们谈起了彼此的家庭。大毛依然是那么含糊而简单地说：他们都好。

我说：柳思思呢？

大毛说：可能还在珠海吧，要么去了香港。你以为我喜欢她那样的女人吗？

我不出声了。我为大毛对柳思思的语气感到愤愤不平。男人有时候是多么不可思议呵。难道柳思思对大毛还不够倾心，还不够好吗？男人到底需要什么？我得承认，大毛对柳思思的态度一直在刺痛我。从前的刺痛有尴尬和嫉妒的成分，现在却分明有着物伤同类的酸楚和作为女人对男人的不解。对柳思思则只有怜悯了。这种情感的转变是什么时候发生和完成的，我自己一点都不知道。

你好吗？大毛问了之后很快又否定了自己的问题，接着说：看得出来你很好。比我要好。

我说：你怎么不好呢？

大毛说：我怎么又好呢？

大毛扭转了话题，说：看来你是不会出国居住的了。

大毛又说：我最近在美国买了一栋房子。

我恭喜了他。不管怎么说，一个中国人在美国买了房子总归是一件好事。

大毛毫无把握地说：那房子你可以随时去住。你先头摘茄子的样子使我产生了幻觉，觉得完全是在我的园子里发生的情景。

我说：谢谢。

大毛认真得有一点严厉地说：你为什么不跟我走？始终？这是我一生中最不理解和最不敢相信的事情！

这是我最无法回答大毛的问题。也许一生一世都无法回答。因为我不知道，我说不清楚。

我慌不择路地把话题转移到了最近在武汉火热上映的美国大片上来，我问：美国人也看《泰坦尼克号》吗？

最初大毛好像听不懂似的睖了我一眼。俄而，他明白了。他停下来，点了一支香烟，吸了一口，问我：你刚才说什么？

我说：美国人看《泰坦尼克号》吗？

大毛没有表情地说：也是看疯了。

我追问：你看了吗？

大毛说：我？我当然没有。这么多人都看、都说好的东西想必就不是什么好东西，一个通俗故事而已。这是我对一个采访我的记者说过的话，报纸上已经登出来了。

我说：大毛，我觉得你可以不喜欢《泰坦尼克号》，不去看它，这很正常。如果你就这么平静地如实地告诉记者说我不想看它，那就真的是正常。但是你为什么要对记者下断言说它不是好东西呢？你没有看你就说它不是好东西的根据何在呢？因为大众说好，那个东西就一定通俗不堪？对吗？你以为你是谁呢？你不是大家，对吗？你是极少数的精英，对吗？你要发出和大家不一样的声音，以便引起大家注意，不是吗？其实这不就正好说明，你毫无事实依据地否定某个东西的心理基础纯粹是出于最世俗的动机吗？

大毛看着我，有点发愣。

我也愣了。大毛是难得的稀客啊，我这是在干什么呢？我如此激烈地批评大毛是为什么呢？我是在报复和打击他！我有一点儿明白了。看大毛的样子，他也有一点儿明白。但是为了

63

什么要打击和报复呢？这就又不明确了。为着柳思思抑或为着女人这个性别？为着某种一直盼望却又不希望发生的冒犯？为着突然撕裂了我们之间保存完好的某种默契？为着他生气勃勃大大咧咧地所做的一切所说的一切？为着我们骨肉般地相同和仇敌般地不同？

我几乎要哭。我说：对不起，大毛。

大毛摸了摸我的肩头，说：没事。

稍停，大毛平静地说：我们回去吧，湖边的水汽太重了。我始终还是受不了武汉的气候。

这一次的谈话是我和大毛相识以来最尖锐也是最失败的一次谈话。我们都感到了流血和疼痛。比流血和疼痛更使我们难受的是彼此话不对茬。

回到房子里以后，大毛活跃多了。他和我丈夫开着男人之间粗鲁而健康的玩笑。他们爬到阁楼上去翻看多年以前的旧报纸。直到我大声地叫他们下来吃饭。这时我认识到：有一定距离的、生疏的、萍水相逢的友谊是多么轻松愉快的、没有责任和负担的友谊啊。

黄昏来临之前，大毛要走了。原来我是打算了他要住两天的，我甚至已经将客房换上了新的卧具。散步回来以后，我猜测他不会住下来了，果然就是这样。在大毛豁朗的自由的姿态面前，我和我丈夫的挽留显得庸俗而多余。大毛又刮了胡子，洗了脸，西装穿得很有派。他和我丈夫紧紧地握了一个手，从我家的花园里走了出去。

我丈夫对我说：你去送送大毛。

我跟在大毛的身后送他，送到了花园的篱笆门边，我止步了。

我穿着一件松垮的灯芯绒外套，手里端着一杯茶。我想说点什么，可说出来的话，从内容到语气都很像母亲给儿子的，我说：你要多多保重身体呵。

大毛说：知道的。你也一样。

我说：再见了。

大毛：我们会再见的。

我目送大毛走向来接他的小车，那小车是他用电话召唤来的。大毛无论在哪里都有神奇的能力，就像当年下油凌的那一天，一眨眼，他就借来了一辆自行车。大毛的脚步非常矫健，毫不拖泥带水，正是那种不倦地追逐更肥沃的土地，不倦地追逐更新更好更完善的脚步。这种脚步也带着浓厚的天生的痕迹。

大毛在上车之前回头望了望我。我把手微微地举起摇了摇。突然，我非常非常清晰地感觉到，十几年的岁月就在他和我之间倏忽地过去了！如旷野里灰色的野兔在奔跑。说简单也很简单，大毛一直想把我带到更好的地方去生活，而我竟然傻乎乎地在武汉一待就是十几年将近二十年！

雾霭越发深重起来。路灯跳了一下，亮了。空气中的水分几乎用肉眼可以看出来。它们渐渐地浸透了我的肌肤。我呼吸困难但通体滋润。武汉的水是甘甜的，这不能不承认。我在园子里久久坐着，好像等待着什么。不，我没有等待。我是在想我这个人为什么要这样？要像现在这样生活，而不是那样地生活。是不是由于我从小的经历就埋下了我这一生的伏笔呢？是不是我这个人注定了或者说是习惯了在忍受苦难中捕获那细小的微弱的幸福呢？或者说人生的幸福本来就细小和微弱，我是为了扩大它而在病态地自虐呢？为了看见食物那炫目的美好，我宁愿饥饿。为了永远的相聚，我宁愿一再地分离。我在用失去收获得到吗？我在用坎坷拒绝平淡吗？我在用缺陷逃避完满吗？是啊，在我这个年纪，我已经慢慢看见了自己，从透明的二十岁走了过来。对于这个姑娘，我有多么熟悉就有多么陌生，有多少喜欢就有多少讨厌。我一直试图对她解释清楚什么却永远也解释不清楚，其中包括对大毛深深的歉意和比歉意更深刻更复杂的那份感觉。

看麦娘

上官瑞芳用她全部的青春和生命反对我的平庸,我却还是那么地理解她和心疼她,她绝对不是堕落,她是爱人膏肓的女人——这种女人与天使仅一纸之隔了。

1

六月二十一号，每年都有这一天，不是吗？五年前有这一天，十年前有这一天，二十年前有这一天，百年前也有这一天。我不知道别的人是否记忆特殊的日期？是否会在某些特殊的日子里心神不宁？是否会坐立不安，非得要做一些自己想做的事情？总之我是。

今天是六月二十一号。昨天入夜，我就开始辗转反侧。凌晨四点，我口渴难耐，起床喝水，借着晨曦的光亮，在挂历上的今天，用红笔做了一个记号。三个月了，我女儿容容失踪整整三个月了。明暗交织的黎明之色，比白天暗许多，又比夜晚亮许多；人的意识，比白天朦胧许多，又比夜晚清醒许多。我清楚地意识到了问题的严重性，容容的失踪，到昨天，还只能说是两个多月，而今天，就是整三个月了！挂历下面是一只酒柜，酒柜的台面上，全部是相框。容容在照片里欢笑，她是现在流行的那种最上镜的姑娘，排骨胸，鹭鸶腿，巴掌脸，大嘴巴，一笑就露出百分之八十的牙齿，牙齿颗颗都光彩夺目，真是朝霞满天啊。就是这样的一个女孩子，二十岁，北漂去京，已经整整三个月没有音讯了，想想会发生什么样的事情呢？北京那种城市，什么事情没有可能！客厅的一切，在单纯又深远的黎明之色里活动起来：电视机自动打开，屏幕上显示出来的正是容容。她在狂奔和呼救，从老远的地方往我的所在之处奔跑，紧紧追赶容容的是一股浓烟，是那种铺天盖地的浓烟，铅灰色，翻滚着，一朵里面又膨胀出无数朵，简直就像一只旺盛裂变的多头怪物。太可怕了！我立刻知道自己应该采取什么措施。我必须不顾一切，立刻去救我的容容。否则，这些青春欢颜就有可能变成她的遗像，满天朝霞将会永远凝固在我的天空，柜子里保存的小小的奶杯、铅笔盒、墙上挂的布娃娃和枕头旁边的绒毛玩具，将都会变成遗物，从此令人不忍目睹。生活就是这样，欢乐变成痛苦，经常发生在转瞬之间。在我这个年纪，对于生活的不可知性，已经多次领教。这一次我实在是不敢大意了。

我下意识地伸手关掉电视，结果却是打开了电视。电视机突然发出嘈杂的声音，于世杰被吵醒了。他被吓得从床上坐了起来，伸长脖子搜寻我，说："你在干什么？"

我翻腾如大海般的心绪，怎么面对一个从熟睡中惊醒的人？我从哪儿说起，于世杰才不至于觉得突兀？结果我说："今天是六月二十一号，你知道，这个日子对于我，很不吉利的……"

于世杰说："拜托了！请你睡觉，好不好？"

我说："容容失踪整三个月了——"

"容容没有失踪！容容是没有与我们联系！"于世杰强调说，他闭上眼睛，极其受不了地倒在枕头上，说："拜托了！拜托了！

现在睡觉，一切都天亮了再说！好不好？"

天还没有亮，人就一定要睡觉。于世杰理直气壮。我只好上床，可是我再也无法入睡。于世杰一直断然否定"失踪"的说法，他认为我夸张。他认为现在的女孩子，在北京闯天下，一段时间不与家里联络，并不是什么特别奇怪的事情。"何况，"于世杰专门捅我的心窝子，说："容容名叫郑容容，不叫于容容，上官瑞芳不急，郑建勋也不急，你急什么？"

我说："于世杰，你能够说容容不是我的女儿？"

于世杰说："是养女！"

我说："养女不是女儿？"

于世杰说："养女不是亲生女儿。"

我说："不是亲生女儿就不是女儿？"

于世杰说："是养女！"

我说不过于世杰了。无论什么事情，由他一说，都理直气壮。多年前，在我们确定了婚姻关系之后，于世杰就开始打断我的话题。当我试图表达自己某些感觉的时候，于世杰就扭转话题方向，讲出许多道理来。比如像这种"一切都天亮了再说""养女不是亲生女儿"之类的，令你无法反驳他，因为一般说来晚上就是应该睡觉的，一般说来养女当然就不是亲生女儿。可是非一般的个人感受呢？不也是客观事实吗？我的感觉他不听，他甚至不给我表达自己感觉的机会，因为感觉的表达听起来总是有一点云里雾里，需要缓缓展开，听者需要非常的敏感和一定的耐心。于世杰不听。于世杰经常谆谆教导我，要我做一个大大方方的女人。于世杰的话没错。可我觉得自己不正是一个大大方方的女人吗？难道具有个人感觉就不大方吗？于世杰说："我没有说具有个人感觉就不大方，我只是希望你做一个大大方方的女人。"这样绕着说话真是累人，我自然就不说话了。我们夫妻之间的对话方式就这样，慢慢定型了。在后来漫长的日常生活里，只要我听凭感觉说一些观点和做一些事情，于世杰准定要把问题接过去，然后立刻一二三四五地分析，某个问题就会像屠户手下的猪，被吊在梁上，肉是肉，脊骨是脊骨，下水是下水，一切都条分缕析，清清楚楚。而我的感觉和动机早被瓦解了。我结结巴巴什么都说不出来了。除了专属于我自己的药品制剂专业，其他方面的问题，我都说不出所以然来。开会的时候，我听大家发言，我觉得谁都比我说得好。当然我会有话要说，我会被触动，会忽然地眼前一亮，我很想用语言把它们表达出来，可是，往往就在我寻找恰当的语言，组织语言顺序的时候，说话的环境已经消失。话题转移了。争论起来了。领导讲话了。散会了。于世杰打电话去了或者看足球去了。我顿时陷入茫然。我要说的话有如受惊的鸟群，一哄而散。我只有木然地顺从环境的支配，没有个人意志地做一些看起来正常的，实际上是违心的举动。正如现在，我是想说什么来着？

其实我不是想说家庭婚姻什么的。我是想说明我内心的一种焦渴，一种孤独，这种话乍听起来似乎有一点酸不溜叽，平日里也很难对人启齿，因此我也从来不向任何人倾诉。然而，事实上，我就是生活在这样的焦渴和孤独之中。我的感觉经常被粗暴地忽略，好像我应该生活在别人的土壤里，而不应该生活在自己的家园。今天是六月二十一号，我的容容失踪整三个月了，我的恐慌在今天凌晨四点达到高峰。我觉得自己再也不能像平时一样受人摆布！

我的意思不是说要和于世杰闹矛盾，也不是在抱怨我的婚姻。实际上我已经早就习惯了和我丈夫于世杰的关系。我甚至认为我们的婚姻不错。于世杰是一个非常顾家的男人，与我一起带大了我们的儿子，还抚养了容容。容容是我在婚前收养的，于世杰进门就当爸爸，引起世人广泛的议论和好奇的目光，他的母亲一直反感我的做法，认为我做事情太离谱。然而，于世杰却一直善待容容，视同己出，还全力支持她跳水的爱好，坚持带她去青少年宫游泳和跳水，最后容容成功地被国家跳水队选中。这说明于世杰人不错，是吗？他是国家级刊物《中华医药风》杂志的主编，自己也写了许多散文，出版了三本散文集子，关注环保和时事政治，痛恨贪污腐败，爱好集邮，交游广泛，愿意在任何时候修理家里坏掉的马桶，包揽了家庭水电煤气电话通信等所有的交费事宜。于世杰人真的不错，是吗？关键的还有，我们的性生活一直都挺好。年轻的时候，我们曾经不是太懂，后来共同进步，慢慢认识到，好滋味在后头。现在我们逐渐达到了真正的放开，投入和默契。夫妻之间的性，是需要时间和信赖慢慢开掘的，需要一个又一个平静如水的月夜，一次又一次的春雨、冬雪还有秋天那沙沙的落叶。就是从这样一些时间的缝隙之中，俩人的共同生活便生出了一支又一支白嫩鲜活的根须，这些根须会在你们日复一日同样的生活中，悄悄散发腥甜的湿润的气息，滋润和维持枯燥的日子，造就一种类似血缘的亲情。基于这种亲情，生活就再也由不得你了。所以说，我真的不是在抱怨婚姻。我只是不愿意自己的感觉被永远地践踏和漠视。婚姻是我人生的船，可我是一条鱼。船有它的航道，码头和目的地，鱼没有。鱼的全部意义就是从这片水域游到那片水域。鱼可以尾随着船，也可以游离开去。我就是这么感觉的，在必要的时候，我必须游离开去。容容先于于世杰进入我的生活，她的母亲上官瑞芳更先于所有人进入我的生活，她们是我的鱼类伙伴，是我生命的历史和我存在的证明，是我人生楼梯的扶手，没有这种扶手，我就会失去自己的疆界。这种感觉，于世杰不懂。我也不会说，否则就要被他叱责为"精神病"了。可能有一些男人就是这样的，他觉得他是船长，叼着烟斗掌握方向就是生活的全部。他认为他的责任就是把你带到目的地，同时让你吃穿不愁，按时开饭和按时关灯，还能提供热水淋浴和背景音乐，这无疑就是一趟很不错的航行了。是的，不错！在无数急流暗礁的旅途里，健康平安就是最大的福气。船长有资格自豪和刚愎自用。于是，于世杰也就永远也不可能完全理解他的妻子，这女人有时候怎么会那么倔强，那么不可理喻。

六月二十一号，你想干什么？

一夜没有睡好，眼睛干涩得很。我拉开客厅的门，到阳台上去呼吸新鲜空气，热浪却扑面而来。也就才是六月二十一号吧，怎么就已经热得这么地不可思议呢？天空一块板地枯蓝枯蓝，枯蓝中透着冷灰，仿佛一只巨大的眼睛，纹丝不动，冷酷地盯着大地，盯着城市，盯着我。太阳在哪儿呢？太阳没有了，只有白亮刺眼的强光。树冠在微妙地晃动；行人在微妙地晃动；公共汽车也在微妙地晃动，司机恼火地卸掉了身边的车门，光着大腿开车，头上搭一块湿毛巾；热浪让这个世界完全变形了。这的确不是平常的一天！

我站在阳台上，两只手在耳边使劲在扇动。我呼吸困难了，鼻子抽得呼呼作响，肺部里面有牵扯痛。看来不是我昨夜过于敏感，这绝对不是平常的一天！绝对不是！这一天才是夏至，夏至就是初夏，初夏就是夏天的开始，应该还有半个月才入伏呢，最炎热的中伏应该还有一个多月呢，现在应该是梅雨季节，应该到处湿漉漉的绿油油的，空气里应该流动着梅子熟了的果香气味。怎么可以一下子就是四十多摄氏度了？怎么可以是一个空梅呢？今天与多年来的这一天太不一样，这就是不正常了。黎明时刻，在电视机里看见的滚滚浓烟，说不定就是预兆。我不能够放过这种预兆。为什么人类总是容易被表面的现象牵着鼻子走，急急忙忙地赶热闹，而完全忽略对于生活日常状态中细微征兆的感觉呢？为什么连老鼠都能够预感地震，而人类大众反倒不能呢？现在天亮了，我是得要好好想想我该怎么行动了。

今天是六月二十一号，夏至，是全年之中最长的一个白昼。大清早，天气就奇热无比。到今天为止，容容失踪整三个月了。哪里有孩子整整三个月不与家里通消息的呢？容容野心大，贪玩，做事着迷，一门心思地要成大名获大利，跟一个电视剧剧组，或者跟一个服装表演队，或者跟着中央电视台心连心艺术团跑到边疆去演出，一个月两个月忘记给我们电话，这也是有过的事情，可是三个月就没有过了。今天还是我父亲的忌日。十年前的六月二十一号，我父亲在晚饭之后外出散步，去了我们农学院附近的夜市，在那里的地摊上买了几本便宜的盗版书。结果，在回家的大马路上，失足跌进了下水道，被淹死在肮脏的臭水里。那条大马路下水道上的窨井盖，在我父亲去的时候，还好好地盖着下水道；在我父亲回来的时候，窨井盖恰好被小偷偷走了。还有上官瑞芳，就是在二十年前的六月二十一号出事的。用通俗的话说：她疯了。这一天，上官瑞芳敞开了她宿舍的大门。她们母女俩赤身裸体，一丝不挂。上官瑞芳安安静静地，大方自然地，用一只不锈钢勺子，从身边的白色痰盂里，一勺一勺挖出大便，喂她怀里半岁的婴儿。人们到现在都还记得，上官瑞芳的手指，还十分地做状，精致地翘成兰花指。五年前的六月二十一号，我母亲也是外出散步，在绕过那只陷害了我父亲的窨井盖的时候，突然歪倒，她脑中风了，偏瘫了。前年的六月二十一号，于世杰首次胃部大出血，晕倒在抗洪抢险的长江江堤上。去年的六月二十一号，我们儿子初中毕业考重点高中。我们成绩一贯不错的儿子却没有按时做完试卷，因为他的手表突然停了，他以为时间还充裕得很呢。结果，破费了我们六万多块钱，还求爹爹告奶奶地央求了不少人，才得以进入一所重点中学。奇怪的是，我们家所有的石英手表，包括最便宜的会议赠表，无论扔在哪个犄角旮旯，全部走得非常准时。儿子赴考这一天，我还特意挑选了一只崭新的最好的意大利添时富进口石英表，可是它悄然地停摆了。交卷的铃声一响，可怜我儿子号啕大哭，本来他是可以轻而易举考上重点高中的。于世杰就在学校的大门口，把我骂得狗血淋头，使我无地自容。我莫名其妙地耽误了儿子，迫使家庭付出一笔不应该支付的巨款，我除了任打任骂，还能够有什么话说？六月二十一号，对于我，真的是一个必须加倍当心的日子。

数字是一个魔幻奇妙的东西。要不然，由数字组成的扑克怎么能够变化出那么多的魔术？而扑克即便不变魔术，本身也具有永恒的魅力，是时间淘汰不了的玩具。我一向敬畏数字。在我生活中发生的所有的特别事情，无不被有序地排列在数字的网络之中。

一九八一年六月二十一号，上官瑞芳疯了。十年之后的一九九一年六月二十一号，我父亲死了。而且事情发生得都是那么意外，让人一点心理准备都没有。我宁愿把这些不幸看成时间上的巧合，而正是这种我们无法勘破的巧合，永远使我心生惶恐。当二〇〇一年的新年钟声被敲响的时候，我的心就无端地被提了起来。今年，我对与之相关的年份都有高度的敏感和超凡的记忆。比如：一百年前，也就是一九〇一年，也是一个极其动乱的年份。义和团闹得很凶也很复杂；签订辛丑条约；清政府下诏改科举，废八股，考中国政治事论；武科也废了，建立武备学堂，操习新式枪炮，令当时的天下文武学子大吃一惊而无所适从；西太后匆匆跑掉又起驾回京；正与俄国人谈判的李鸿章突然去世——不该死去的人死了。这一年国际上也不太平，有相当重要的人物死亡，一是英国的维多利亚女王去世了。这个了不起的女人统治了英国半个多世纪，创建了一个辉煌的"日不落"大英帝国。二是美国，这一年死了两个总统。一个是第二十三任总统哈里森，一个是第二十四任以及二十五任总统麦金莱，后者很不幸，是遇刺身亡。在纽约的一个博览会上，一个无政府主义者用手枪击中了他。他在世上留下的最后一句话让人疑念重重，想入非非，他说："上帝，我离你越来越近了。"真的有上帝吗？不管是否真有上帝，他信仰，他便去得很安详。

对于年份的迷信，可能也就是我这样一个没有宗教信仰的女人的糊涂信仰，以便依靠什么来寄托自己的哀思、寄托怨尤以及内疚悔恨之类的杂乱思绪。一百年前的美国，死亡两个总统却并没有妨碍它立刻获得新的总统，而且是朝气蓬勃的年仅四十二岁的哈佛大学研究生罗斯福。所以这一年，无论美国总统的死亡率高达多少，美国还是丝毫不受影响地出现了钢铁巨头，这就是拥有十亿美元的摩根钢铁公司。这一年的英国，似乎也没有因为维多利亚女王的驾崩而出现衰弱迹象，英国皇家海军力量空前强大，与德国海军开始了世界上最大规模的海军军备竞赛。这两个国家强大的军事力量，为后来的第一次世界大战积累了战争风云。战争可不一定完全是坏事。从更长远的空间来看，战争是最快的文化交流方式，并且优胜劣汰，最有效地为增长过快的人类自然减员，还是文学名著的摇篮——如果没有大悲大痛，哪里有那么复杂动人的小说？而欧洲，比如法国，在任何年份都醉心于艺术，也就是百年之前，年轻的毕加索在巴黎一家著名的画廊首次展出了他的作品。他对于蒙特玛塔街头贫困小市民生活的迷恋和表现，赢得了艺术界的青睐，使他成了一代天才的画家。说实在的，我觉得上帝有一点偏袒美国和欧洲，而我们，似乎命中注定只能因为被迷信一再地损害。

假如我更早地醒悟到这一点，我一定会竭力支持我父亲去美国的，过去一百年的历史至少证明，它无疑是一个更有福气的国家。一九九〇年，联合国有一个小麦科研项目，需要父亲去美国工作一年半。如果他去了的话，将会在一九九二年上半年回国。因此至少我敢说，我父亲肯定就不会在一九九一年的初夏，为了购买便宜的盗版书，在路灯坏掉的马路上，死于非命。

那时候，在我们家庭里，我母亲的意见分量很重。我母亲认为，美国毕竟是资本主义国家，腐朽和黑暗的东西太多，如果一去那么长时间，在学院众多要求入党的教职员工当中，父亲入党的希望就很微弱了，说不定在将来的政治运动中，他在美国的经历还会变成说不清的历史问题。像这种一害自己、二害子女、三还得夫妻分居一年半的事情，何苦去做呢？哪里没有土地，哪里的土地不生长小麦？父亲转而征求我的意见："你说呢？你都三十岁了，应该有自己独立的想法。你们年轻人怎么看待这样的问题？"

使我悔恨终身的正是我自己的表现。父亲的人生处在了一个关键的时刻，他在委婉地寻求我的支持。我咬住嘴唇，半天没有吭声，其实有很多想法涌进了我的脑子，只是一时间我不知道把它们如何说出来。那时候，我已经有了五年的婚姻生活，于世杰已经使我不习惯正常表达自己的意见。母亲是快嘴，她说："这么大的事情，要她说什么？她年纪再大，在父母面前，也是孩子！她吃过几斤盐，走过几座桥，中国复杂的人事关系和政治形势，她能够闹懂几分和把握几成？"

接着，母亲支开了我，让我洗碗去了。我洗碗的背影，烙满了父亲失望的目光。我一向畏惧我的母亲。我母亲中年发胖的身体里面有一种强悍的、支配他人的气势。她一说话，两个鼻孔就有力地开张，好像是三个嘴巴在说话。我一直觉得她更像是于世杰的母亲，因为他们的性格更相像。再说了，我身上穿的这件全毛花呢西装，是母亲压在箱子底下的最昂贵的陪嫁，她珍藏了二十二年，每天夏天，她都要把它拿出来晒太阳，晒过之后，等它凉透，再放上防虫的樟脑球，然后再小心翼翼地收入箱子最底层。即便她每年只为这块心爱的全毛花呢花费了二十四个小时，二十二年来，她的青春与精力，也有五百二十八个小时付与了这块料子。最后，这块昂贵的呢料却没有穿在她自己身上，她把她穿在了自己女儿的身上。也许这也就是母爱的可怕之处。当我感受着衣服的时候，我就怎么也不忍违逆母亲的意思。

　　父亲发生意外几个月之后，只要有人提起父亲，我还会哭得昏天黑地。连母亲都认为我过分了，她很纳闷，问我："你怎么哪？就是因为你小时候，他经常带你到麦地里玩耍？"我点头，又忍不住要哭。母亲凡事都要找寻原因，只有原因与结果的分量等同，她认为才合情合理，否则，她会嗤之以鼻。哪个小孩子不被父亲带着玩耍呢？仅仅因为我小的时候，经常在父亲的麦地里玩耍，三十岁上，父亲去世了几个月，还哭得一脸鼻涕一脸泪，母亲就有一点瞧不起我了。她说："总是哭鼻子有什么意义！人总得要有一点精神。亲人去了，我们哀悼他。可是，活着的人要好好活下去才是！"

　　母亲不知道，在我这里，原因是没有大小之分的；在别人眼里的许多小原因，在我这里非常重大；别人的许多重大原因，在我这里，则常常轻于鸿毛。母亲还不知道，我父亲把这一趟去美国的公差，看得是多么重大，重大得相当于他事业上的一次嫁接和杂交。父亲是一个善于忍让善于克己的人，他从来不提出自己的个人要求。只有在获得亲人大力支持的时候，你才会看见他踌躇满志的向往。嫁接和杂交，是一种革命，往往可以彻底改变一个人的命运。这个认识，是我在父亲的麦地里收获的。父亲守护着他的麦地,一再地警告嬉闹着的我、我弟弟,还有我的同学上官瑞芳。他把我们当作大人,郑重其事地说:"请你们切记不要糟蹋我的麦地。它们不是一般的麦子。它们是杂交品种。为什么要杂交?因为亲近繁殖容易退化,杂交可以优化小麦的品质,新的品种会更加强健,产量更高,适应性更强。从而,对人类的贡献就更大。懂吗?"

当时我们嘻嘻哈哈回答:"懂啊懂啊懂。"

如果我三十岁那年,真的懂了父亲的话,我就应该说:"你去美国吧!家里有我照顾,即便将来受到政治牵连,我也不怕。我们相信你,爸爸!"我没有这么说,我洗碗去了,我把沉默而含糊的背影留给了父亲。从某种角度来说,父亲的意外死亡,我是有重大责任的,因此我格外伤心。可是这种话我无法说出来,说出来谁都会觉得牵强附会,母亲也一定会很不高兴,所以,我只有哭。

我父亲戴眼镜,却也戴大斗笠,穿中山装,却又挽裤腿打赤脚,活像个伪装的农民伯伯。他皮肤黝黑,巩膜浑浊,对待小孩和小动物特别和善宽容,做事情认真,耐心得出奇。无论是短暂的寒假,还是漫长的暑假,我和弟弟,还有上官瑞芳,都在父亲的小麦试验田旁边度过,经历着小麦的播种,出苗,上肥,锄草和收获。父亲戴着他上过桐油的大斗笠,手持放大镜,酷似在麦地里寻宝。附近农村的妇女在不远处踩水车,田野的风把她们水车的咿呀声一阵阵地传过来,她们寻常的说话声默默消失在田野里,而尖锐的笑声和突兀的骂声,深深刻在我们的记忆之中。打湖草的农民,赤身裸体,晒得像泥鳅,从田埂上走过,瞥见了我和上官瑞芳,就赶紧背过身子,用双手捂住裆部,阳光在他们的肩头和屁股蛋上闪闪发光。我们三个孩子故意放声大笑。弟弟总是喜欢咏唱他酷爱的歌谣:"报告班长,屁股发痒;请假三天,越挠越痒。"

父亲严肃地批评我们说:"不要嘲笑贫下中农!"

父亲麦地的周围,环绕着茂盛的狗尾巴草。我们把狗尾巴草做成环状的圈套,将两个圈套套在一起,两个人同时用力一扯,谁的狗尾巴草断了,谁就输了。输家就得答应赢家的三个条件。最初一段时间,我和上官瑞芳总是输给弟弟。输得我们气急败坏。我们以为是女孩子的力气比男孩子的小。父亲发现了问题所在,他向我和上官瑞芳面授机宜:关键在于挑选什么样的草。

我怎么能够忘记那些满天晚霞的明丽黄昏呢?在田头,父亲带领我们仔细地辨别与认识着狗尾巴草。从此,我们骄傲地知道了,我们这一带,大多是早熟禾科看麦娘属与狗尾巴草属,而父亲麦地的四周,是父亲特意栽种的大看麦娘品种,种子是欧洲的,它们与本地的小看麦娘杂交之后,产生了植株适中的最强壮的杂交看麦娘,这便是弟弟精心挑选的看麦娘,所以它总是能够获胜。只有普通老百姓才通称这些植物为狗尾巴草。其实环绕在父亲麦地四周的所谓狗尾巴草,有一个美丽的名字:看麦娘。看麦娘所有的草穗子都懂得回护麦地,无论日出日落。

"看麦娘"这个美丽的名词,一下子就打动了我和上官瑞芳的心。我们不约而同地在一篇作文当中描绘了它。不过令人失望的是,我们的作文并没有引起老师的特别注意。几乎所有的老师和同学,对植物都没有什么感觉,都含混地说狗尾巴草什么的,而我和上官瑞芳,只说"看麦娘"。我们特别喜欢看麦娘,是两个小情调十足的女孩子,我们在父亲麦地的看麦娘草丛里,搔首弄姿地拍摄了许多照片,还常常在午后时分,在农学院那寂寞枯燥的打麦场上,用粉笔写满大大小小的"看麦娘"三个字。我们端详着这三个字,舌头上会无端地涌出甜甜的滋味。我们不知道"Alopecurus"一词怎么就能够翻译成为"看麦娘"的。这种文字的奇迹,启发和滋生了我们对于汉字的热爱,使我们的语文成绩节节升高,还使作为女性的我们,从此开始觉悟女性的优美气质。这是一生一世的塑造与缠绕,是一生一世的暗示与默化。所有这一切,都发生在心灵的深处,怎么能够用日常的语言来表达?以便获得他人的体会和理解呢?尤其是我的母亲和丈夫,他们自认为已经太了解我了,我说什么他们都不会用心去听,而永远都是一只耳朵进一只耳朵出。

于世杰曾经陪我去父亲的麦地里散步,当我满含泪水,试图告诉他这些貌似相同植物的细微差别和不同名字的时候,于世杰频频地看手表,然后失去耐心地插话道:"还不就是狗尾巴草吗?"

弟弟自从进入青春期,就对植物失去了兴趣,后来他从事金融专业,个人爱好是炒股。

只有上官瑞芳,一直与我待在一个共同的角落里。

在枫园精神病院的二十年来,每天的放风散步,上官瑞芳单单只坐一张湖边的靠背木椅。那木椅的油漆脱落了许多次,腿也腐朽了,其舒适程度,远远比不上亲水平台的沙滩靠椅,可是,上官瑞芳永远只选择这张靠背木椅,风雨无阻,因为那木椅的四条腿周围,生着一丛丛茂密的看麦娘。她一遍又一遍不厌其烦地抚摸和端详，采摘和戴在头发上。上官瑞芳因为脑子坏了，便彻底单纯了，她可以公然而固执地喜欢看麦娘。

我不想对任何人解释一些无法解释的原因。所以，我决定，从今天开始我不上班了。我要开始休假。我要利用我休假的时间，去北京寻找容容。容容是上官瑞芳的女儿，也是我的女儿。什么"亲生女儿"和"养女"呢？那仅仅是一种法律定义，不是亲情衡量标准，这一条法律界定在我这里完全是无稽之谈。当我预感不好的时候，我一定要遵循自己的感觉去做。我不能一再地失去亲人。更不能一再地让自己陷落在无穷的内疚与忏悔之中，更不能一生都在迟到的觉醒后面徒劳总结教训。我想我自己是否休假，那是我自己的事情。我只要给单位打个电话，就可以马上开始休假，我立刻就收拾行囊上北京。我什么也无须对他人解释，就这样决定了！

2

于世杰把头伸到阳台上,提醒我说:"嗨,该上班了!"

我吓得一个大哆嗦。我转过身来,捧着心,睁开了眯缝的眼睛,说:"你吓死我了。"等我回过神来,我镇定地宣布:"今天我要开始休假了。"

我的丈夫于世杰摊开巴掌,是一种询问加讥讽的姿态和神情,他说:"就因为我吓着你了?"

我说:"当然不是。"

于世杰持续着他的姿态,说:"就因为今天热?"

我说:"也不全是。"

于世杰说:"就因为今天是夏至可是它不像夏至?"

于世杰的讥讽逐渐加重,以此显出我是一个神经质的女人。本来说好于世杰送我去上班的。早餐吃过了。出门的衣服都换好了。我居然说不去上班了。天气是很热。可是昨天就很热,前天也很热,再加上成千上万的空调都开了,高温积累,今天热得烈焰晃眼,这是肯定的。这有什么奇怪的呢?武汉这个著名的火炉城市不热谁热？你敢这么热北京和上海？于世杰说话是很刁蛮的。他是一个很吊（读三声）的男人。武汉现在说谁"吊"，就是说谁很霸气很神气很有一点二杆子劲。认识我们的人都知道：易明莉的丈夫于世杰很有一点吊，而易明莉很有一点憨。我们的朋友说：这两口子也算是绝配了。男的能说会道可以把死的说活，女的三天可以不说一句话足以把活的闷死；男的灵活得赛过了万象轮，女的还是从前的有轨电车——一条道走到黑。其实这是朋友调侃我们的，与我们的实际情况并不完全相符。我是可以三天不说话，可是并不等于我心里没有话，更不等于我没有说话。我在自己心里说话，这就够了。谁要是指望靠倾诉获得别人的完全理解，那才是憨呢。

对于于世杰的吊，我习惯了，一点不生气，只是他不应该挖苦我对于节气的敏感，这伤害了我的记忆深处的某种东西。

我说："于世杰你别这样说话嘛。你可以不注意节气，我习惯注意节气。我是在农学院长大的，我爸爸一辈子研究小麦，我们家一直习惯注意节气。这又不妨碍你，是不是？天气这么热，汗流得刷刷的，你还挖苦我做什么？"

于世杰说："我没有挖苦你！只是你今天必须上班，你知道吗？今天的气候再反常，再不像你们家习惯的夏至，你也得去上班！"

我说："这还不是挖苦吗？别把人家当傻子好不好？"

我从阳台上进了屋，把手包甩在了沙发上，踢掉皮鞋换上拖鞋，然后反过一只胳膊，使劲去解连衣裙背后的拉链。

于世杰急了，说："你真的不去上班？"

我说："真的。我决定休假。"

于世杰赶紧说："好吧，我道歉，我为刚才对你的挖苦道歉。可是你今天必须去上班，我送你去，休假的事情以后再说，别想到哪出是哪出好不好？"

我不明白于世杰急什么，他又不是我们单位领导；再说我们单位的领导也用不着着急，一般大家都是在夏天休假，国家法定的假期，他不给也得给，着急什么？我急的是连衣裙背后的拉链够不着。为了够着拉链，我跟跄着在原地打转，像个不稳定的陀螺。

于世杰盯着笨拙旋转的我，焦急地催促我上班，居然忽略了动手给我帮个忙。

我的连衣裙终于脱下来了。连衣裙垮在地上，我的双脚埋在丝绸里面，这是一副很性感的颓废模样。我变成了一个只着胸罩和三角内裤的性感女郎。我把脚一只一只地从连衣裙里面抽出来，稍稍有一点故作姿态。我弯腰去捡连衣裙的时候，被胸罩兜住的双乳产生了深深的乳壑。一个女人，一夜没有睡好，被一个特殊的日期所惊悚，再加上她正在褪下了裙子——她需要什么呢？假如我是一个男人，我首先就会怜香惜玉。接下来，推心置腹的谈话就顺理成章了。其实女人的要求并不多，只是一种对于她自身的专注。当女人觉察到自己受到漠视，她与整个世界的默契就打破了。

于世杰没有反应，焦急的目光没有丝毫变化，好像他面对的是商场正在换服装的塑料女裸体。我很快就从椅子背上扯过家常衣服，套在了身上。

于世杰喝呼道："别呀！别脱呀，还是穿连衣裙呀！或者换一套职业套裙？好好的，人家蔡唐伯这么重用你，你怎么可以突然不上班呢？"

我不说话，没有表情，开始收拾餐桌上吃残的早点。胸罩的带子在我的肩头滑了下来，我腾出一只手，把它们认真地拉了上去。

蔡唐伯是我们单位的头头，和于世杰是好朋友。他们怎么成为好朋友的，我不知道。在我看来，大约是哪一次，于世杰到单位来接我回家，怎么就认识了蔡唐伯。于世杰这人见谁都能够很快认识，他的亲和力非常地强。接着，他们走动很勤，打电话约在一起吃饭喝酒和打麻将。他们聊天，交换时下流行的各种段子，其中当然主要是黄段子和政治笑话；他们还谈论环境保护、足球和时事政治，慷慨激昂，忧国忧民地抨击胡长青，成克杰等高级干部的腐败行为。如果男人们老是在一起这么聊天，就开始互相称之为好朋友了。只要于世杰到我们单位来了，蔡唐伯就会把他请到小会议室坐坐。我们单位的小会议室，以前没有，是近年来，根据改革开放的形势需要装修的，有真皮沙发，大电视和立体声音响，会议桌上有笔记本电脑，茶几上随时备有时令水果，香烟与茶叶也都是上好的。这间小会议室专门接待上面的领导，外商，客户和专家教授，还有社会名流，歌星影星，以及人大政协的考察，市精神文明办公室和市爱国卫生办公室的检查和考核等等。其实我也不知道小会议室接待的是哪些人，我是搞专业的，一般很少去行政办公楼。这些情况，我都是听科室的小鬼们传说的。现在的年轻人，刚参加工作一两年，所里上下五千年的故事便都知道了。我不知道他们是否拥有个人的特殊记忆，就像我一样，对于特殊的日期，对于特别的年份，对于看麦娘，等等。在个人生命的小路上，我的记忆绵密漫长，盘根错节和节外生枝，且还经常成为自己许多行为的动机和决定因素。看看，我的思绪又飘荡开去了。我是想说：即便于世杰和蔡唐伯是好朋友，也用不着于世杰替蔡唐伯着急，要求我今天一定要去上班。

什么叫作蔡唐伯重用了我？在我的工作历史中，我已经经历了三任所长。无论哪一任所长，我都是这么努力和认真地工作，他们也都对我比较客气和礼貌。我是专业人员，他们是行政干部，是一个单位不同的而又必须的结构。于世杰为什么要说蔡唐伯重用了我？他知道不知道他的这种说法，就像一条冰冷的蛇，顺着我的脊背爬了上来，让我在大热天里发寒战。男人们之间兄弟般的友谊，有时候让我觉得不可思议。作为丈夫的于世杰，居然可以为了他的朋友蔡唐伯，不知轻重地对付他的忧心忡忡焦虑重重的妻子。

让我想想这里面到底发生了什么情况？多年来，我一直都想弄清楚这么一个现象：在我们一心一意想做的事情前面，是什么东西在左右遮挡和前后阻碍呢？是什么东西，可以让我们一个简单的愿望化为乌有，同时在我们心灵里潜伏下漫长的感冒一样的伤感，这伤感不轻不重，却挥之不去，在日后的生活中会忽然发作，导致我们情绪骤变，对美食、美景乃至美人，都兴趣索然。

我只是宣布今天休假了，我还没有宣布我的第二个决定呢，于世杰已经非常地不高兴了。他为什么不高兴呢？

于世杰是上周周五的下午去单位接我的。那天，我下了班，来到小会议室。于世杰在这里等我。不知道是谁的一辆"宝马"

89

车被于世杰借到了。"宝马"的车钥匙上,还坠了一只鲜红的中国结,带着长长的流苏,随意地扔在茶几上,在于世杰和蔡唐伯俩人翘起的腿之间,耀眼夺目。

　　顺便说一句,其实,于世杰也不是经常来接我的。他来接我,也没有什么规律性,比如周末,比如结婚纪念日,比如我例假来了。于世杰做事很即兴,近一两年,他来接我,那就八成是他借到了名车。于世杰酷爱小车,他收藏名车牌照,购买靓车杂志,可是我们没有经济能力购买私车。况且于世杰还不要"夏利"或者"奥拓"之类的车,嫌档次低,开不出去,至少也得是神龙风神系列最新款或者新款奥迪。于世杰的观点是:男人爱车天经地义,好比男人爱骏马;小车等于就是城市里面的马群;真正爱马的男人会要劣种马?成吉思汗该是一代天骄吧?真正的男子汉吧?人家当年骑什么马?我理解于世杰的说法。男人嘛,骑马,打猎,厮杀,斗殴,求爱,大块吃肉,大碗喝酒,言必信行必果,一诺千金,割头换颈,不成功便成仁。男人就是这个样子的。所以,于世杰借到了靓车才会来接我,我没有意见。科室的小鬼们说:"易明莉老师,你傻吧?这于世杰是自己手痒,想开车,想炫耀,又不是真心实意想接你!换了我我就不上车。"小鬼们哪里知道,在我看来,结果都是一样的,总之我是被小车接回去了而不是自己坐公共汽车回去的。我计较于世杰做什么呢?他是我丈夫,我不上车,他的面子往哪里搁?夫妻之间哪里能够计较这些表面的利害得失?小鬼们不懂。

　　"宝马"钥匙旁边,是一摞新出版的《中华医药风》。这是于世杰给蔡唐伯送来的。一定又是蔡唐伯发表了新的论文。蔡唐伯今年有足够的资格申报正高职称了。在我们单位和在我们这个行当,自然还是专家有分量。蔡唐伯又想当领导还想当专家,用善意的话说,他是一个积极进取的男人。电视开着,不相干的人影在屏幕上晃动,不相干的说话,也就成了一片嗡嗡的嘈杂声。于世杰和蔡唐伯并没有看电视,他们正在起劲地聊天,烟雾缭绕在他们的头顶,使他们活像正要出山洞的妖兽。蔡唐伯尖脸,笑的时候,嘴角两边的皮肤就要扩展成一层层的括弧,两颗过于纤细苍白的虎牙从括弧里探出来,使人类的脸容在某一瞬间酷似啮齿动物。他们聊天的内容,我没有听到。

　　小会议室的门不是我推开的,是小傅打开的。小傅专门管理小会议室,工作服是旗袍。现在已经换了时令夏装,是一种蓝色的细格子短旗袍,扎一把独辫子,很朴实的旧社会良家少女模样。小傅对我笑笑,走过去,先是轻轻敲了三下门,听到蔡唐伯吭了一声之后,再轻轻推开门,之后侧身一边,把我让进去,而后再随手轻轻带上了门。我们所注入了外资,股份制,现在叫大正药物公司生物制品研究所。我们所与共和国同龄,五十二岁了,老所,从前一直很传统。直到五年前,职工一直只有两种工作服,工人是蓝色帆布工作服,技术人员是白大褂,现在有了旗袍。尤其那种红色锦缎旗袍,长摆,高开衩,在所里飘过的时候,我的感觉总是很怪。小傅这种良家少女的打扮,在小会议室里,就更容易让人误以为这里在逼良为娼了。

　　难道改革开放就一定需要我们所的职工也穿旗袍?在回家的路上,我把关于小傅的感觉说给于世杰听了。于世杰快乐地大笑,说:"你这个女人说话刻薄啊!蔡唐伯知道了一定会晕倒!现在大家不都是在这么做吗?"

　　我忽然兴趣索然,看着窗外,不想说话了。现在大家不都是在这么做吗？现在大家都在这么做，那就成了你也要这么做的理由吗？还有，马路上拥挤的各种车辆和它们尾部排出的尾气，胡乱抢道的自行车和行人，夹杂在完好马路之间的一块块坏掉的牛皮癣一样的马路，也许都是使我兴趣索然的原因。作为城市门面的代价昂贵的草坪正在黯然地黄去。一只小公狗在光秃秃的大街上找不到树干，只好撅起一条腿，朝肮脏的不锈钢垃圾桶撒尿。于世杰在蔡唐伯之间有一种意气相投的默契，他们以为别人都不知道。

也许没有任何针对我的具体情况发生，也许所有这一切都是针对我发生的具体情况。但凡发自我自己内心的真实愿望，总是会在现实生活当中受到狙击。如果大家都这么做，就很好办。如果你随波逐流，如果你同流合污，一切就都好办。

可是，我的容容失踪三个月了。在今天这个特殊的日子里，我内心的恐慌达到极点。今天我必须动身去寻找容容。我必须解除自己的恐慌。这一次，谁都不能阻止我。

我换上了家居的旧衣服，松垮而自由。我怀着坚定的信念，不说话，燕子一样忙碌琐细家务。我用家务的忙碌来抵挡所有的质问。家庭是女人的航母，她从这里起飞，最后还是到这里降落。家庭是女人最大的避风港湾。

于世杰却不罢休，他沉下了脸，敲着桌子，他说："哎哎，你这个人怎么回事？人家蔡唐伯真的是非常重用你，你怎么可以突然不去上班，总得有一个理由吧。"

我说："今天是一个特殊的日子，今天是六月二十一号！"

于世杰说："六月二十一号又有什么特殊的？"

六月二十一日这一天，在我生活当中的特殊性，已经像老外婆的故事那样，重复讲述多少年了，在许多个夜晚，在于世杰入睡之前。尽管故事的长短不一，深浅不一，那是根据他发出鼾声的速度酌情决定的。我并不是事事都寡言少语。在深夜的枕头旁边，脑门窝在丈夫温暖的颌下，夜色模糊了眼睛，细细地慢慢地说话，徜徉在自己的记忆里，我还是很愿意说话的。

于世杰毫无知觉地看着我，反复问："什么特殊性？什么特殊性？"

于世杰的神态和语气，比干枯的馒头还要干枯，仿佛看得见白色的粉末在往下掉。

我只好看着于世杰。我干瞪眼。想想看，说话有什么用？我实在没有情绪也没有办法把一个重复了许多次古老的故事，在今天早上的这种气氛里，对于世杰再一次从头讲起。

于世杰对于日子没有特殊的记忆，对于数字也缺乏特别的敏感。在所有的日子中，他就记得他自己的生日和我们儿子的生日。除此之外，他父母姐妹的生日，我的生日，他都记不住，每年都依赖在挂历上做记号。对于数字，他就记得我们俩工资收入的数额，其他的生活中需要的数字，也都要依赖在挂历上做的记号。结果一年下来，挂历上布满了的各种记号，所有重要的日子都又变得很日常了。我再不指望于世杰能够明白我的感觉。我简单平淡地告诉他："我今天要休假的原因是：我要利用休假的时间去北京寻找容容"。

"什么？什么什么！"于世杰大惊失色。

我只得再说一遍："我要去北京。今天就去。"

于世杰说："那不可能！今天不行！绝对不行！易明莉

同志！"

于世杰在桌边坐下，翘起二郎腿，开始一板一眼地说话，同时用手指叩击桌面以加强他的语气。他说："我告诉你，你心血来潮的做法非常地不合适！你今年四十岁了，不再是年轻姑娘，做事情是不能够这么简单幼稚的。我告诉你，今天你必须上班。现在就走！换上出门的衣服，我送你去单位。容容的事情，我们回头再商量。容容的事情，你还是应该事先与上官瑞芳打个招呼，虽说她脑子不好，心里还是明白的，容容毕竟是她的亲生女儿啊。而且，你还应该事先征得郑建勋的同意，容容毕竟姓郑，不管郑建勋是否承认，在法律上，他就是她的生身父亲。易明莉同志，我说得有道理吗？再说了，容容这一段时间一直都没有和我们联系，又不是突然失去联系什么的，也没有发生什么更严重的情况，你突然这么跑去找她，就不合适了，对吗？"

对。有道理。于世杰的话，总是符合大众情理和公共原则。可我只是要做我自己想做的事情。我往地上一蹲，去擦皮鞋。我不想和于世杰理论。我的理由他不懂。

于世杰拿起皮包和车钥匙，拍了拍我的肩，拉起我的手，对我迁就地微笑，做出了带领我前行的姿态。看于世杰那感觉，他以为他的姿态对于我来说，绝对是不可抗拒的。

我拨开了于世杰的手。我说："我今天真的必须去北京，否则我就要急死了！"

于世杰说："嘿！你到底是怎么了？我道歉，好不好？我为你今天对我的一切不满意道歉，我承认错误，保证今后改正。好不好？可是你今天还是先去上班吧。去了单位再商量休假的事情。和大家把你休假期间的工作协商好，安排好。然后，我再安排你去北京，让我的朋友们照顾你，让你在北京居住，吃饭，用车都方便。再说容容这孩子，十三岁就去过了北京，早就在北京如鱼得水了，只是心太高，人又太野，忙起来，一两个月忘记给我们打电话，这也是有过的事情，上次去南非拍片子，不就是一去两个多月，回来以后才告诉我们的吗？现在的世道就是这样的，闯天下挣大钱的年轻人没有时间概念、没有家长里短、没有父母亲情，你就不用太挂心了。好不好？我们现在先上班去，好吗？"

于世杰多么会说话啊！于世杰的道理是多么充分啊！而且于世杰是多么关心妻子啊！在于世杰的面前，我的理由全变成了在黑夜的树林里飘荡的游丝，看不见，抓不住，毫无分量。然而，就是这些游丝，它明晰地网住了我的脸。基于我从昨天夜晚到今天早上感觉到的一切，我绝对不会改变主意了。我绝对不会再改变主意也正因为我已经四十岁，而不再是年轻姑娘。我是年轻姑娘的那一阵子，是多么信服于世杰，是多么盲从公共原则和大众情理啊。现在不了！

我说："对不起，我已经决定了今天去北京。过去，容容是有两个多月不与我们联系的事情，但是从来没有三个月的。"

于世杰急了，赶着我的话说："昨天还是两个多月呢。几个小时的时间差距，能够说明什么问题？"

我说："怎么不能说明问题？任何事情，总有一个由量变到质变的过程和临界点。整三个月就是整三个月，不是两个多月。况且，你应该有感觉，这一次与以前任何一次都不一样。我在关闭的电视机里都清楚地看见了可怕的浓烟。"

"好吧，我的姑奶奶，就算整三个月，就算有浓烟，我不和你纠缠这些虚无的感觉。"于世杰用力地拉过我，让我坐在他的腿上，终于严肃地亮出了他的谜底："我不和你开玩笑的，你今天真的必须上班。你知道，今天你们所有一个开幕式的活动。西安送来了十个培训的学生，他们是专门来学习动物血清的提炼以及抗体测定技术的，而你是这方面顶尖的专家，在行业内知名度最高。说白了吧，人家就是冲着你来的。否则，人家愿意付这么高的培训费？再说白一点，这十个学生是我介绍给蔡唐伯的，蔡唐伯给我百分之十的劳务费。蔡唐伯与西安方面是有合同的，他承诺这十个学生保证由国家一级药剂师易明莉亲自教授。今天的开幕式，实际上就是对方要求亲眼见到易明莉药剂师收徒。好了。我的姑奶奶，现在明白了？"

其实我早就明白了。

我早就觉察到于世杰和蔡唐伯之间有一种默契。我明白现在这个社会有一种大家都这么做的公共默契。我不吃惊。对于数字，我总是不假思索就可以计算出来，蔡唐伯付给了于世杰一万五千块钱的回扣，而于世杰则必须把我送到单位去上班。于世杰的老婆易明莉是一个出了名的憨女人，于世杰没有料到会发生什么意外。以前他一定也在老婆不知不觉的情况之下，做成了许多大家都在做的事情，这一次呢，一定也不例外。

于世杰唉地叹了一口气，眉头皱了起来，"川"字形的竖纹里，暗藏着屈辱和悲愤，因为他被迫招供了不该招供的秘密。

于世杰说："我拿的钱也不是什么回扣，别说得那么难听。这是正常的人才资源中介，也是为你们所发掘潜力，增加效益。我付出了劳动，蔡唐伯是应该付我劳务费的。不付钱就违反行规了，也违反现在的经济规律了，就不是有特色的社会主义了。我是一个堂堂正正的，是非分明的人，该我拿的钱，我一分也不少拿；不该我拿的钱，我一分也不多要！比起那些动辄成百万上千万贪污和挪用公款的干部来，我敢说我是非常正直和廉洁的，绝对是现在这个社会的精英和良知。正因为我廉洁，正因为我有良知，我就要坚持原则，即：劳动获得报酬。蔡唐伯这一万五千块钱并不是多么大的款子，作为朋友帮忙，我也完全可以不要。但是，我觉得改革开放的精髓和真正规范的社会经济秩序，就是需要我们这样的一些人坚持下去，形成风尚！你说呢？"

我能够说什么？于世杰的话说得多好，多有水平，多有力量，完全就像一篇人民日报社论。看来真理往往掌握在强词夺理的人手中。然而，不管于世杰掌握了多么强大的真理，我还是要去北京寻找容容。

于世杰接下来解释他为什么事先没有告诉妻子，他说，因为蔡唐伯的钱，现在并没有拿到手，一旦拿到手了，他会马上告诉妻子的。他只是想到时候给妻子一个惊喜。像妻子这种知书达理，善良宽厚的女人，想必可以理解吧？

我理解。我真的理解。于世杰到时候不给我惊喜，我也完全理解。男人可以拥有自己的私房钱。否则，于世杰在麻将桌上，没有钱输掉，岂不很尴尬？在这方面，我太了解于世杰了。于世杰是一个玩物不丧志的男人，他不会玩疯，他在输掉自己的裤子之前，绝对能够收手。他疯不起来，他更爱惜自己，更爱惜老婆孩子和家庭——后者是他终身的成就和价值所在。他的钱，二八开，八分用在家里，二分用在外面。前几年，曾经有一个女作者爱上了于世杰，苦苦地爱恋着他。两人也都火热了一阵子，频繁地在一起吃饭和泡酒吧。女作者还背着于世杰找我谈了话，倾诉她失去理智的爱情，向我展示她手腕上被丘比特爱神击中心脏的文身，请求我的原谅和理解并希望我能够让贤。我被女作者感动了，流着伤心的泪水答应了她。我答应她只要于世杰提出离婚，我马上就签字。然而，于世杰不仅没有提出离婚，反而很快就厌倦了这段感情，他觉得太累了。最后女孩子提出想要一只翡翠镯子，作为爱情永远的纪念，于世杰舍不得花这个钱，他在信纸上画了一只翡翠玉镯，寄给了人家，并且让人家看完之后就烧掉，他宣称只有熔化在烈火中的感情才能够永葆其清纯。

翡翠手镯也有便宜的，一般三五千元，也能够买到。三五千元，让一个女人终身有个念想，有个寄托，不算昂贵。某一次，在商场的珠宝柜台前，于世杰却是这么评论翡翠手镯的，他对我说："这种东西太昂贵了，我看还是精神的东西比较纯粹。我这个人一贯崇尚精神，鄙视物质，拒绝平庸。"

我差点为那个失去爱情的女孩子再次流泪，当然同时也不免暗自高兴；暗自高兴的同时却又不免深深失望。于世杰能疯到哪儿去呢？在现在这种穷人乍富的经济时代，于世杰凡事都会计算投入产出比。他偷偷挣的钱，多半还是会回到家里来。我太了解于世杰了。这就是典型的夫妻之间的了解。

然而，我今天还是必须开始休假，还是必须去北京。六月二十一日这一天，我无法等闲而过。最关键的是，我的心安定不下来，我只有做了我想做的事情，我的心才会安定下来。相比之下，带学生的事情很简单。我们所还有好几个国家一级药剂师，他们人人都认为自己的名气最大，也都比我能说会道，带学生他们更合适。把学生们带到羊圈，教他们如何抽羊血，然后回到血清室，穿戴好无菌服，把试管放进离心机，旋转，然后用吸管，把离心好的血清抽出来，对学生们说："小心，不要吸进红细胞！"这些技术，都不是很难的事情。

于世杰翻脸了。

于世杰勃然大怒。

于世杰对我大吼大叫道："你他妈有毛病啊？傻子啊？一根筋啊？不开窍啊？你知道不知道，摊上你这种老婆，我是多么倒霉！现在谁个夫妻不齐心合力挣钱啊！你去吧去吧，别指望我在北京找朋友帮你！易明莉，我把话先放在这里，这一次，你要是真的有能力把这件事情办妥当，回头我把自己的'于'字倒挂！妈的个老尿！"

于世杰对我骂粗话了！他怎么可以开口骂人呢？

于世杰打深色领带，着白色西裤，米色皮鞋和白袜子，腋下夹一真皮公文包，皮带上拴着手机，身上有淡淡的法国圣罗兰牌木香型男士香水，手腕上是劳力士。劳力士金表当然是悄悄在北京秀水街买的，不过使用两年了，走时还很准，镀金也不怎么掉。于世杰的穿着打扮是一副争当绅士的派头，其派头里面流露出来的是孩童般幼稚的虚荣和可爱。可惜一旦穷途末路，他就气急败坏了，他的时尚外表就被他自己撕毁了。

我也真的是有一点生气了。因为于世杰与我彻底的南辕北辙而生气。什么叫作把事情办妥当？我也没有说我一定可以找到容容。我们一生该做了多少事情？可是有多少事情会顺藤结果呢？难道事先无法预知结果的事情就不应该去做吗？于世杰却坚持摆出一副众怒不可犯的姿态，他显然觉得他代表着公众规则，我是应该听从他们的，而我坚持了自己的愚蠢。

那么，我索性就愚蠢一次吧！

对不起，我去北京了。

3

　　第五次去见乔万红的时候，乔万红露面了。原来她就是我第一次在电梯口碰到的女人，也是第二次在她公司大门口碰到的女人。两次我都彬彬有礼地询问过她："请问万隆公司的乔万红经理在吗？"

　　她都面不改色心不跳地说："不在。"

　　见面的最初一刻，我为乔万红的谎言深感难为情，不敢正视她。乔万红自己反倒没有难为情，一点都没有，好像以前撒谎的是我而不是她自己，弄得我又为自己的难为情感到难为情了。

　　乔万红说："请坐。"

　　乔万红说："对不起，我只有一刻钟。"

　　乔万红说："你找我干什么！"

　　乔万红说："你找我没有用！"

　　乔万红说："我早就不做模特儿生意了。"

　　乔万红说："我最后一次见到郑容容也是一年前的事情了。"

乔万红说:"我坦率告诉你,别想从我这里得到一分钱!"

还是乔万红说:"我没有克扣那些女孩子的钱,她们任何人也没有私房钱在我这里,更不像传说的我这里有她们的什么股份!你不是第一个来要钱的人,我告诉你,从来没有一个人得逞!"

这个叫乔万红的女人说话节奏并不是很快,但是霸道。她一句话形成一个独立的单元,旨在表达自己的意思,并不给别人留下一点余地,也没有兴趣交流,更不愿意等待别人的回答。说话的时候,她的眼睛用在别处。她表达一个意思,做一个醒目的动作:从办公桌上拿起一个文件看看;在文件上签一个字;端起茶杯喝口水;快步走到文件柜前;用手把额前的头发抹到耳朵后面去;等等。最后,她落座在巨大的办公桌后面,两手撑在办公桌的桌沿上,双肩神气地微耸起来,目光落到台历上面,台历旁边有一只金色相框,相框的背后对着我,我猜不出里面嵌着谁的照片,但我感觉应该还是人而不是动物吧。

于世杰威胁我威胁得对,没有朋友帮忙,在北京这种复杂的大城市找人,那就是大海里捞针。大海里捞针也只是辛苦,找人呢,除了辛苦还得受气。乔万红的脸色比鬼脸都难看。不过最终,乔万红还让我进了她的办公室。在乔万红之前,好几个人连办公室都没有让我进,有的站在走廊说了几句话,有的话还没有讲完,就把我的电话挂断了。好在我有足够的心理准备。我也不是一个从来不出门的家庭妇女。一个女孩子失踪了,这无疑是一件极为敏感的事情,出了问题是要坐牢的,谁都怕沾上嫌疑,我事先就估计到了寻找容容的难度。这难度早在还没有出门之前就开始了,于世杰他们就是这难度当中的一分子。

乔万红的话说到这种程度，我还有什么话说呢？我只有离开，再去找下一个与容容有关系的人。我站起身来，准备告辞。我拿出一张名片，在上面留下了我在北京医药公司招待所的房间电话，这个招待所现在叫健康宾馆。乔万红的脸色再难看，我也必须留下一个电话。我每到一处，都要留下我的电话，电话就是一线希望，世界上没有绝对的事情，如果出现了万一呢？就在我写电话号码的时候，乔万红办公桌上的电话铃响了。乔万红迫不及待地扑过去抓起了话筒。

乔万红对着话筒说："嗯，嗯，嗯，嗯。"

乔万红说："嗯——"这是二声，是不相信的质疑语气。随着这种语气，乔万红背过了身体，面对落地三分之二的玻璃窗。办公室的窗外，是亮马河高架桥，往来的各种小车穿梭而过，使这个城市显得格外仓促匆忙。我举着自己的名片，回到了沙发上，等候乔万红放下电话。面对我的是乔万红的背部。她的衣服非常贴身，加上双臂一抱，背影上就现出了两道乳罩的勒沟，勒沟下来大约十厘米的地方是腰身，又是一道被紧身裤勒出的勒沟。这两道勒沟暴露了乔万红的年龄，这个女人不年轻了。尽管从正面看，她的年龄跨度可以在二十八到三十八之间，但是她的后背告诉我，她的年龄可能在三十八到四十八之间了。不知道为什么，我觉得我对这个女人有一点了解了。

乔万红继续说："嗯，嗯——嗯？嗯？"

乔万红说："嗯，嗯，嗯，嗯嗯，嗯嗯嗯！嗯！嗯。嗯。嗯。"

乔万红最后对着话筒的一句话是："嗯——放他妈的屁！"

乔万红配合语言的动作是冲动地按倒了那只相框。

乔万红用力扣上话筒。之后，好久好久地盯着电话机。再之后，长长地呼出一口气。再之后，摸过茶杯喝茶，喝了两口，呸呸地吐了几下茶叶渣，缓过神来了。

"你说你是郑容容的什么人？"乔万红问我。

我递上了名片。我说："是我女儿啊。"

乔万红说："不对吧？"她看着名片上我的名字，说："我记得郑容容的妈妈姓上官。在我带领十大名模在全国巡回表演的时候，郑容容的艺名就叫上官容儿，是女孩子自己起的艺名，说是跟母亲姓，叫四个字的名字别致，容易出名。那女孩子想出名都想疯了，可惜光靠别致的艺名没有用。她脑袋大了，腿短了，又不刻苦练功。告诉我，你到底是谁，你找这孩子干什么？"

我不喜欢乔万红用这种语言评论我的容容。我找孩子不干什么。她是我的孩子，我就要找到她！从法律意义上说，我是郑容容的养母，但是我们容容从来不使用养母这个词，她只叫我妈妈。是的，容容的生母是姓上官，长年住在精神病院，是我从小的同学和好朋友。容容半岁多就开始跟着我生活，一直到她十三岁，被国家跳水队选中，由我亲自把她送到北京。此后，容容只要回家，我们母女还是睡在一个被窝筒子里，总是有说不完的话，我不是她妈妈是什么？容容的身世和一般人不同，她有两个妈妈。

乔万红的目光终于停留在了我身上，目光很复杂，她想装出冷静的滴水不漏的样子，可是瞳孔里放射的光线暴露了她内心的秘密。

乔万红说："我们换个地方说话吧。我们到大楼的咖啡厅去，我请你喝咖啡。"

乔万红用很随意的动作，悄悄把相框扶了起来。我看见了相框里头的画面。是典型的三口之家全家福。乔万红和一个帅气的男人，俩人亲切地搂着一个六七岁的小女孩，三人都笑得十分甜美。

我为什么要收养容容？这是一个我从来没有想过的问题，也是我身边的人从来没有向我提出过的问题。面对乔万红的问题，我发愣了好半天。这个问题对于我，有一点类似于下雨的时候你出门为什么会拿上一把伞？

为什么？因为是自然的，是需要，是那种几乎是出于本能的需要。

最初我是对"上官瑞芳"这个名字感到新鲜和喜欢。报名上小学的时候，我排队排在了上官瑞芳的身后。我母亲牵着我的手。上官瑞芳的手拽着她家保姆的衣服角。无论在什么地方，只要停留一分钟以上，我母亲一定会与她身边的人攀谈起来，不出三分钟，我母亲就会摸清对方的基本情况。我母亲与上官瑞芳的保姆说笑了一会儿之后，就知道了上官瑞芳的父亲是省粮食厅的厅长。母亲蹲下来，双手亲切地捉着上官瑞芳的削肩，昵声唤道："上官瑞芳。"

这个四个字的名字，给了我强烈的印象。在我认识的人里面，还没有一个人是双姓的，我觉得双姓简直就是电影明星的名字，比如上官云珠。何况我母亲唤得如此甜蜜好听。

上官瑞芳是一个瘦弱的女孩，细眉毛，小眼睛，头发稀疏软黄，由于皮肤又白又薄，她的鼻尖，额头和太阳穴，青青的血管隐约可见。我母亲握着她细长的胳膊，说："上官瑞芳，这是我的女儿，易明莉，如果你们是同班同学，就要互相爱护互相帮助，好吗？"

上官瑞芳看了看我，没有说话，认真地点了点头。点头之后，她的脸蛋红了，红晕从耳朵根子升起，布满整个脸庞。在母亲的要求之下，我和上官瑞芳果然同班，并且还经常同座。我们从小学一直同班到初中毕业。之后，我上高中，上官瑞芳上了中等师范学校。上官瑞芳在初中二年级的那个夏天患了一场脑膜炎，学习成绩上不去了，就放弃了继续上高中和考大学的打算；中专毕业之后，她留校当了教师。显然，是我母亲主动接近上官瑞芳的，因此便认识了上官瑞芳的父母。有一段时间，我母亲非常热情，试图与上官瑞芳的母亲发展友谊，最后由于对方的淡漠而作罢。我母亲曾经不止一次地说："哼，摆什么官太太架子！"不过，我母亲还是可以随时给上官家打电话，与她的父母在电话里直接说话。这对许多人来说，是不可能的事情，在省里，厅长就是比较大的官了。上官瑞芳的父母总是很忙，经常出差和开会，接听电话也总是官腔官调。他们家有五个孩子，上官瑞芳上头的三个都当兵了，下面还有一个弟弟。她母亲把她所剩无几的精力，全部用在了她弟弟的身上。她弟弟是一个天生的骄子，模样出众，成绩优异，乖巧伶俐，上官瑞芳的母亲只要看一眼儿子，立刻就眉开眼笑，一看见上官瑞芳，就愁眉苦脸，心不在焉。上官瑞芳从小学一年级的那个暑假开始，就在我们家度过。平日也经常在我们家吃饭和睡觉。尤其是我母亲，出于义愤，把上官瑞芳当作不受宠爱的小可怜接纳过来，当作了我们的家庭成员。

每天上学，上官瑞芳必定要来约我，放学，当然也必定要等着我。上官瑞芳一直都很瘦弱，走路的时候，喜欢把她自己的胳膊挎在别人的胳膊弯里，然后，整个身体微微地贴着你的身体。她的贴紧分明是有距离的，可就是让人能够感觉到她是你身边的一道流水，随着你柔和地流向你带领的任何方向。上官瑞芳就这样挎着我母亲的胳膊弯，我那性格刚毅的母亲都总是忍不住要摸摸她稀疏的头发，然后悠悠地叹上一口气。上官瑞芳喜欢唱歌，不过她非常胆怯，任何正式场合她都无法开口。只有在我父亲的麦地里，她会主动吟唱。在看麦娘草丛里，不停地吟唱，活像为了吟唱而活着的一只初秋的纺织娘。后来，我父亲去世，上官瑞芳表现得非常清醒和正常，她从枫园请假出来参加了丧礼，她一直伴随在我的身边，为我父亲默默地哭泣。我们俩人来到父亲的麦地，她伫立在田埂上，忽然引吭高歌，歌喉之自由奔放较之她从前作为正常人，有了本质的飞跃。上官瑞芳唱道："我们的家乡，在希望的田野上，一片冬麦那个一片看麦娘。"

上官瑞芳啊，无论她处在什么状态，她细腻的心总是悄然缠绵着她的依恋所在。

我们农学院的孩子一起玩耍，有一个传统游戏。晚饭之后，在学院空旷的马路上，分成两拨人群对垒。对垒者们轮流对唱，索要对方的某一个人。唱毕，就集体冲将过去，进行掳掠。这大约就是对于古典战争的摹仿了。尽管我们大家乱成一团，打得不可开交，古典战争那优雅的痕迹依然存在，那就是公开挑衅和宣战、适可而止、鸣金收兵和穷寇莫追。如果轮到上官瑞芳作为一方的领唱者，如果我与她在不同的阵营里，她要抢夺的永远是我。

上官瑞芳领唱道："我们要求一个人！我们要求一个人！"

我方的领唱者便领唱道:"你们要求什么人?你们要求什么人?"
　　上官瑞芳唱道:"我们要求易明莉!我们要求易明莉!"
　　我方唱道:"什么人来换她去?什么人来换她去?"
　　上官瑞芳唱道:"上官瑞芳换她去,上官瑞芳换她去。"
　　歌声落地,战争开始,他方冲上来掳掠我,我方冲上去掳掠上官瑞芳。我和上官瑞芳在假装的敌对中,巧妙地拉住彼此的手,一起奔逃。这是一个毫无道理,不知所云的游戏,可是我们狂热地战斗,乐此不疲。为什么?后来我为什么成了容容的妈妈?我怎么能够不成为容容的妈妈!上官瑞芳从来都是这么唱的:我们要求易明莉!我们要求易明莉!当上官瑞芳丧失了抚养女儿能力的时候,我难道还会有丁点犹豫——除了把孩子抱进自己的怀里。
　　游戏玩疯了时候,上官瑞芳的领唱,撕心裂肺,马路旁边的树叶,被震动得簌簌作响。在后来漫长的日子里,尤其是在人到中年之后,上官瑞芳那冲破了理智的领唱,一再地回到我的耳边,就像农学院早年的那口巨大铜钟,如果你贴近听过它的钟声,无论多少年,它都还会嗡嗡嘤嘤回旋不绝,并且总是带着往昔的快乐与忧伤。我怎么能够不成为容容的妈妈?
　　于世杰简单地说他不记得是否玩过这种游戏。谈恋爱的青年男女,交换童年和少年的记忆,其实只是恋爱的把戏,找个说话的借口,两人尽盯着对方的嘴唇,肉肉的红红的嘴唇;而耳朵里面什么都没有听进去。只有再长一些年岁,童年和少年的记忆才会深入到你的生活中,你才会觉察到你生命的基础和疆界是由什么来铺垫和限定的。这样的傍晚,那早年的钟声才会在你耳边绵长地响起。这个叫乔万红的女人，你可明白？

容容出生的故事，虽然曲折，说起来也很简单。世界上没有什么事情是不可以三言两语说完的，只要你对什么没有兴趣，你就可以最简短和潦草地概括什么。上官瑞芳在中师的最后一个学期，学校来了一个校医郑建勋。郑建勋以一个成熟男人的经验竭力地体贴和讨好上官瑞芳，上官瑞芳立刻就陷入了热恋。一毕业，上官瑞芳就和郑建勋结婚了，她年轻得才刚刚达到结婚的法定年龄，与国家提倡的晚婚年龄还有很大的差距。上官瑞芳坦白地承认，她没有办法不结婚，因为郑建勋一天到晚要和她睡觉。在那个年代，男女要想安全地在一起睡觉，就只能走结婚一条路。结婚了，疯狂睡过了，郑建勋开始经常不回家。上官瑞芳有个学生名叫金农，才十六岁，这男孩子看出了老师的寂寞，主动上门陪伴和安慰老师。天才知道，为什么这种违反校规、道德和法律的师生恋，却被上官瑞芳认为是她这一辈子真正的恋爱，上官瑞芳陷入前所未有的痴迷。当然，有一天就被郑建勋捉奸在床了。郑建勋当场痛殴了金农。不料，这两个男人却在他们贴身肉搏的时候发生了问题，两个男人的身体在瞬间来了感觉，他们当场就把搏斗变成了暧昧的调情，结果是两个男人好上了。后来当上官瑞芳发现他们关系的时候，她已经挺着快要生产的大肚子。上官瑞芳没有办法解决他们三人之间的问题，懵懵懂懂之中，居然形成了三个人和平相处，同床共枕的局面。就是在这样的生活里，上官瑞芳开始精神恍惚，丢三落四，容易歇斯底里发作，无法坚持正常的教学工作了。孩子出生的那一天，送她去医院和在医院陪伴她的是我，而郑建勋和金农，则双双在上海度暑假。上官瑞芳患上了产后癔症。

接着，金农毕业远离武汉，郑建勋提出离婚未获法院准许。两个男人都不承认容容是他们的女儿。上官瑞芳自己，自然也无法判断自己的女儿到底来源于哪一个男人。于是有一天，人们发现上官瑞芳母女赤身裸体，坐在敞开的房间里，上官瑞芳微笑着，在喂她的女儿吃大便。上官瑞芳完全疯了，没有能力抚养和照顾幼小的女儿了。

顺便说一句，我不怎么喜欢上官瑞芳的这一段故事。我喜欢规矩的平和的互相守信的男女关系。在于世杰之前，我也相处过一个男朋友。我发现了他严重的脚气、腋窝里面有一个经久不愈的溃疡和假文凭，我就与他客气地道了再见。于世杰也有不少缺点，可我自己也有不少缺点。从我自己的缺点出发，我能够接受和容忍于世杰，于是我们就是夫妻了。我说过婚姻是船，而我们个人是鱼，虽然都在同一个水域，我还是不要求两者高度一致。婚姻爱情这个东西，你越是认真越是失败。在这个问题上，上官瑞芳和我是不一样的人。

然而，我无法不成为容容的妈妈。

我从上官瑞芳怀里抱过容容的那一天，正要去参加全国生物制品学术交流研讨大会。我赶紧把容容送到上官瑞芳的父母家里。我依着容容的辈分，称呼上官瑞芳的父母为外公外婆。我说："我们容容脏死了，外婆先替我们洗个澡吧。"

上官瑞芳的母亲似乎非常意外，她说："怎么洗？我自己的五个孩子，我都没有带过，我不知道怎么洗孩子。"

她一定没有想想我还是没有结婚的大姑娘呢！我赶紧说："好吧，我来替容容洗澡。"

之后呢？之后当然是我得赶去开会。上官瑞芳的母亲却说：

"不，我带不了孩子，我有自己的工作。况且瑞芳的事情已经让我们家乱套了。"

我从冰箱拿了一个鸡蛋。我认为无论如何都得先让饥饿的孩子先吃一点东西。上官瑞芳的母亲拉住了我的手，轻轻地取走了我手里的鸡蛋，她歉意地说："对不起，这是给你上官伯伯吃的，是我自己养的母鸡下的蛋。我们家里其他人都吃市场买的鸡蛋，不过抱歉的是，今天家里恰好没有其他鸡蛋了。"

在这个过程中，上官瑞芳的父亲只是出来看了看容容，用一根手指在婴儿的脸蛋上弹了弹，谢谢了我并且告诉我，他将会在一天工作结束之后，与老伴一起去医院看望上官瑞芳；他会与各方面交涉，以保证上官瑞芳住院的医疗费用。此后便一直在他的书房看报纸，一张舒服的躺椅，轻轻摇着，发出柔和的摇篮一般的节奏。

两位做爷爷奶奶的老人就是这样的。他们就是这样的人。我觉得如果我胆敢把容容放在他们家里，大约他们也胆敢让这幼儿饿死。

我怎么能够放下容容？一个年仅半岁的，一身臭气的，饿得吃手指的，没有父母照料的孩子？我只得抱着容容，离开了上官瑞芳父母的家。我带着容容赶到会场，悄悄推开了会场的后门。会场上是黑压压的人群，主席台灯火辉煌，领导们冠冕堂皇坐在那里，电视新闻记者的灯光在闪烁。会议开始不久，现在是一个表彰项目，来自全国各地的青年优秀专家已经上台，主持人正在麦克风里呼叫我的名字。我一个人待在会场的最后面，怀抱饥饿的婴儿，左顾右盼不知道谁才能帮帮我。突然，孩子哇的一声哭了。容容的嗓音比她母亲的还要嘹亮。由于饥饿也许还由于过早地感觉到了人世间的痛苦，容容的痛哭有如瀑布一般汹涌和势不可挡。全场上千人唰的一下回过头来，令我无法解释也无法承受，我文不对题地说了句"对不起"，剩下的也只能是号啕大哭了。

容容就这样成了我的女儿。未婚的我，在一个上千人的场合中，与我的养女一起失声痛哭。就这样，我无可逃避地成了容容的妈妈。

我无法不是容容的妈妈。容容现在整整三个月没有消息了，我能够不来找她？

乔万红眼圈红了又红，她说："朋友都叫我大红。你也叫我大红吧。否则，找乔万红是很难找到我的。来份水果和新鲜点心？"

我说："不要。"

乔万红说："怎么不要，要！我一定要请你吃点东西！"

乔万红不由分说，拍拍巴掌，招来了服务员。她居高临下地与服务员说话，轻车熟路地找要了水果和本店特色点心。她嗔怪服务员不会摆果盘。她自己动手，利索地把果盘摆到了我的面前。她用尖尖的手指勾了勾，过来了酒吧领班，她要求把音响的声音开小一些，而且换一个轻柔的美国乡村音乐。她还发现桌子边沿有一小块水渍，便让一个瘦瘦的扎黑领结的小伙子把它擦干净。我觉得我更了解这个女人了。这个女人的年龄肯定在三十八到四十八之间。女人到了中年，就跟树木一样定型了，逃不出两种大的类型。一种是我这种不太有社交能力的人，木讷，固执，循规蹈矩，平淡无味，把偏执深深埋藏在心底，常常任人摆布；一种就是乔万红这种类型的了，敏捷，夸张，新潮，富有挑战性和伤害性，有强烈的支配欲望。容容跟着这个女人到处巡回演出，在T形台上，光彩夺目地走来走去，回到后台，学着抽烟，喝洋酒，说粗话。乔万红当然知道容容的踪迹，就像猎犬对于小动物。

面对我的注视，乔万红淡然一笑。她说："没娘的孩子天照应。真是啊，我说容容这孩子怎么就这么大福气呢？原来是你这样溺爱的妈妈抚养大的啊。"

我还是注视着乔万红。乔万红说："对不起，我只能实话告诉你，容容没有事的。至于目前她的行踪，我真的不知道。"

我除了注视乔万红就没有别的话可说了。她没有告诉我容容的具体行踪。乔万红说："你还要知道什么呢？我说她没有事绝对就是没有事。半个月前我还接到过她的电话。你不用问我号码，她打的是公用电话。容容这女孩子比妖精还妖精，十三岁就来过北京了，什么世面没有见过？她在努力奋斗，她忙着呢，她迟早要成为一个小富婆，或者影视明星，青春偶像什么的。你就别替她瞎操心了。我的话，你明白了吗？"

我不明白，还不够具体！

乔万红说："你这个当妈的，你太不了解自己的女儿了。恕我说句不中听的话，你女儿可比你精多了。她狡兔三窟，去哪里都不会留下自己的踪迹。你知道她尽做一些什么事情吗？"

我当然不知道容容做的所有事情，她二十岁了，她是成年人了。

乔万红掰起指头历数容容的事迹：策划崔健在工人体育馆的摇滚音乐会；北京万人出动，去大西北去绿化荒山；请马拉多纳来中国踢球；鼓捣歌星李娜出家当尼姑；筹划千集跟踪电视剧《一个北漂少女的三年》；等等。

你平时不看报纸？看。得，这些新闻全国人民都知道，你也应该知道吧？和容容有什么关系？太有关系了！她都积极参与了鼓捣，坐着飞机满天飞，这里的款子拉到那里，那里的款子拉到这里，忙得像总理，能耐大着呢，几乎每做一件事情，全国人民都当作了茶余饭后的精神点心。现在这世道，你最不需要担心的就是年轻漂亮的女孩子了！她们不把别人骗得倾家荡产就算不错了，谁还能够骗得了她们？你这个妈妈，观念过时了！

瘦瘦的扎黑领结的小伙子，半跪在地上，认真而谦恭地擦着桌面上的水渍。小伙子乌黑茂密的头发波浪一般颤动，刚刚修剪过的发茬的横截面，乌黑油亮仿佛随时要滴出一粒黑珍珠来。不知道怎么搞的，这黑珍珠的光亮，把许多不相干的情景都映照了出来：睡懒觉睡得跟牛皮糖一样粘在床上的容容、我那紧紧盯着股市的弟弟、汽车修理铺的郑建勋、坐在湖边读钢琴乐谱的上官瑞芳、微风中摇摆的看麦娘、腼腆而活泼的金农。当年我对金农绝对地不屑一顾，我认为那男孩简直就是一个流氓。可是在这一刻，在北京亮马大厦的某个咖啡厅里，与一个素不相识的名叫乔万红的女人对坐，我忽然嗅到了上官瑞芳畸形恋情的气味，那是一种熟透的果香味，酷似无花果。是否所有的盛开都是纷纭复杂的，而真正能够辨别和领会它的意义，还是要等到人生的秋天呢？可是，迟到的领会不再有实际的用途，给人平添的只是无限的惆怅啊。我的容容，看来你的易明莉妈妈的确是比较憨和傻的女人了。

乔万红手托下颌，出神地看着来回移动的抹布，忽然对我说："我喜欢上官瑞芳的故事。"

乔万红说："原来我的信条是：当我绝望的时候，我就只想两个地方，一个是医院，一个是监狱。现在我又多了一个地方，就是想想别的女人悲惨的故事。这是你给我的启发。我现在要对自己进行'三想'教育。"

乔万红说："看你这么老实，实话告诉你吧。容容在我这里是有一点股份的，我从她的分红里，给你把路费和住宿报销了，然后你就回去吧。回头我设法让容容给你们打电话。"

我说："不。"

乔万红说："不什么？"

我说："不要你给我报销什么，也不回去，也不要你回头设法让容容给我们打电话。我要找到容容，至少要知道她现在的下落。我相信她此时此刻，总在一个地方。我要她知道我在找她。"

乔万红扬了扬眉梢，然后低头去喝她的咖啡。她小口小口地喝，模样很老到，跟电影里面的外国人一模一样。

乔万红突然对我说："你父亲是不是特别聪明？"

当然是了。我父亲一辈子研究小麦，很有成就的。乔万红说："你把右手伸出来。"

乔万红不知道从哪里摸出了一副眼镜，戴上，拿着我的右手手掌，煞有介事地开始琢磨我的掌纹，嘴里咕噜说："现在世界上也还有你这样的人啊。"

我父亲的确特别聪明。从前有相当长的历史时期，我们农学院的宿舍，是那种五十年代苏联老大哥帮助修建的办公楼。

中间是宽敞的过道，办公室在过道两边，房门对着房门。过道在成为宿舍之后变得不宽敞了，每户人家都把过道当厨房，摆了一张桌子，切菜，桌子旁边是炉子，桌子下面码着蜂窝煤，炉子上架着铁锅，蜂窝煤上撒了粉笔灰。撒粉笔灰的创意就是我父亲的。我母亲骄傲地告诉我们，在我还没有出生之前，我父亲就想出来这个办法来警告小偷，保护自家的蜂窝煤。这个创意是不能小看的，因为粉笔灰撒在煤堆上，就与煤堆形成了一幅完整的山水画，非常的雅致。如果谁偷走哪怕一快煤，山水画立刻就会遭到破坏，且不说主人家一眼就看得出来，偷煤的人自己首先就会脸红。被偷盗者与偷盗者，便有了一个不同时空的对话，谴责与被谴责，双方都心领神会，又免掉了面对面捉贼的尴尬。据说我父亲并没有对任何人解释和推广他的创意，然而他的创意不胫而走，农学院宿舍家家户户的煤堆，都撒上了粉笔灰。随后农学院隔壁的纺织学院，政法学院以及隔了一个湖泊的民族学院，但凡私人的煤堆，几乎一夜之间，都撒上了粉笔灰。这种颇有君子之风的防盗法，有效地从六十年代初期风行到了八十年代中后期，家喻户晓，几乎成了一代人的行为方式。当我的父亲失脚跌进被小偷撬掉了窨井盖的下水道之后，不喜欢他的少数人，在参加追悼会的人群中，阴险地说："唉，这个人是太聪明了！小偷天生就恨他啊！"

所以，我想乔万红的意思是：我们家的聪明都集中在我父亲身上了。再说明白一点就是，乔万红认为我有一点傻。

乔万红放弃了我的掌纹，说："这话可是你自己说的。"

是我自己说的，但也是因为乔万红的一再暗示。好在这种情况，我也不是头一次遇上。于世杰经常这样暗示我，蔡唐伯也曾暗示过我,科室里的小鬼们甚至公开地笑话我。傻就傻吧,说不定我这是大智若愚呢。因为乔万红最终还是瞒不过我了,她说:"那我就索性告诉你吧,容容欠债了,出去躲债了。她不会给你们打电话,也不会给我打电话,因为她不想连累亲朋好友,也不想暴露自己的行踪。等事情摆平了,她自然就会出现。现在明白了吧?"

说到这里,我发现乔万红的眼睛生得不对劲,从某个角度看,她眼距过近,有一点斜视。她看着你的时候,一只眼睛看你,一只眼睛看你的身后。她的这种眼睛就能够看清楚这个世界?她怎么就不明白,欠债算什么?女孩子的妈妈来了,女孩子欠谁的债,妈妈来偿还好了。我掏出了钱包。

乔万红还没有等我的钱包完全露面就制止了我。乔万红说:"说你父亲比你聪明你还不服气。你有多少钱?容容欠的是八十万美金,而且是高利贷。读过描写万恶旧社会的小说吗?高利贷逼死人的俗话知道吗?好了,我该说的说了,不该说的也说了。现在,到此为止。"

八十万美金,我迅速地计算出那就是将近七百万的人民币了。容容怎么会欠人家七百万?一个二十岁的女孩子要这么多钱做什么?

没有人愿意对我解释钱多到一定程度有什么用途。乔万红对我说的最后的话是:"我离婚了。我丈夫在美国再婚,不管孩子了。我女儿要是有一个像你这样的养母,那就是我们母女最大的福气。"乔万红的结束语是:"易明莉老师,我已经谁都不敢相信了,你却给了我新的希望,看来世道再怎么变,也还是有永远不变的人。"

4

据说北京有一句话,说是找天上的星星容易,找郝爷难。

圈内的人,大家都把郝运叫作郝爷。这是北京!

可是,电话一通,一听我说是郑容容的妈妈,郝运立刻就说要见我。可见,什么事情都不能一概而论,对吗?不用于世杰北京的朋友帮忙张罗,我还不是找到了郝运?郝运是容容的老板,容容在郝运的公司上班。容容三个月没有消息,别人不知道她的行踪,发她工资的老板还能够不知道?

郝运的公司非常地不好找,在北京西城一个偏僻的胡同里面。从外表看,像哪个小城市早年在北京设立的驻京办事处。进了门,才发现别有洞天,全都是现代化的装修。我在办公室坐了足足二十分钟,茶水续了两次,郝运还没有出现。我再次地看看手表,琢磨着是否应该离开,我想我肯定被郝运涮了。我站了起来就要离去,忽然,一面墙的书柜移动了,书柜是一扇门,经典书籍只是精装的封面套子。我被吓了一大跳,我还没有想到在现实生活中，还真的有人在办公室里做密室，一个曾经做过兔唇缝合术的小个子男人出现了。他深沉地冷漠地说："我是郝运。"

我不喜欢郝运。见面我就可以下这么一个结论。他故意让我久等，然后突然从密室里转出来，吓得我够呛。这男人看上去也就是三十五岁左右，故意装老，穿中式大褂，胸前横了十几道盘扣，下面是军裤和中式老头鞋，老头鞋是软牛皮的，脖子上还挂了一只银链子的怀表，眉眼长得酷似生病的猴子，一口油滑的京腔。我真的是不喜欢郝运。在三十五岁左右以后的人群当中，兔唇已经很少有了。兔唇豁嘴，天花麻子，小儿麻痹症瘸子，麻风面容，这样一些标志国家贫穷、人民健康水平低下的疾病，应该在五十岁以上的人群中比较多见；而年轻的郝运兔唇缝合，加上他的穿着打扮和长相，似乎在张扬他的残缺，给人一种故意给历史抹黑的感觉。我不知道郝运为什么这样。既然他办着广告公司，做着不小的生意，肯定属于富有阶层了，干吗要弄出这么一副扮相来？既然能够下决心把自己扮成这副模样，还在办公室里做了密室，鬼鬼祟祟地从书柜后面转出来，这就不是一个阳光的人了。郝运把问题搞复杂了。我甚至觉得郝运的密室里是不是有一只大木箱，而我的容容，就被藏在里头，五花大绑，嘴里塞着臭袜子。难怪连乔万红那种女人都怕郝运几分。

我不怕郝运。我是容容的妈妈，我是来找我女儿的，这一切天经地义。我说："郝运，容容到底在哪里？"

郝运说："问得好！这正是我要知道的！"

我说："容容到底在哪里？你要不说，我就要报警了！"

郝运停顿了一刻，突然一拍桌子，厉声道："你到底是什么人？"

"我还能是什么人？我是郑容容的妈妈。"

郝运说："得了！实话实说吧！今天你不说实话，是走不出郝爷这道门的！现在让我先告诉你：郑容容的妈叫上官瑞芳，现在住在一个叫作枫园的精神病院。她的一个父亲叫作郑建勋，双性恋者，开着汽车修理铺，招了几个眉清目秀的小工人在身边，生活得其乐融融；另一个父亲叫金农，在上海陆家嘴做外国保险公司的代理，是一个花天酒地的上海滩公子哥儿。你，到处号称是郑容容的妈妈，其实只是养母。养母不是亲妈，你懂吗？容容六岁的时候，你就可以狠心地把她从高台上推到游泳池里，十三岁就把她送到了北京。你是一个药剂师，不断哗众取宠地宣传什么提高了新药的免疫水平；而你老公是一个混混，披着文化人的外衣，在小青年面前充大师，暗地里尽在外面捞小钱。吃惊了吧？郝运为什么叫郝爷，现在你知道了吧？"

郝运挽起了他的衣袖，更像旧社会了。有那么一刻，我倒真是被他的神通震慑住了。郝运他把双腿架在了办公室桌上，他的皮鞋底成为他瘦小身体上的最大两个平面。

郝运说："现在，易明莉老师，你突然出现了。你到底想干什么？谁让你来的？郑容容到底躲在哪里？说吧！隐瞒是没有任何意义的。"

我从来还不知道，我们夫妇的状况，以及上官瑞芳的状况，被这么一个我们从来不知道，更不认识的小个子兔唇，了解得这么清楚，描绘得这么不堪和带有侮辱性。这种情形，实在让我震惊。我一直以为，我自己就只是在我自己的世界里，我上班下班，日复一日，永不厌倦地做血清实验，与碰撞出清脆声响的洁净的玻璃器皿打交道。我尽力做好自己的工作，与哗众取宠毫不沾边。我的世界，由我的同行和所里的同事组成，我的领导是蔡唐伯，他活跃、夸张，把所有工作都同经济效益联系起来，把每个药剂师都当摇钱树，可他在外面的吹嘘与我没有关系。我丈夫于世杰每天都在编辑《中国医药风》，杂志只是在行业内有人知道，靠发行本身不赚钱，却有权威性，在上面发表了论文，评职称就很管用了，所以杂志社经常会获得一些实惠的帮助。于世杰的性格很吊，朋友很多，喜欢豪华小车，善于侃侃而谈，或者热衷于教导他人，这是认识他的人都知道的；同时他心肠很好，不会损人利己，这也是大家所公认的。我每个周末去看望母亲和弟弟，每隔两周到三周去枫园看望上官瑞芳，每隔一个月去一次郑建勋的汽车修理铺，为上官瑞芳取一次医疗费。每当新的春天来临，以及秋霜初降，我就会在我父亲的麦地附近走一走，采集两束看麦娘，一束带给上官瑞芳，插在她床头的花瓶里，所谓花瓶，就是从前的糖水橘子罐头那种胖胖的玻璃瓶。精神病人，谁会给他们使用真正的花瓶呢，不过上官瑞芳的这只玻璃罐头瓶，跟着她，足有二十年了，比在一般人家里使用的寿命还要长。另一束看麦娘，我要带回家，插在一只据说是水晶制品的花瓶里。每年清明节，我们都要去给父亲上坟。由于母亲坚持要鲜花，我就去花店购买鲜花，但是我会在花束当中夹一把看麦娘，代替花店普遍使用的满天星。四月里初生的看麦娘，它们的穗子还是那么地柔软，就像所有小动物的茸毛，这些茸毛在我的脸颊上无意地扫动，常常使我还没有看见父亲的墓碑就热泪满眶。母亲端坐着，随车颠簸，故意不看我，喜忧均无半点流露。在这个家里，有别的人表现得比她更加怀念父亲，总是让她感到不对劲。这就是我的世界。晚上看看电视，节假日偶尔打打麻将，洗衣机在转动的时候，我坐在马桶上翻看报纸和杂志，对干部腐败、抢劫杀人、坑蒙拐骗的新闻已经厌倦，我只看看大标题就翻了过去。现在社会上太多这样的故事，占用了我太多的时间和注意力，我幡然猛醒，觉得很不值得。我要用这些时间去听听我喜欢的音乐，陪陪上官瑞芳，在黄昏的野外，散步在有看麦娘的小路上。这就是我的世界。我在每天清早的镜子里，几乎难以觉察地觉察到我在变化，在我自己的世界里，手背上渐渐现出了中年妇人的四个小酒窝，脸上渐渐现出了皱纹，目光柔和起来，脸庞慈祥起来。除了我梳妆台上忠实的镜子，郝运是第一次描述和勾勒我的世界的局外人。

不需要这个小兔唇来教导我，我从来都知道隐瞒没有任何意义。我从来不隐瞒自己，全都是人们在混淆我。人们从他们自己的角度和认识来看待我，我有什么办法呢？

我是容容的妈妈，法律上的养母。我的女儿整整三个月没有消息了。六月二十一号，是我不吉祥的数字，在这一天我预感她失踪了，所以便要出门寻找。容容是上官瑞芳生的，可是由我养的，她是我们的女儿！寻找女儿难道还会有什么别的理由？

时间过去得并不久远，大约是在八十年代后期乃至九十年代初期，在我们这个大城市的街头，还可以看到炸爆米花的人。

那人一般都带着不容易听懂的外地口音，头发和衣服上挂着厚厚的风尘，那人没有笑容，脾气倒挺温和，鼻翼上总是沾着两片煤炭的黑色粉末。那人拖一只简陋的平板车，平板车上放着炸爆米花的家伙，黑乎乎的炮弹一样的家伙，随时都可能爆炸的样子，很有吸引力和威慑力的。这威慑力就体现在平板车的后面，总是遥遥地跟随着几个畏畏缩缩的小孩子，兴奋，好奇，又害怕。在七十年代的这群孩子中，就有我和上官瑞芳。我们梦游一般地尾随着那人。那人停下他的平板车，甩一把鼻涕，把手指头在鞋帮上擦干净。然后一板一眼地卸下他的家伙。那一堆看上去杂乱无章的家伙，被那人有条有理地，动作熟练地，胸有成竹地装配好了。那人的右手是风箱，左手是炉子，炉子上架着铸铁的"炮弹"，"炮弹"有一个手动的转盘。那人一只手拉风箱，一只手转动"炮弹"，在他感觉米花爆好的时候，便停下风箱，撬开炮弹，嘭的一声，猝不及防的巨响震耳欲聋，紧接着便是扑鼻的香气，那香气会顺风灌满整条的街道。我们亲眼看见，死气沉沉的风箱，经过那人用力地拉几下，里头就红了，蹿起了火苗，火苗烧得那个带劲啊，呼呼地作响。我们亲眼看见，装进去的米，只有小小的一碗，而到时候，倒出来的就是满满一脸盆的爆米花了。爆米花雪白，松脆，香酥，吃在嘴巴里面，牙齿特别有成就感。关键的是，就是这么一个不起眼的人，能够让大米的体积成若干倍地增加，这不能不说是一个奇迹。我和上官瑞芳，远远地看着在白雾中沉着忙碌的炸爆米花人，感觉自己发现了一个被大众忽略的巨大秘密。上官瑞芳庄重地攥紧我的手，说："我坚信，这是被埋没在民间的伟大发明！"

我也坚信！那时候，有一个传说，在我们中学生里面骄傲地暗中流行：据说有一个美国人，在中国的大街上观看了炸爆米花的过程，他非常震惊，他不明白小小的一粒米如何能够增加那么大的体积。试想，如果把所有的粮食，都加工变大，那全世界的粮食产量不就可以极大幅度地提高吗？所以说，炸爆米花以及炸爆米花的这套机器，很有可能成为我们中国继四大发明之后的第五大发明，将是对世界和人类的巨大贡献。

有相当的一段时间，我们从学校里费尽心机地逃学出来，追随着炸爆米花的那人。上官瑞芳终于鼓起勇气对那人说："我们可以帮你拉风箱吗？"那人点头了。上官瑞芳就是有这么一种绝妙的本事，她可以用她默默的伴随和注视，传达她那种异乎寻常的忠诚，使得他人晕晕忽忽，无法拒绝。

拉风箱是可以让人入迷的一种技术活动，要凭感觉，使巧劲。拉的时候，要使用一种往后吸的力量，推的时候，用力要循序渐进，直至高潮，这是一个美妙的节奏。随着这个节奏的和谐完成，风箱就会发出蓬勃健康的呼呼声。唯有撬开"炮弹"的那声突兀的巨响，是我们永远的害怕，我们一定要事先用指头把耳朵塞得紧紧的。到底是这一秒钟还是下一秒钟启盖，旁观者谁都无法预料，这个主动权永远掌握在那人粗糙的手里。我们认为，只有把启盖的这个火候掌握了，才会窥知炸爆米花的原理和诀窍。那人从来都不会把爆米花炸煳或者还没有炸熟，但他并不依靠钟表时间，他依靠感觉和经验。这种技术无法量化，只有细心地琢磨和慢慢地领会，我们以为，复杂和神秘的意味尽在其中。

我和上官瑞芳的衣服口袋，每一只都可以装下约莫三两的大米。上官瑞芳肯定是不敢从他们家偷米的，那么当然是我，力邀上官瑞芳从我们家的米缸里偷米。就因为米缸的大米神秘地减少，我们醉心的事业很快就被我母亲发现了。她跟踪到了大街上，在我们最投入地学习炸爆米花技术的时候，我母亲冲出来，一手一个，揪住了我和上官瑞芳。我母亲怒叱那人哄骗小孩，并威胁说，如果他不还回我们家的大米，就要把他扭送到派出所去。

我和上官瑞芳唯一能够做的是，拉扯住母亲，让那人赶紧逃走。逃得远远的！我们与那人在匆忙混乱中用眼睛告别，上官瑞芳后来说她的心都碎了。

我也是。只是我没有说出来。那是我人生第一次体验永别的感觉，与一个陌生但是激动了我的人；当时是难受，如今是甜蜜。

对于我，这也就是寻找容容的理由之一。

我的理由，无法清晰地归纳和讲述，它们是小溪两旁的茅草，树丛和砂石，既在小溪的源头，也在小溪的沿岸，重叠而混杂，只能被同样的季节唤醒；它们不是现在大棚的蔬菜，整整齐齐生长在那儿，你可以根据需要随时随地去收割。要知道，八十万美金这个数字对于我，狗屁都不是。在这一点上，我不敢给于世杰打保票，或许他听到这个数字心跳会骤然加快。但是我，我知道自己。连船都是鱼的身外之物，何况船上的纸片？我的理由是上官瑞芳的三哥上官瑞祥。他是总政歌舞团的演员，相貌英俊，腰很细，屁股像产后的妇女一样丰满突撅——不过最初我没有发现，因为他坐着。上官瑞祥从部队回家探亲，在夏夜的满天繁星下，在乘凉的竹床上，给我们大家演唱长征组歌。那一天傍晚，人行道的梧桐树冠盖如云，路边的草丛里盛开着一蓬蓬玫瑰色的晚饭花，晚饭花之间，伸出几支看麦娘。我从这样的人行道里面走过来，刚刚洗过澡，脖子上扑了薄荷痱子粉，凉飕飕的身体非常清爽。我的手绢上洒了妈妈的"越存越香"牌香水，然后把手绢握在手心里，故意留出手绢的一角，让手腕在自己的百褶短裙旁边一下一下地晃悠。上官瑞祥正好面对人行道，在透明的薄暮中，看着我一步一步走过来。他缓缓地唱起长征组歌："雪皑皑，野茫茫，高原寒，炊断粮。"我站住了。我被上官瑞祥那经过专业训练的歌喉所震撼，全身的血液都凝固，眼睛里面除了崇拜还是崇拜。我们大家都坐在竹床上，在天黑之后，嘻嘻哈哈地分吃西瓜。上官瑞祥在分西瓜的时候，一次次触碰我冰凉的脖子，肩膀和手。每一次我们俩都心领神会。一种莫名的渴望急速膨胀，膨胀得每一个细胞都是那么活跃，敏感和愉快。西瓜吃完，夜风渐凉，上官瑞祥唱了一首情歌《星星索》，我毫不怀疑这是为我而唱的："呜喂——风儿啊吹动我的船帆，姑娘啊我要和你见面，向你诉说我心中的思念。"那是何等深情何等浪漫的歌声啊，十八岁的姑娘怎么能够不陶醉？上官瑞芳不要我回家，我也就没有回家。我们都露天睡在并排的竹床上。半夜，在夏虫纵情的鸣吟中，上官瑞祥装出起床上厕所的样子，在并不黑暗的黑夜里，把他的手探进了我的裙子。我的身体用轻快的战栗欢迎了那只火热的手，每一个毛孔都发出热烈的絮语。我一夜恍惚，睡意轻浅，一直飘浮在甜蜜的半梦半醒之间。这是永恒的一个仲夏之夜。一段绝无仅有的时光。第二天天亮之后，我发现了上官瑞祥女性化的屁股。而且在早餐的餐桌上，他滔滔不绝地向我们炫耀他的生活经历，他们在国外演出的情形，如何受到国家元首的接见，东欧的女孩子如何漂亮和细腻，苏联少女的眼睛如何迷人，洋女人的乳房又是如何丰满肥大。上官瑞芳想告诉他我们是如何迷恋炸爆米花，并且学会了拉风箱的故事，上官瑞祥立刻接过了他妹妹的话头，说拉风箱吧？你们那算什么会拉，我们才叫会。我会拉手风琴，风箱这种东西，上手就有感觉。我们团的李雅，你们不知道吧？全国民族舞蹈大赛获金奖的呀，那叫棒啊，那叫牛啊，那人家是谁都不理睬的，可是在我们团野营拉练的时候，就一直缠着我教她拉风箱。

　　拖沓的早餐终于结束。我疲惫不堪地离开了上官瑞祥。我的初恋只有一个夜晚。从前一天傍晚的七点到第二天早上的九点，对于梦呓般的浪漫与燃烧式的激情，十四个小时，够了。一生中有这样的十四个小时，非常美好。这美好因为短暂，反而成了漫长的记忆。记忆总是时时刻刻把个人的经历醇化为美好的陈酿。或许也就是一个人许多行为的来由吧？

　　郝运终于把他的脚从桌子上拿了下来。他的神色里面，流露出一种哭丧的表情。

　　郝运说："我的天哪，容容的性格为什么一点不像您呢？"

　　郝运说："她借了八十万美金的高利贷，我是经济担保人啊！她忽然躲了起来，讨债的人都找我，真要把我给急死了！"

　　郝运说："易明莉老师，这样好不好？现在，您看见我过的是什么日子了，成天猫在密室里躲债，时刻担心被人追杀。您难道不同情我？我也有幸福的权利呀。来来来，我们就事论事推心置腹地谈谈。我们联手,您把容容的行踪探听出来,我把容容三个月的工资,不,三个月工资的三倍,全给您,以表达我的诚意,好吗?"

郝运说:"不管怎么说,时代不同了,我们必须面对现实,您说呢?"

5

这里是三个月之前,容容居住过的地方。郝运还是把我带来了。郝运为了说服我在北京掘地三尺寻找容容,他把我带到了北京与通县之间的一个生活小区。这里高楼林立,却很少看见人的踪迹。一套被装修和布置成办公室的单元房。房门上钉了"郝爷广告公司写实影视创意工作室"的铭牌。办公室里面曲径通幽地带有一间卧室。我一看就知道是我们容容居住过的地方:房间里乱七八糟,床上的毛毯从来不折叠,枕头上不用枕巾。这就是容容的气息,是她妈妈一看就熟悉的一种女孩之乱的气息。居室墙上,有好几幅容容的照片,都拍得很好,一看就是一个随意大方,青春焕发的女孩子。无论是办公室还是卧室,装饰风格都是云贵一带的少数民族风情,蜡染棉布是主题,点缀的有生殖器和火的图腾柱,女性的银饰,竹雕的面具,干枯的火把。

郝运说:"易明莉老师,您自己看,看看这里是否有抢劫强奸的痕迹,是否有洗刷过后暗淡的血迹,或者干枯的脑髓斑点什么的。我相信像您这样的人,感觉一定超常敏锐。"

三个月前,容容居住在这里。抽屉里,一只脏袜子和内裤放在一起,这是她的坏习惯。我一直希望她把袜子,尤其是穿过的脏袜子,和内裤分开放置,这样更卫生。容容却只是注意袜子与外裤颜色的搭配。"妈妈,"容容在电话里说,"你穿的什么颜色的袜子?"

我说:"白色的。"

她说:"什么颜色的裤子呢?"

我说:"黑色。"

容容大叫:"妈妈!你这是怎么穿的啊!色系不对啊!妈妈!我多少次提醒你,袜子的颜色与裤子的颜色不可以跳色,袜子一般都不能比裤子浅!"

我说:"那我单位分的白色袜子怎么办?又不是花钱买的。"

容容说:"妈妈,那就更加舍得放弃了,又没有花钱!留到运动的时候配运动鞋穿!"咔嚓一声,电话挂断了。容容跑掉了,办她的急事去了,而我们母女要说的正经事情,根本就还没有开始谈。

最近几个月,容容也没有谈过蜡染。她其实并不真的热衷于蜡染和少数民族风格。她喜欢现代风格。喜欢香奈尔的假珠宝首饰在世界范围内全面击退真珠宝首饰,喜欢上流社会的贵妇淑女因为没有香奈尔假珠宝而不敢出席盛大晚宴,喜欢香奈尔劝慰贵妇淑女的那句名言:我亲爱的,别哭了,你就当你佩戴的珠宝是假的!

妈妈,她说的话有趣吗?

谁?

谁！香奈尔啊，一个了不起的法国女人，她在一百年前说的话啊！

这就是容容，我们的女儿。话多。热烈。好为人师。绝对掌握主动权。与她的两个妈妈截然不同。但她也不过就是一个好时尚的天真幼稚的女孩子。

郝运陷入颓废与无奈。他说："易明莉老师，容容不过是一个好时尚的天真幼稚的女孩子吗？你愿意不愿意知道这里发生过一桩什么样的入室盗窃案？"

我绝对不会相信郝运编故事。我的容容无论如何不会入室盗窃！

郝运说："您慢着，当然不是说容容入室盗窃了。"

一个吃饱了撑的英国人，据说有一些英国皇室血统，特别附庸风雅地迷恋中国民间文化。经朋友介绍，找到公司来，想合作拍摄贵州民间蜡染。是容容接待的这个英国人，一杯咖啡的功夫，英国人就陷入了迷魂阵，强烈要求签署合同。容容在中央电视台心连心艺术团混过，她谁不认识啊！拍摄制作这一套，她包揽下来是完全没有问题的。英国人恋恋不舍地离去之后，容容立刻要求成立写实影视工作室。这不，就是这里了。租了一套房子，几天之内，工作室就像模像样了，容容自己，不怕苦不怕累也不怕身体被染蓝，连裤子都穿蜡染的了。英国人见此情形，以为踏破铁鞋觅到知音了，很快把合作的款项打了过来。容容立马启动，陪着英国人去了贵州。随后，容容的工作室繁忙起来，一段时间之后要求英国人增加投资，一段时间之后又要求英国人增加投资。容容拿出了非常周密的开支报表，让英国人看得无话可说，只得一再追加投资。最终，英国人终于顶不住了，开始躲着容容。英国人在北京怎么躲得过容容呢？于是，英国人只好让他母亲生病并且病危，他们放着最简便的电话和电邮不用，而是从老远的大不列颠寄来一封信，英国人拿着这封诅咒自己母亲的信件，可怜巴巴来向公司请假，说只得暂时中断一下合作，他得回国探望母亲。觉醒过来的英国人大约越想越委屈，越想越生气，临走之前，瞅了一个工作室没有人的机会，翻窗进来，拿走了最值钱的摄像机以及一些最不值钱的蜡染棉布。

　　郝运说："易明莉老师，您想想，容容能够活生生把一个英国绅士逼成贼，她的本事您就窥见一斑了吧？她十五岁就跟着大红跑江湖，很快就青出于蓝胜于蓝了。易明莉老师啊，现在这是枭雄辈出的时代呀。郑容容小姐可真不仅仅是一个好时尚的天真幼稚的女孩子了！她为什么借这么大的一笔钱？她认为这笔钱不大，还不够呢。她是想拿到一颗人造卫星的命名权呀！现在倒好，事情没有弄成，钱也没有了，容容一躲了之。她手里有美元和护照，全世界爱待哪里待哪里。我是跑得了和尚跑不了庙，我的公司，我的房子，我的父母兄弟，我爷爷奶奶的骨灰，都在北京，我跑不了。人都找我逼债，我苦啊！我何尝不想堂堂正正过日子？我要什么密室？这都是被逼出来的呀！易明莉老师，您一定要清楚地了解和认识您的女儿。然后，我们齐心合力，争取把她找到！"

　　郝运好不容易忍住了的眼泪、鼻涕却还是下来了，挂在兔唇缝合的鼻唇沟上，让我这种健全的人看着难免不动恻隐之心。郝运有一点不好意思了。我把自己的手绢递给了他。

　　郝运说："这是真的手绢，不是纸的？"

我说:"用吧。"

郝运说:"现在还有人用手绢,真是亲切,我妈以前总是用的。后来就只用纸了。"郝运用我的手绢擤了一把鼻涕,然后捏住手绢不还给我了。说是用脏了,就还钱给您吧,十元够不够?咳,我这哪里是人话!打嘴!五十元吧!得!我给您把来回路费报销了!

我说:"不用。"

这小兔唇,他以为我是什么人?我会图他这点小便宜?容容是我的女儿,如果我没有花自己的钱,等于我没有寻找女儿。我靠自己的劳动获得了钞票,我为了寻找女儿又付出了这些钞票,我一片诚心可对天。我不愿意任何人来剥夺我虔诚的感觉。

郝运说:"您觉得钱没有用?"

有用啊,怎么没有用,买火车票,你差他一分钱也不行。正是钱有用,立竿见影,使用了别人的,就出卖了自己啊。

郝运试试探探说:"那么,您不知道现在社会上的一些做法?一些大大小小的干部,为什么贪污腐败和堕落?"

怎么不知道?正是因为贪了不属于自己的钱,自己的人头就落地了呀!当然,我也知道,按照现在腐败的普遍程度,绝大多数贪官污吏还是不可能人头落地的。人头落地的概率几乎等于飞机失事的概率。尝到了坐飞机好处的人,谁会因为飞机失事而放弃乘坐飞机呢?但是,但是!严重的是,睡眠成了一个巨大的问题。你要那些贪官污吏拍着良心说说,他们夜晚睡得好吗?肯定睡不好觉!于是,那就是很不合算了。一个人的生命难过百年。就按一百年计算吧,一天二十四小时,一年365天,一年的时间是8760个小时,一百年也就只有876000

个小时，其中二分之一的时间是睡眠时间，有438000个小时，如果睡觉不好，那不是等于浪费了生命的一半。何况绝大部分人都没有那么多小时的生命，何况每个人都还要做许多与自己的生命幸福没有关系的事情，何况所有人都还会生病吵架头痛脑热，还有无数病菌随时准备侵蚀你，还有无数意外潜伏在你的脚下，时间随时会被打折或者掐断，生命就是这般情形，你光是盯着钱，光是要这些嘎嘎作响的纸片干什么呢？

郝运做了一个苦脸，摇摇头，说："上帝啊，但愿容容听见了她妈妈的话。"

而我的心里，则充满了对那个英国人的怜悯和歉意。

房间里出奇地安静，没有任何蛛丝马迹表现容容的踪影。在任何风景旅游区出卖的浮浅简陋的少数民族风情，已经残败，褪色和开裂，失去了任何装饰意义，生殖器图腾孤零零地戳在那儿，像只风干的大茄子。这是一个作废的工作室，一个被放弃的临时卧室。灰尘很厚，有莫名的流窜风不时地回旋，零落的纸张轻轻扬起又无力地伏下，似乎早就自暴自弃了。这就是一个伪装起来应景的地方，几个月的时间都经受不起，到处都露出了破绽。外面楼道里有个婴儿哭了起来，是那种蛮横倔强的哭，被楼道里的回声作用之后，显得恐怖瘆人，好像是一个超过成人体积的巨婴。

本来应该小的东西过于巨大，那是很可怕的情形。

我的容容是否长得过大了呢？

忽然，郝运说："我小的时候，我们家把牙膏皮子积攒起来，卖给废品回收站。两分钱一只。"

是什么东西？在这个时候？搅动了郝运沉睡记忆里面的这么一个小小角落呢？这个故意穿时髦的中式大裣，软面圆口牛皮鞋，从密室里神秘地转悠出来，自以为是地侮辱别人的小男人。可是，看来事实并不直接等于表面现象，郝运这个年轻人，从什么时候变得有点可爱起来。

牙膏用完了，我们就叫它牙膏皮子。从前，很早的时候，我们都很爱惜牙膏皮子，我们把牙膏皮子一只一只地积攒起来。卖废品，或者，把牙膏皮子尾巴上的锡片剪下来，放在盛过万金油的小铁盒子，用半截蜡烛，把锡片化成液体，修理和装配半导体收音机的线路。可是我不记得，我们的收音机是否修理好了，或者装配成功了。上官瑞芳喜欢动手，不喜欢死记硬背。她有一双巧手。她为我母亲做许多家务，比我做得更多而且更好。

郝运说："您卖过牙膏皮子吗？"

我点点头。当然。过去的中国家庭，有几家不卖牙膏皮子的？两分钱可以买两颗水果糖，可以买一块学生橡皮，还可以买四根缝衣服的小针。过去我们对待生活都很上心，节俭，勤恳，点点滴滴，一件事情一件事情地认真做。时光在我们认真的态度中，流逝得很慢很慢，因此我们什么都记得，掳一把过去的日子，就听得见结结实实的嘎嘎响声，不像现在，昨天的事情，已然雁过无痕。

不知什么时候，郝运把腿提了上去，抱着双膝坐在窗台上，下巴无可奈何地歪在膝盖头，手里捏着我的手绢。宽大的窗台，高大的窗户，更加缩小了郝运的身体。中式大裣空空荡荡的，仿佛小孩子穿着大人的衣服。郝运也就是一个可怜的小男孩了。

楼道里又响起了几声巨婴般的哭声。怎么是郝运呢？容容这个孩子，怎么就挑选了郝运呢？怎么能够让郝运这种残疾人做巨款的经济担保人呢？郝运却满有把握地说他是容容的男朋友。用郝运的话说：容容爱他，他也爱容容。如果他不爱容容，能够替她冒这么大的风险？

容容爱郝运？她会爱他？容容在电话里说："妈妈，我有男朋友了！"

"谁？"

"基努·里维斯！"

"谁？"

"妈妈，你怎么连基努·里维斯都不知道啊？赶快去地摊上买个《黑客帝国》的碟子看看，就是他主演的。"

"容容，你这孩子，还在追星呢？"

"不是追星了。追人呢！妈妈，我会找到他的，他不就是在洛杉矶吗？你想想，妈妈，里维斯身高一百八十三厘米，体重七十七公斤，出生于一九六四年九月二号，都是你的吉祥数字，妈妈。他出生在黎巴嫩的贝鲁特，长大在加拿大的多伦多，工作在美国，他有深色的眼睛和头发，有四分之一的中国血统。妈妈，都是你喜欢的。我一定要给你带回你喜欢的男朋友！"

我深信，容容会找到一个至少类似于里维斯这样的男朋友。而要替她偿还巨款的却是郝运——也只能是郝运。里维斯们一定没有这么傻，郝运们也一定没有那么精。怎么现在还是有这种古典的情种呢？如果说上官瑞芳是被男人害苦了的话，那么她的女儿容容可要害苦男人了。原来世界上的一切，却还是阴晴圆缺，环环相报啊！容容这个胆大包天的孩子是天生的了！

"郝运,能够告诉我债主是什么人吗?"

"别!别!别!您千万别蹚这趟浑水!如果您要知道了债主是什么人,要吓死您了。放高利贷是违法的,在中国,还有谁敢?拜托您就别追究了!"

"好吧。我就不为难你了。"

"易明莉老师,我不说什么报销不报销了。我手里的这五千块钱,您就拿着用。外地人在北京,开销大,还得防范一些意外开支。或者您就住好一点的饭店,吃得好一点。我是您未来的女婿啊,您就让我送一次见面礼得了。我得孝敬您一下,您也得表示一下对我认可。让我完成一个感觉,晚上睡一个好觉啊!"

我真是不忍再看郝运。不管容容此时此刻在天涯还是在海角,女孩子的心思,妈妈总是知道的。妈妈们都曾经是女孩子,区别只是小女孩与大女孩与老女孩之分。郝运绝对不是里维斯!女孩子这一辈子,无法不为里维斯动心的。哪怕一次。哪怕一夜。上官瑞芳的里维斯是金农,我的里维斯是上官瑞祥。上官瑞芳陷入情网就付出了终身的代价,而我,在迄今为止的350400个生命小时里,只占了14个小时。我一生中的有一个夜晚,有永不熄灭的繁星。满天繁星,梧桐曳地,妈妈的香水在百褶短裙边晃悠,一只悄然而至的火热的手,惊醒了所有的处女泉眼,14小时的分分秒秒都是情歌:要等待着我呀,要耐心等着我呀,姑娘,我的心像东方初生的红太阳——呜喂——

但愿我容容那致命的动情,不似我这么短促,也不似她的生母那么漫长。但愿郝运们及早地醒悟和学会后发制人。因为总是有绝大部分的姑娘,都是要哭泣着回来的。到那个时候,郝运们再把见面礼，送给女孩子的母亲吧，真正脚踏实地平凡乏味的生活，将从此开始。我已经不再厌恶甚至非常同情郝运了，可我还是希望我的容容找到她英俊的里维斯，并且永远不要哭着回来。关于这笔巨款的纠葛，总归有个结局，但凡超过了一定数额的巨款，钱就不是钱了，最终都会不了了之，成为银行的坏账呆账，金融部门总归有专家出来，做平这些账目以便世界的经济正常运转。而在这个世界上，总是需要有人来创造童话。人类怎么可以没有童话呢？那么就让我的容容，成为创造童话的作者和童话的主角吧。

6

我回来了。一个人去北京。一个人从北京回来。去的时候，一出北京西站，凭空就摔了一跤，膝盖破皮了，当时我就知道我找不到容容了。结果正是没有找到。

没有找到容容，并不等于我没有收获。恰恰相反，我的收获很大。我的生活方式和世界观被彻底地搅动了一次，六月二十一号那天的心神不宁，坐立不安，已经一去不复返了。经过了九天的时间，到了六月二十九号，当我走出汉口火车站的时候，我相信我很安详。我对人类的命运有了新的感知能力和新的承受能力。我的步态稳健而从容。

于世杰来火车站接我，和一群陌生人站在出口处探头探脑，一旦看见了我的身影，他目光里的担心和期待立刻就省略了，眼睛顿时暗淡并且还不屑一顾，他掉头走开，站在旁边，哗哗地翻看报纸。

于世杰开着一辆奔驰车，我根本就懒得再问他借谁的车了。
于世杰说："容容呢？"

于世杰说:"膝盖怎么破了?被黑社会追杀了吧?"

于世杰说:"我看看钱包,瘪了,只有几块钱零钱了?好!再待下去就只有加入丐帮了。幸亏我们不是富翁,如果我们有钱还不知道你要追踪到哪个国家去了。"

于世杰说:"你害死我了。我在蔡唐伯面前丢尽脸面了。蔡唐伯说:怎么连个老婆都看不住!蔡唐伯说:你的劳务费变成了我的损失费啊。我操!开幕式上,西安方面一看没有易明莉老师,翻脸了,立刻要求赔款,还要诉诸法律,还说别的药剂师都是假冒伪劣。我操,这又不是跟着师傅学剃头,跟着木匠学打箍,一定要盯人的。西安真他妈的老土,还西部大开发呢!还是去土塬上放羊,唱信天游吧,摸不着妹妹的手手,那个就拉话话吧;拉不上那个话话,就那个泪蛋蛋下吧。"

我终于被于世杰逗笑了。真是没有办法。人家都说于世杰吊,都说于世杰说话口气大,我就是容易被他逗笑。这就活该我与他是夫妻了。坐了一夜火车,得到的净是责备,却还是被他逗笑了,接下来的日子呢,不用说,也就顺畅地继续下去了,1个小时再1个小时,二十四个小时再二十四个小时,春夏又秋冬,年年又岁岁。夫妻关系是认真不得的,越是认真越容易失败。我根本就不想与于世杰较真了,任凭他冷嘲热讽吧,我也学会把自己不想听的话当作耳旁风了。

明后天是周末休息,下个星期一,我肯定就会按时上班了。六月二十一号过去了。我找过容容了。我更加了解容容了。我踏实了。对于将来有可能发生的任何事情,我的心理准备也充分了许多。我特别重视对于突发事件的心理准备。我不想被生活突然击倒。上官瑞芳需要我的照顾。容容的两个妈妈,总得有一个必须牢牢地站立在现实生活之中。于世杰嘲笑我,看起来有道理,好像我的确是白花了钱,白吃了苦,白白让他受到损害。其实不是。我这个人,过日子,做任何事情,都是需要过程的。我不能仅靠说话解决问题,不能仅靠推理和逻辑思维解决问题,我必须用自己的行动去求证。每一个转折,每一道沟坎和每一个悬念,我得亲身去经历和体验。如果没有去北京这个过程,我真是要急疯的。我相信世界上的路,每一条都有用,没有一条是会白走的,只要你不愿意白白地走过,你就一定不会白走!

于世杰不知道,如果他老婆没有去北京寻找女儿,她就会生病,肯定会的,从前的经验已经屡试不爽地证明了这一点。病是一种积淤,从心里生出来的。于世杰的老婆生病了,他将会有更多节外生枝的麻烦和损失。毕竟只用了九天时间,她就回来了,日常生活的程序便又接上轨了。蔡唐伯至少不好意思将于世杰的劳务费全部扣掉吧?这个我就不得而知了,那是于世杰自己的私房钱,我不会过问,因为我非常明白,过问得来的也是谎言。天底下相安无事的夫妻,哪有不靠谎言维持的?我喜欢无伤大雅的谎言。我自己也常常说一些无伤大雅的谎言,比如我要是告诉于世杰,说大红和郝运都强烈要求给我报销路费,我都一一谢绝了,于世杰准定脱口而出:"你有病啊!"

那么,女人是否要担心男人有了自己的私房钱而堕落呢?首先,我认为我们女人要学会界定什么是堕落。我认为,爱情不是堕落。如果于世杰真的与他舍不得送翡翠手镯的女人发生了爱情,那不算堕落。如果于世杰真的眼皮都不眨、根本不计算就买了翡翠手镯。如果于世杰已经完全看不见我的存在而只能看见那个女人，看不见就要生病和死亡，那么就不是堕落。堕落是没有感情只有感官的动物性胡闹。我不是那么担心于世杰。十五年的夫妻了，整日生活在一起，我大约还是能够知道于世杰私房钱的走向。于世杰的私房钱，一般都从麻将桌上和餐馆里流走了，这是男人对于私房钱的一种普遍用法。挥霍感对于男人很重要。挥霍对男人之间的友谊很重要。男人之间的挥霍不叫挥霍，叫豪爽和侠义。于世杰会不会找小姐？恐怕不能完全免俗。大家一起在茶楼喝茶聊天，自然是小姐们伺候，偶尔让小姐坐坐膝盖头，俩人一起唱上几曲"卡拉OK"，再给小姐一点小费。我们所长蔡唐伯就好这一口。近朱者赤近墨者黑。像于世杰这种自我感觉良好的男人，又与蔡唐伯之流结成狐朋狗友，出入茶楼酒楼夜总会，在小姐们的虚假恭维和投怀送抱之下，岂能坐怀不乱？但是，有一点，于世杰是有警戒线的。于世杰最爱惜自己的身体了，半夜三更打个喷嚏，他都要起床开灯找感冒药吃。钟点工人使用过了的马桶，于世杰一定要用新洁尔灭洗刷过了才肯使用。一个男人，只要他太珍爱自己身体，你就不用替他担心在性的方面会多么堕落。有堕落危险的人，是不要性命的人，是保持着内心的天真浪漫和充满了不安分激情的人，这种人天生就不是我的配偶。上官瑞祥的歌唱得多好啊，年过五十的他，去年又遭遇了新的恋情，为了一个据说蜜桃一般新鲜的辣妹型小歌手，断然与他的第二任妻子离婚了。据说他迷恋和痴爱漂亮女人，已经达到了身不由己飞蛾扑火的程度。我庆幸我灼热的初恋只燃烧了一夜，我庆幸我不会在漫长的岁月里无法理解爱人一次又一次的追逐，而身心交瘁，哭肿眼睛，过早衰老。因此，于世杰注定是我此生的配偶——

居然可以在纸上画一只手镯送给痴爱他的女人，而把钞票统统都拿回家——很好！

依我之见，不管是谁，不管你的热情有多么奔放，不管你渴求遭遇多少激情，不管想积累多少多彩多姿的生活经验，你总是沧海一粟，总是盲人摸象，你永远都无法囊括，所有的道路都是阶段性的，所有的经历都只是数量的不同，因为，我坚信，迷宫的进口只有一个，出口也只有一个；全人类的起点站都是母亲的子宫，终点站都是死亡。因此，我愿意，与一个在你沉闷地缺乏睡眠地坐了一夜火车之后，能够把你逗笑的男人，不亲不疏地共同操持一个普通的家庭，像细火慢熬一锅热气腾腾的烂粥，以它的平和冲淡，无色无味，不温不火，保持永远的活着之吸引力。

上官瑞芳用她全部的青春和生命反对我的平庸，我却还是那么地理解她和心疼她，她绝对不是堕落，她是爱入膏肓的女人——这种女人与天使仅一纸之隔了。

也许，我注定找不到容容。她身体里毕竟流着上官瑞芳的血液，又是青春正好的年纪，怎么能够听进去我这种极富现实感的陈词滥调呢？

可是我还无法放弃和疏离她们，上官瑞芳和容容这母女俩，是我伤口深处的伤口，是她们，使得我保持了对于疼痛的敏感和对于平庸的发现，因此我无法不去呵护她们，呵护她们也就是在呵护我自己。

夏天当然不是武汉市最美好的季节，但是是枫园最美好的季节。很早就开始营造的院子，生长几十年了，现在花草葱郁，树木遮天蔽日。灰喜鹊喳喳叫着把小松果过早地啄了下来，活泼地滚落在你寂寞的脚边。浩渺的东湖，有一湾水被留在院子的一角，以便延伸院中人自由的感觉。湖心小岛，是日出时候喷发朝霞的所在，所有的树叶，因此会镶上华丽的金边，日落的时候，离别来临，它又成了低吟浅唱，叶色郁绿，朴素无华，阴影相叠，水鸟环飞，仿佛不忍归隐又不忍离去。在缘水的岸边，零落地有一些油漆剥落的长椅，而其中一只，四只脚的周围都长满了看麦娘，上官瑞芳在这里端坐了二十年。

星期六的上午，上官瑞芳果然坐在这里，面对湖水，做她二十年来做的两件事情，一件是绕手指，一件是读钢琴琴谱。看见我来了，上官瑞芳朝一边移了移动，以便我有足够的空间坐下。有两个熟识的护士从岸边的环路小路上走过，与我打招呼说："易明莉老师，来了。"

我说："来了。"

我把从北京买回来的礼物，六必居酱菜，从包里拿出两瓶，给了她们一人一瓶。她们说："谢谢了。还就是易明莉老师细心，现在出门还记得买这种酱菜。"

我说："谢什么，不值钱的东西。现在超市里都买得到。"

两位护士当中的年纪稍长的一位说："那还是不一样的。"年轻的护士笑笑，她明眸皓齿，滴溜溜的目光像荷叶上的水珠一样停不下来，四处流盼。她还体会不到我从北京带回来的这酱菜与超市里的那酱菜有什么不一样。用心惦记，专程跑路，斜着肩膀，拎着沉重的购物袋，穿过车流滚滚的大街，上火车下火车，途经千里山水，这酱菜，就是不一样的了。上官瑞芳在年轻护士眼里，就是一个病员，是一个在枫园治疗得早已无害的精神病患者。而中年护士看上官瑞芳，那就是看她的姐妹了，一个待在自己的世界里再也不肯出来的姐妹。这位中年护士的妈妈，瘫痪在床十年了，说是想念上海城隍庙的奶油五香豆和过去那种一支一支的绣花丝线。去年我有机会去上海出公差，把这两件古老的东西，都给她买回来了。现在城隍庙，只有一家小铺子卖丝线，而且还不是摆在铺子的当面柜台，是在最里头，陈旧的柜台里，丝线蒙满了日积月累的灰尘，连售货员都不知道这是哪一年进的货了，更不记得什么时候有人买过，只不过政府要求城隍庙要体现上海传统风俗文化，那么就只好把丝线当作风俗文化摆在柜台里了。转眼间，我都是在搜寻历史了。

我没再说什么。中年护士主动地说："我会照顾好她的，你放心。"顿了顿，又说："其实，她比我们生活得好。"

年轻护士已经走出好几步了。她见伙伴没有跟上，就站在那里等候，漫不经心。我与中年护士会意地点了一个头。

二十年前，我初次陪上官瑞芳在这条椅子上坐下，这位中年护士与她的老师一同走过，与今天她身边的年轻护士何其相似啊！不知不觉之中，她的白大褂饱满了起来，步态稳重了起来，目光不再滴溜溜地转动，她会在上官瑞芳身边停留下来，然后用只有细腻的母性才会拥有的语气说："上官，你该剪指甲了。"

枫园还是枫园，东湖还是东湖，这把椅子还是这把椅子，环路的小路倒是翻修过几次了，最早铺的是青砖，后来改为水泥，现在是专门的铺地瓷砖，红红绿绿的，说是要让枫园美起来。

变化最快的还是人，年轻的护士在这条环湖小路上，每天例行地走过，她自己却不知道，每一步都是不一样的了！看着她们，就像在看一部缓慢放映的电影。电影还远远没有结束，你还不知道它要告诉我们一个什么结果，但是，它的每一个镜头和画面都已经给予了我们许多耐人寻味的道理和无限的感慨。许多年来，在这肉眼难以看见变化的枫园里，在陪着上官瑞芳的时候，获得和拥有的，就是耐人寻味的道理和感慨。我带着这无法言表的感觉，回到稠密的人群中，回到繁忙的工作和家庭生活中，心里会渐渐变得安静。我没有别人那么匆忙焦躁，没有多余的话，不着急，不聒噪，在单位复杂的人事关系中，与大家相处得和睦和简单，还会使得于世杰在某些激动的时刻，说："你这个女人一点都没有啰唆的毛病，真他妈的不错啊！"

世界上真的是没有一条路，会让你白走的。我每次换乘两路公共汽车，来看望上官瑞芳，当初我怎么会想到，我这么一乘公共汽车，就会是二十年呢？可是谁又知道，二十年来，疯狂了的上官瑞芳其实又是我生活当中最为宁静的领域呢？

上官瑞芳的十个指头绕动着，与她沉静懵懂的面容相比，它们好像拥有自己的生命，是一群精力过剩的顽皮孩子。在谁都无法预料的时刻，上官瑞芳的手指会突然停下来，静若处子，去捧读钢琴琴谱。上官瑞芳用以打发时间的这两件事情，都是与实际生活不相干的。许多稳定期的女精神病人，都习惯织毛线，她们没日没夜地织，十分用心，花样是难以想象的精巧，为她们所有的亲属，一件又一件地织出毛衣毛裤毛背心毛线披风。给侄子的新毛衣织好了，外甥的毛裤已经穿小了，陈旧了，又该拆了洗了加了毛线重新织了。岁月在她们的手中可以看得见地流动,仿佛她们可以掌握自己指日可待的归期。上官瑞芳却不。她只有兴趣绕动手指和默读琴谱。她从来不读出声,也不需要钢琴或者其他任何乐器,但是她聚精会神,一行一行地认真移动,脑袋随之摆过来摆过去,谁也无法否定她陷入了最纯粹的阅读之中。于是,奇迹发生了。二十年过去,织毛衣的精神病人在正常地衰老,生病与死亡,而上官瑞芳,几乎看不出年龄的增长,她的变化,如同枫园的雪松一般缓慢。

我说:"上官,天气热吧?"

上官瑞芳说:"热。"

我说:"上官,我去了北京,没有找到容容。"

上官瑞芳说:"嗯。"

我说:"上官,你也不用担心,容容这孩子,好像比我们能干多了。"

上官瑞芳说:"是。"

我说:"可是上官,容容这孩子到底会在哪里呢?"

上官瑞芳说:"嗯。"

上官瑞芳只是发音,不是交谈。她的表情空远,声调平缓,显得莽撞又盲目。有时候,要过了好一会儿,我才会觉出她的意思。她有她自己的意思,与我们一般人不一样。我们说话总是就事论事,赶着脚跟,说眼前的事情。上官瑞芳常常跳过眼前,跳过了具体的事物,在遥远的地方,等着与现在的发生相遇。

我把在北京的遭遇细细地讲给上官瑞芳听。我们俩在湖边的长椅上坐着,看麦娘在我们的脚下拂动。湖水轻轻荡漾,飘过阵阵湖水的腥气。你久久看着那涟漪,便有了被按摩的感觉,一圈又一圈,圆满地散开和淡去。在上官瑞芳这里讲话,我总是可以讲得非常顺畅。我讲着大红和郝运。讲着于世杰的臭脾气。而上官瑞芳一直捧读着她的琴谱。

最后，当我再一次茫然地感叹不知道容容此时此刻在哪里的时候，上官瑞芳突然说："在她想在的地方。"

我叫道："上官！"

上官瑞芳的这句话说得非常清晰。我迷惑地看着她，几乎要说她不是一个精神病患者，可是她是。

上官瑞芳放下琴谱，略微转身，面对着我。她的皮肤还是这么白皙，脸庞还是这么年轻，细长的小眼睛亮亮的，定定地望着我，天真无邪。她这不谙世事的美丽，美丽得叫我嫉妒和心疼。她还记得她的女儿。记得！而且，还能够看见并且理解她藏身的地方，而我在滚滚红尘之中几乎跑断了腿。是不是作为精神病人比精神健全者更加健康呢？是不是不幸比幸运更加幸运呢？既然大家最后都是殊途同归，为什么自己认为自己是正常的人，就要对他人负起更多的责任呢？而这责任的作用最后又体现在哪里呢？是不是一个人的精神自由实际上远远超过了肉体生存的需要，只要爱待在哪里就待在哪里，只要爱停留在某种状态就停留在某种状态，那才是最美好的生活呢？请你告诉我，我的朋友！

我央求地看着上官瑞芳，而上官瑞芳，又埋头去读琴谱了。

我不行。我不能够不去寻找容容。我不能够只是埋头于我自己感兴趣的事情。我怎么也脱离不了这个现世。时间一晃就过去了十几年几十年，上官瑞芳和容容成了我全部的人生积累。我放不下这全部的积累。我一辈子也忘不了童蒙初开的时候，发生在我和上官瑞芳之间的许多合谋和默契。我们从小学的课堂上逃离出去，去看阉鸡的人阉鸡。最初吸引我们的，纯粹是游戏的感觉。阉鸡者举着一只大漏勺一样的网子，在四下逃奔的鸡群里熟练地捕捉到半大的公鸡。这些瘦腿瘦翅膀的公鸡正在变声，愣头愣脑，它们被阉鸡者从网子里抓出来，丝毫不明白它们面临着多么重大的生命改变。阉鸡者是漠然的刽子手，他把公鸡不屈服的头颅别过来，掖进了它的翅膀，然后把胳膊抡圆了转动。直到把公鸡完全转晕，阉鸡者就坐了下来，在他并拢的双腿上铺开一块陈旧的血迹斑斑的棉布，把暂时失去了知觉的公鸡搁在腿上，扒开公鸡的后胯，三下两下扯掉了这个部位的绒毛，一柄小拇指大的弯刀，很粗糙地绑在筷子上，手起刀落，一捅一铰，眨眼间，一对红嫩的小肉球便被剜出来了，然后伤口被飞快缝合。阉鸡的过程很快就结束了。半大的公鸡醒了过来，摇摇晃晃地站立着，茫然四顾，它还不知道自己已经是一只不会打鸣不能够繁衍后代的公鸡了。它会长出母鸡颈脖上那种柔软的披毛，但它又不会下蛋；它骨骼依然健壮，会长出丰满的鸡肉，命中注定就是被宰杀了吃肉的阉鸡了。这种游戏，看了好多次之后，我和上官瑞芳之间，便有了悄悄的探讨。从此，我们自学成才地认识了性别的意义，感受到了对于被操纵的命运的恐怖和怜悯。我和上官瑞芳，我们是自己的老师和密友，是自己生活的创造者，启发者和铭记者。

阉鸡者是男人。很漠然。赚小钱，做重大的令人心酸的事情。我和上官瑞芳站在路边，看着在黄昏的尘土中，踯躅街头的阉鸡者的身影，再看看那些无精打采，欲哭无泪的阉鸡，不免为流浪的刽子手和身不由己的阉鸡，生出酸楚的深远的忧愁。

我们在王麻子的挑担上买两碗热豆浆，喝着，上官瑞芳的热泪就在热气的掩护之下，噗噗地滴进碗里。之后，我们回家，她的胳膊就悄然地放进了我的胳膊弯之中。她说："我不回我们家，我回你们家。"

我说："好的。"

我们夜晚的梦，一样，都出现了委屈的小公鸡，刀，阉鸡者在黄昏的背影和一只古怪的大网。我们在这样的梦中慢慢长大了。她知道我的生长，我也知道她的生长。这是连我母亲都不知晓的秘密，她的母亲就更不知道了，她母亲关心的只是她自己和她的丈夫。她总是说，他们能够从枪林弹雨中活过来，太不容易了，他们应该珍惜历史和生命。没有错，谁的话都有自己的道理，我们不追究和不要求父母。我们不和别人讲道理。我们力求豁达。我只是想和熟悉和喜欢自己生命过程的人在一起，一步一步走向彼岸，每一步都踏实。那无数的生长的秘密，是滋润每一个白天的土壤。今年是二〇〇一年，一个令我不安的年份，百年前死了两个总统的美国，不知道今年是否还有更大的灾难？现在美国的强大今非昔比，然而，强大有时候便是脆弱。欧洲又会怎么样？巴黎是否又有新的天才画家出现？是否还有艺术家愿意真诚地关注街头的小市民？我的容容，在今年，是否能够逃离那怪兽般的浓烟？我知道，我的容容一定在某个角落隐藏着，发出巨婴的啼哭，可惜我这个平凡妈妈的平凡臂膀，无法抱住她，无法拯救她。现在这个世界，如果单就强弱大小，单就生命的表象，人类谁能够拯救谁呢？只有我们自己拯救自己的内心与灵魂了。我只有与上官瑞芳坐在湖边的长椅上，看着围绕湖心岛盘旋的鸽群，感知些些许许的金色阳光，照耀我们裙角的看麦娘，只有这样，我的心便会一刻一刻趋于安宁。于世杰一定又要嘲笑我的愚昧了。我杞人忧天的毛病，注定要伴随我这一辈子，也注定要骚扰于世杰一辈子——真是对不住丈夫！鱼对于船的歉意也注定是一辈子的事了。

好了。无论世事如何变幻，无论太阳从东边或者从西边升起，无论我们的女儿什么时候归来，上官瑞芳，我们都要力争平静地度过每一天。只有我们自己的生命，在悄悄生长过程中的那些感受，那些只有我们俩人领会到了却永远无法用语言表达的东西，它将与我们的终身如影随形。

上官瑞芳在，我在；上官瑞芳不在，我也在。看麦娘在，我在；看麦娘不在，我也在。如是这般，我还需要什么理由？我又怎么能够放弃？

有了快感你就喊

一切的委屈和难受,都慢慢变成了命中注定之物被接受下来,养成了习惯。

习惯是一种何等强大何等可怕的存在啊!

有了快感你就喊

—— 此格言见于七十年代美国大兵行囊里的火柴盒封面

《有了快感你就喊》记忆：写于二〇〇二年十至十一月，发表于二〇〇三年第一期《人民文学》。该小说一发表，我家电话即被打爆，导致我从此厌恶电话。一时间媒体到处都是批评与批判。我蒙了很久，慢慢才明白，对于许多人来说，"快感"是一个猥亵用词。更有人在小说中没有读到猥亵的内容，很愤怒，认为我骗人。安慰是一年后来临的，《人民文学》杂志评选年度优秀小说，记得是一个寒冷的冬夜，评选揭晓，李敬泽在北京回家路途给我打一电话祝贺我高票获奖，他说："这次评委有机会认真读了小说，都说真好。怎么样？有点安慰吧？"敬泽难道忘了这句话：好事不出门，坏事传千里。不过既然敢采用这个书名，到底也就是一个无所谓的人。

池莉

开篇

卞容大是卞容大的名字。

卞容大的名字是他父亲的得意之作，他父亲是新华书店的售货员，人称卞师傅。卞容大自从进入小学，其姓名就屡屡遭受师生的嘲笑。同学们为他取绰号，"小便""大便""小辫子（女孩子）"，等等。有三位任课老师，在用花名册点名的时候，把卞容大念成"卞——容大"，或者"卞容——大"，他们拖长嘲弄的声调，脸上浮现着不解的表情。这是三位年轻的贫宣队教师，在学校很红，是从艰苦偏僻的农村选拔出来，掺沙子掺到大城市的教育战线，代表贫下中农毛泽东思想宣传队来管理学校的，只要他们的经验认同不了的东西，便都不是什么好东西，便都有资产阶级，小资产阶级，封建主义和修正主义的嫌疑。在史无前例的"文化大革命"中，大街小巷、商店招牌、人人物物几乎在一夜之间，兴起了改名狂潮；并且一切的规则与束缚都没有了，改个名字简单到只要自己走出大门，宣布一声就成了。卞容大也曾斗胆对父亲提出过一次要求。希望自己改一个名字，与大多数同学一样，比如：向东、爱东、强强、钢钢，诸如此类，以适应时代潮流。卞师傅轻蔑地说："放屁！"

卞容大还在嗫嚅，卞师傅一扇巴掌横扫了过来。卞容大猝不及防地被打倒在地，他不敢流泪与忧伤，赶紧爬起来，找到离他最近的墙壁，以背贴墙，立正站好，两眼平视前方，直到父亲认为他受够了惩罚——这是父亲教育儿子的惯常做法。卞容大立刻明白：从此他再也不能就名字的问题给父亲添麻烦。卞容大的母亲早逝，卞师傅又当爹又当妈地拉扯儿子，一切都是异常地艰辛。因此，卞师傅一定要把他的儿子培养成为一个真正的男子汉。真正的男子汉，在卞师傅看来，标准就是：积极向上，建功立业；成绩优异，口才雄辩；站如松，坐如钟，行如风，睡如弓；哪里跌倒哪里爬起来；流血流汗不流泪。卞师傅在新华书店工作一辈子的最大收获，就是从书山书海里摘录了三大本人生警句格言座右铭，他非常敬畏这些智慧的结晶，他才不会肤浅地随波逐流。

卞容大因为自己不合主流的名字，加上他瘦小的身体，在小学阶段就无法振作。

卞容大十三岁的那一年，做了这么一件事情：他烫伤了自己的左手掌心。在父亲出差外地的一个深夜里，卞容大躲进集贤巷深处的一座废旧仓库，点燃了一大把蜡烛。他用右手擎着燃烧的蜡烛，摊开左手，将滚烫的烛泪，浇在自己掌心里。卞容大听见自己的牙关错得咔咔响，剧烈的疼痛使他头昏眼花，心跳紊乱，直至他最后双手发抖，蜡烛散落一地。值得骄傲的是，卞容大没有呻吟，没有叫喊，成功地保持了高贵的沉默。卞容大学习过一篇描写江姐的课文，他很喜欢。中共党员江姐，是一个高雅体面的少妇，穿一种叫作阴丹士林蓝的旗袍，外罩洁白的绒线外套，脖子上垂挂红色的长围巾。当江姐沦为国民党的囚徒之后，行刑手把长长的竹签削尖，一支一支钉进她的手指头，用这种酷刑逼迫她屈服招供。而这位穿旗袍的少妇，没有流泪，没有哀叫，却冷笑着，举起自己血淋淋的双手，主动地把竹签朝墙壁上撞了过去。瞧瞧，让你们瞧瞧吧，什么是高贵的沉默！卞容大在烫伤自己手掌的过程中，领悟了什么叫作高贵的沉默，从此，卞容大找到了武器。面对所有的嘲笑欺辱包括父亲蛮横的惩罚，卞容大都会凭借自己的左手，用高贵的沉默抵挡一切。在关键的时刻，卞容大只需将他的左手攥紧成拳，便可以绝对地不吭一声。藏在他左手掌心里的那块疤痕，会浮现在他眼前，召唤他领引他，给他自信与骄傲。

　　长大之后，卞容大还是名叫卞容大。他身材单薄，不笑，不爱说话，左手常常握成拳头。

　　在二〇〇一年的七月份之前，卞容大的社会角色是：玻璃吹制协会的秘书长兼办公室主任；十岁男孩卞浩瀚的父亲；他父亲卞师傅的儿子；他那患畸形肥胖症的妹妹的兄长；他妻子黄新蕾的丈夫；他岳母陈阿姨的女婿——这种关系本来可以忽略不计，但是，他岳母陈阿姨在他生活中的非常作用使得他们的关系不可忽略。和许多男人一样，除了自己的表面角色之外，卞容大对于自己还有一种暗暗的判断与把握，那便是：一个智商和情商都还不错的男人，一个不甘平庸且小有成就的男人，一个胸有正气敢于负责的男人，一个颇有写作才气的男人，一个对女性有一定魅力的男人，当然，同时他也是一个运气不太好的男人，一个壮志难酬的男人，一个没有足够经济力量和精神力量来回报红颜知己的男人——生活中的遗憾当然很多，但是整体状况看上去还可以，且算三七开吧。只有身材的瘦小单薄，是卞容大永远无法改变的现状。幸好社会的文明程度在逐渐提高，现在的许多年轻女性，其观点就很鼓舞人心。在办公室的热烈争论中，汪琪扬起她那一波旋动的额发，认真地宣称："男性的身材与男子汉气魄完全是两码事，动物界雄性动物的体格大多比雌性动物矮小，雄性动物相对瘦小的体格会使他们更加精悍，更加灵活机动，以便他们更富于追逐、掠夺、攻击和交配。"

追逐！掠夺！攻击和交配！多么直接大胆，多么富有动感的语言。汪琪真是一个可爱的姑娘！

在此之前，卞容大根据自谦的美德原则，对于自己的评价是：他人生的角色都还扮演得不错。他不评价很好，只评价不错。全家人上上下下老老少少的衣食住行条件，在这个城市的人群中，中等偏上。从宏观的角度来说，他的这一辈子，要比他父辈好；儿子的这一辈子，一定会比他的好。而这种"好"的形势，与卞容大个人的勤奋与努力是分不开的。他勤奋了，他努力了，他问心无愧。这就是在此之前，卞容大的状态。

卞容大崇尚沉默。卞容大还不仅仅是沉默寡言，沉默寡言有一点消极，卞容大拥有的是一种积极的沉默。卞容大胸有成竹地沉默着，其日常表情，看上去有点像战胜了牙痛之后的神态。卞容大以他特有的沉默神态，专心地搬出自行车，专心地骑上去，专心地绕过路上的小狗和石头子儿，安静地穿行在他居住的生活小区与玻璃吹制协会之间，穿行在他的小家庭与父亲的家庭之间，穿行在他的小家庭与岳母的家庭之间，穿行在他的小家庭与孩子的学校之间，穿行在他的小家庭与朋友、同事、老同学等各种社会关系之间。卞容大每天早晨都穿戴整齐，按时出门，风雨无阻。有活动和场合的时候，他穿西装打领带，骑自行车之前把自行车的钢圈擦一遍，将领带仔细披好。如果在活动和场合中分发了礼品，无论大小，卞容大一定会把它们带回家。他进门就把礼品往靠近黄新蕾的地方一扔。他的动作看起来是那么漫不经心，然而黄新蕾总是及时地得到了提醒。她瞥他一眼，和颜悦色。卞容大就可以往沙发上一靠，双腿架上茶几，脸上挂满疲惫。黄新蕾很快就会给他端过茶杯，或者，让儿子给他端过茶杯。

这就是在此之前，卞容大的状态。所以，在此之前，应该说卞容大的生活还算不错。只是，在有的时候，没有任何预感的，一种莫名的恐慌就阵阵袭来，卞容大会因此突然地心慌意乱。但是，当他认真去琢磨的时候，却又什么都琢磨不到了。

七月底的一天，卞容大下班很晚，天黑的时候，才刚刚到家。他把自行车放进车棚，转身走进林荫小路。就在通向他们那幢楼房的林荫小路上，卞容大被人绊倒了。几个男人迅猛地扑倒卞容大，把他口脸朝地地摁在地上，那种粉末状尘土的味道冲进了卞容大的鼻孔，卞容大连接打了几个无法克制的喷嚏。一个男人极不耐烦地咒骂了他的喷嚏，然后伏在他的耳边，凶狠而清晰地说："要么还钱给阿迪娜，要么卸掉一只胳膊，随便你挑！"

翌日，在玻璃吹制协会的党组书记办公室里，党组书记严名家哈哈大笑了。他首先惊讶地问了一句："是吗？"紧接着，他就哈哈大笑了。笑毕，严名家说："个狗日的！现在还真的有这么惊险呢！"严名家兴奋起来，说："我他妈的什么都遇到过，还就是没有遇到过黑社会。那好，咱就会会他们吧。"严名家盯了卞容大一刻，抓起了电话，说："报警。"

卞容大扣下了电话叉簧。报警就是激化矛盾。报警的结果很可能导致卞容大的一条胳膊迅速落地。卞容大认为，严名家首先不应该这么大笑，其次不应该说那么多无知小青年似的废话，再次不应该草率地决定报警。作为单位的主要领导干部，严名家的做法实在欠妥，太缺乏领导风范，太不懂得爱护自己的职工，况且卞容大不是一般的职工，是这个单位的秘书长和办公室主任，是玻璃吹制协会的创始人之一，是阿迪娜公司那笔两万元款子的经手人！严名家应该做的是立刻还钱。严名家又笑了，这次是干笑，并且说："那不可能！我们现在没有这笔钱。"

卞容大说："没有钱也得还！"

严名家说："啊嗨！就凭你今天早上一来就给我编故事？就凭你是我手下的办公室主任？我党组还有没有一个领导权？还要不要一个民主集中制？"

卞容大再崇尚沉默，也有无法沉默的时候。他用他的左手，那只带疤痕的左手掌心，狠狠拍击了严名家的办公桌。卞容大说："听着，今天你要是不把阿迪娜的钱还回去，出了这个办公室的门，我就直接奔纪委！"

严名家用小痞子的无赖口吻说："行啊，去举报吧，我好害怕啊！"

卞容大转身出去了。卞容大当然直接去了本市市委的纪律检查委员会。卞容大绝对不会轻易动怒，可是一旦动怒，他是势不可挡的。卞容大也明白，以举办活动的名义消费两万块钱的款子，与那些贪污挪用成千万上亿万的款子相比，的确太算不上事情。可是问题的实质并不在这两万块钱上面，在于我们党的基层干部，现在到底是什么状态？他们在如何敷衍工作？党纪国法，道德良心，对他们还有没有一点约束？卞容大倒是要请教请教纪委：严名家坑蒙拐骗，巧立名目挥霍公款，到述职的时候这些还变成了他的辉煌政绩，对这种现象，对这种干部，纪委到底了解不了解？像严名家这种干部，已经完全丧失了责任感和事业心，纪委到底明白不明白？

试举这一次的例子吧：今年的"七一"，严名家要求卞容大操办一场隆重的庆祝党的生日的活动。关键的是要按照"隆重"两个字去搞。于是，卞容大动用了他所有的社会关系，做了一系列的工作，在他的一个老同学的配合之下，好不容易说动了法国阿迪娜水晶饰品公司。本来，两家联合举行一个庆祝"七一"座谈会就行了，阿迪娜水晶饰品公司提供一个场所，一顿会议午餐，一点纪念品，就行了。严名家说："不成！"严名家说："资本家有的是钱，得让他们出血！"严名家亲自动手，拟定了座谈会的方案。严名家的方案是这样的：会期两整天。会议内容：市委领导讲话，中法双方领导讲话，党员代表发言，预备党员代表、群众代表发言；新党员宣誓；自由座谈；联谊活动。以多样化的形式宣传阿迪娜水晶饰品公司的企业形象及其产品。玻璃吹制协会承诺：该新闻由市电视台采访和播出，须出现法方主要领导人正面形象，播出时间不短于两分钟。晨报、午报和晚报当日均有滚动新闻，新闻稿由中方撰写，须正面提及法方公司与产品名称，加上溢美之词。经费预算：五万元整。玻璃吹制协会承担三万，阿迪娜水晶饰品公司承担两万。玻璃吹制协会提供会议形式，会议内容，邀请市委（保证至少有一位市委常委出席）市政府五大班子领导，各界知名人士，接洽与接待新闻媒体；阿迪娜水晶饰品公司承担由会议所发生的餐饮，娱乐和礼品之经费。

严名家的套路并不新鲜，在中国官场人人皆知，一般稍有社会经验的人都不会上当受骗，但是法国人就不懂了。法国人一看，如此高档次的阵容，如此宏大的宣传攻势，只须花费两万人民币，心下只是窃喜，立刻同意了这个方案。卞容大与他的老同学各自代表所在单位，签订了合作协议，阿迪娜水晶饰品公司的两万元人民币，迫不及待就打入了玻璃吹制协会的账户。卞容大本来是不愿意代表单位签字的，因为他知道他们请不到市委常委，也无法使几家报社有滚动新闻，无奈严名家命令他去签字，并拍胸脯说，请人和疏通媒体，那是他的事情，他是绝对无问题的。然而，"七一"前夕，万事俱备，严名家突然宣布：党组集体研究决定，采纳更有创意的方案，即：玻璃吹制协会要借庆祝"七一"的东风，重走革命路！原来，严名家私下又与洪湖"浪打浪"绿色食品公司所属的洪湖度假村，签订了共同庆祝"七一"活动的协议。"七一"那天，严名家带了玻璃吹制协会的一干人马，直奔洪湖"浪打浪"度假村。临行前给阿迪娜水晶饰品公司发出了一个简单的传真，声称由于上级主管部门的统一安排与要求，玻璃吹制协会不得不将座谈会的地点转移到革命老区洪湖，玻璃吹制协会希望阿迪娜水晶饰品公司能够理解并请公司有关人士赶赴洪湖参加会议。阿迪娜水晶饰品公司当然气坏了。当然没有任何人赶赴洪湖乡下。卞容大的老同学在电话里臭骂了卞容大一通,要求卞容大立刻归还阿迪娜水晶饰品公司的活动经费。严名家不理睬这一切。他在洪湖狂欢。严名家除了在带领新党员举起拳头宣读入党誓言的时候没有花钱,其他的节目,都是花钱如流水。狂欢之夜,篝火晚会、打野鸭、采红菱、全鱼宴、传统足浴,等等,阿迪娜水晶饰品公司的两万块钱,也就这样被填塞进来消费掉了。事后,阿迪娜水晶饰品公司多次上门索要钱款,严名家不是拖拉搪塞就是拒不接待。结果,经手人卞容大昨天晚上就发生了人身安全险情。事情发展到了这种地步,而严名家居然还是拒绝还钱,并且痞里痞气地说:"你去纪委举报吧,我好害怕啊!"卞容大没有退路了,他只有去纪委举报了。他还真是不相信严名家不怕纪律检查委员会。

然而,卞容大在纪委并没有受到应有的重视和接待。纪委的工作人员忙碌不堪,案头都是大案要案。卞容大是土生土长的武汉人,在武汉工作了近二十年,也调动过几个单位,因此纪委也是有人认识卞容大的。熟人过来,拍拍他的肩头,笑了笑。他们司空见惯不以为然的态度,让卞容大感到了惶悚,他忽然意识到,别人会不会认为他太幼稚和太冲动了?接待他的工作人员公事公办地说:哪里哪里。话上这么说,可事实上还是凉卞容大。一会儿,熟人又过来拍拍卞容大的肩,与他闲聊了几句。人问:你去了洪湖吗?卞容大说:去了。人问:采红菱了吗?卞容大说:采了。打野鸭了?打了。吃全鱼宴了?吃了。篝火晚会呢?也在。卞容大又赶紧补充:但是我没有去泡脚!也没有打牌！熟人又笑了，又拍拍他的肩，走开了。熟人的三次拍肩和三次内容不同的笑，一下子就让卞容大感觉到了自己的没趣，好像他的举报，是那么琐碎和无聊，并且，他自己的屁股也不干净，该吃的也吃了，该喝的也喝了，还举报个什么？卞容大解释说：本来他是不肯去洪湖的，可是严名家不放过他，说他作为办公室主任，必须去会上安排活动。卞容大不去怎么行？再说，不去他怎么了解情况？怎么有证据举报？人家还是笑笑。卞容大握了握他的左手，不再说话了。他低下眼睛，飞快地浏览了举报记录，无可奈何地签上了自己的名字。现在到底是怎么回事？严名家怎么可以无法无天？

不过，卞容大并不后悔。卞容大说到纪委举报，就肯定要去纪委举报。男人说话要算话，开弓没有回头箭。吃吃喝喝就不说了，诓骗外资企业的两万块钱，无论如何都是党纪所不容的。卞容大跑了一趟纪委，还是有用的。尽管严名家表面不在乎，可他还是很快就把钱还了。严名家的迅速还钱就是卞容大的初步胜利。彻底的胜利，当然应该是严名家的下台。用卞师傅的话说：像严名家这种贪官污吏应该及早下台，像卞容大这种有责任感有事业心的干部，应该及早提拔。卞容大对父亲的说法直皱眉头。卞容大举报严名家，真的没有个人动机。父亲对于他举报行为的简单理解，倒是提醒了卞容大，他着急了，他怕人家误会他有个人目的。那天的举报，是被严名家激出来的，事后想来，卞容大的确是过于简单了。他必须找个机会向纪委方面好好解释一番。现在时间从容了，卞容大对自己要解释的一番话，进行了反复斟酌，打了腹稿，私下还练习了几次。之后，卞容大就开始急切地等待着纪委来人——他们至少得来调查调查吧？

两个月以后的一天，卞容大却等来了另外的一群人。这些人来自市委组织部门、民政局、国有资产管理局、编制办公室、市再就业服务中心、单位所属的街道派出所，等等五花八门的单位，还有一些企业：某某玻璃制品，某某工艺品公司等。尽管卞容大不知道来人是干什么的，但还是应党组要求，临时紧急召集玻璃吹制协会的全体职工召开重要会议。会议气氛显得神秘又紧张。各方面来人的讲话，听上去有一点云遮雾罩。总之大体上都是在含糊其词地赞颂改革开放。最后，一位秃顶的温和的苦相的干部，满含歉意地露出了庐山真面目：他宣布了玻璃吹制协会的解散。

严名家以一种毫不知情的懵懂模样坐着，目光淡漠，不看任何人。他的去向是调动，调到科协去了，看来他没有受到什么损害。可爱的汪琪好像也没有受到损害，她被现代玻璃工艺公司接收了。凡在三十五岁以下，具有大学本科文凭，身体健康，专业工作能力较强，在本市已经拥有住房的职工，都有相关企业接受。四十岁以上的老弱病残，全部被买断。卞容大成了被买断的广大职工中的一员。好在卞容大是正科的级别，买断价格高于普通职工，普通职工每年八百元，正科级每年一千两百元，卞容大工龄十九年，便有一次性买断费两万两千八百元。与此同时，卞容大的人事档案被放入市再就业服务中心。从今往后，卞容大再也不用风雨无阻地按时上下班，再也不用与严名家拍桌子打椅子，更无须等待纪委来人了。

玻璃吹制协会解散的时候，离卞容大四十一周岁的生日只差四天。

四天来，卞容大声色不动，依旧穿戴整齐，依旧按时出门，与上班的作息时间一模一样。头两天，他去了江边，看水。他去的是长江二桥往下那一段，很遥远的江边，那里是沙场，一堆一堆黄沙，寂寞地等待着运输。荒草，江鸥，被吹残的蒲公英，断线的风筝酷似失事的飞机，一头扎在荒滩里，令人为之动容。卞容大没有想什么。他在沙滩上随意地坐卧，是休闲的姿态。他是在休息。索性来了一个大结局，卞容大心里反倒没有恐慌的感觉，只是有一点不习惯，一片空旷。第三天，卞容大不去江边了。他买了一顶棒球帽，压低帽檐戴着，悄悄溜进了再就业服务中心和人才市场。这里的人太多了。大厅里聚集了一股浓烈的人体臭味。所有的人都不管不顾地说话，闹得谁都不可能听清楚别人在说什么，卞容大转了一圈就退出来了。第四天，卞容大悄无声息地度过了他四十一岁的生日。

就这么笼统地说悄无声息，显然不够严谨。在家里，卞容大本来就不过生日。黄新蕾只记他们儿子的生日。所谓的悄无声息，是相对玻璃吹制协会来说的。作为秘书长兼办公室主任的卞容大，他在玻璃吹制协会创建之初，被首任党组书记那热气腾腾的集体主义精神所感染，灵机一动，开创了一条温暖的规则：工会专人负责将职工们的生日登记注册，然后在某职工生日的这一天，送一盒生日蛋糕和一束鲜花以示祝贺。因为有单位惦记着，你是无法忘记自己生日的。许多忽略了自己生日的人，在这一天上班之后，都会被单位的祝贺弄得又惊又喜。午休的办公室，一片欢声笑语，寿星切开蛋糕，大家高唱生日歌，同时纷纷抢着吃，闹得满脸都是奶油。好了。过去的事情就不要再提了。卞容大是一个有能力的男人，就算单位悄无声息了，卞容大还是可以找到自己的庆祝方式。

这一天，卞容大来到了市内最大的超市。这是法国人在世界各地开的连锁超级市场，这里货架林立，顾客如云，还有各种现场展示和推销活动。卞容大一进大厅，装扮成新疆姑娘的女孩们就朝他载歌载舞，她们推销的是新疆葡萄干，新疆羊肉串等产品，都有小碟样品，敬请大家免费品尝。迎头就很喜气，卞容大便放下矜持，觍着脸皮，笑嘻嘻地抓了一把葡萄干。卞容大在超市买了一瓶冰冻啤酒，半只电烤鸡。免费获赠的各种小吃，被卞容大装在一只简易纸碟里，这些小吃用牙签戳着，像儿童过家家的玩具。卞容大占据了超市为顾客提供休息的一处桌椅，从上午开始就为自己频频举杯。新疆姑娘的笑靥，不知疲倦地在他眼前一遍又一遍盛开，清洁女工一遍又一遍擦干净他脚下的地面，隔壁的麦当劳快餐店，至少播放了十次"生日快乐"歌，为不同的小朋友庆祝生日，但是音乐无疆界，卞容大也可以同时享受生日快乐歌。户外秋阳焦躁，满大街的行人都在躲避明晃晃的光线。一辆摩托车和人力三轮车撞了，车主互相破口大骂。十字路口的人行指示标志坏了，红色的人形与绿色的人形同时闪亮，行人与汽车顿时踌躇不前，稍后又一拥而上，马路上的混乱局面犹如汤浇蚁穴。超市里头非常凉爽。没有任何人来打搅卞容大。是的，没有单位了。可是，那又有多大关系呢？卞容大不是照样可以找到集体主义式的快乐感觉吗？

不幸的是，卞容大生日的快乐，最后遭到了清洁女工的破坏。时间已经是下午了，卞容大都要准备离开了，一个清洁女工过来，停留在卞容大面前了。她弯下身体，肮脏的白色工作服领口里露出部分乳胸。她悄声地问卞容大："大哥，想不想玩？"

卞容大非常意外，一时间没有反应过来，他问："玩？玩什么？"

清洁女工调戏地说："你——"她强调，"想玩什么？"

卞容大忽然明白了自己的艳遇。他的血液冲上了头面，手脚无处安放。他飞快地四周看看，简直不敢相信眼前的现实。

清洁女工以为卞容大担心安全问题，她保证道："在我家里，绝对安全。很便宜的，两块钱一次，就算交个朋友。要是好，下次再来。"

两块就是指二十块，二十块钱一次很便宜吗？卞容大忽然想起了洪湖，他们单位的男性们在度假村的夜晚胡乱吹牛，说武汉的消费水平真是太低了，火车站广场上的野鸡，五毛钱就能玩一次。卞容大并不是真的在比较价格，只是一种乱糟糟的触类旁通的联想。实际上的卞容大，汗毛竖了起来，全身的皮肤一阵紧似一阵，汗珠子从两鬓的太阳穴迸流出来，难以置信地流淌在脸颊两边。

清洁女工却具有非凡的洞察力，捕捉到了卞容大对于价格的比较。她说："咳，大家都爽快一点好不好？一块五，不能再优惠了，真的很便宜了！我的大哥呀，玩了你就知道了。"

卞容大害羞了。他又害羞又悲愤。难道他像一个色眯眯的嫖客吗？像一个可以与这种廉价的毫无廉耻的野鸡苟合的男人吗？可是如果他不像，她为什么来勾搭他呢？卞容大的心都碎了。

卞容大坚决地闭上了眼睛，把脑袋用力一别，说："请你走开！"

然而，清洁女工没有轻易走开，她比卞容大还要屈辱和悲愤。清洁女工站直了身体，扣紧了领口的纽扣，拿拖把使劲打了几下卞容大的脚，说道："你妈个××，你不想玩，在这里坐一天干什么？盯着我看一天干什么？一个男将，连玩都不会了？真是够鸡巴呛！滚吧，少待在这里害我！"

卞容大诧异得张口结舌！一个野鸡，居然还敢打他和骂他！清洁女工见卞容大还待着不走，立刻上来，扫荡了他的桌面，将他吃剩的残渣余孽，一股脑扫进了垃圾撮，然后正气凛然地大声说："告诉你啊同志，这里是超市的休息处，是为购物的顾客提供休息的，不是酒吧和茶馆，可以一坐一天。你要知道许多超市是不设休息处的，这是为中国顾客提供的特别优惠。请自觉一点，别占这点小便宜。现在有些中国人，素质真低，真让人替你们害臊。走吧走吧。"

四周顾客的目光，闻声投向卞容大。身穿制服的年轻保安，也梭巡过来了。还有什么道理好讲的呢？卞容大赶紧起身，落荒而逃。

在回家的路上，卞容大耿耿于怀地一再重温自己受辱的过程，慢慢地从打击中清醒过来，他这才发现，清洁女工比他聪明多了。当她驱逐卞容大的时候，似乎多余地说了一番冠冕堂皇的话。不，她不多余。那番话就是她的护身符，她把卞容大报警的机会都消灭了。假如卞容大真的报警，肯定就会被人当成卞容大对于她恪尽职守的不满和报复。这是一个清洁女工兼野鸡的生存智慧。这种生存智慧令卞容大自叹弗如，感慨万千，成了卞容大四十一岁生日这天收到的最好礼物。

第五天,卞容大决定不再装模作样地继续上班。一个野鸡,面对现实都能够头脑清醒,敢于随机应变,卞容大还不能够吗?失业就是失业了。事情迟早都会败露的。卞容大应该在事情败露之前,抓紧时间认清现实,认清自己,认清他的整个人生——他到底是一种什么状态?他将要做什么?他应该怎么做?在此之前,卞容大对于自己的评价和感觉,都显得人云亦云,是一种大众化的思想方式。现在,卞容大必须重新审视和思考。其实,一个男人,暂时失去工作没有什么大不了的,但是,男人对于自己应该有一个最起码的要求,这就是:清醒地活着和清醒地死去。对了!这么想就对头了!

第五天的清早,在黄新蕾看来,她的丈夫卞容大生病了。卞容大脸色蜡黄,头发杂乱,形容憔悴,一手捂着腹部,一手提着裤子,从卫生间出来,踉踉跄跄,好像随时随地都有被自己裤裆绊倒的危险。宽大的睡衣,不知是因为布料日渐陈旧松垮,还是因为卞容大日渐干瘦,显得是那么飘零和稀疏,卞容大活像一个木制的衣架。

黄新蕾在上班之前问丈夫:"要去医院吗?"

卞容大说:"不要。"

"要我给你们单位打电话请病假吗?"

"不要。"

"如果你不及时打电话,严名家又要来找你茬子了。"

"笑话。他还找我茬子做什么?"

"你怎么哪?"

"我肚子吃坏了。"

"我还以为你脑子坏了呢,说话这么冲。不管有什么特殊情况,总是不可以对单位马马虎虎的吧?"

"谁离开谁地球不照样转啊。"

"卞容大!你什么意思?哪里来的这么多二百五的话!工作了半辈子了,装什么嫩?是不是脑子真的坏掉了?"

卞容大不敢再搭腔了。他的境遇再糟糕,也还是不能够与一个女人发牢骚。好男不和女斗,这是中国男人一个铁的原则。他朝黄新蕾举了举双手,表示投降。黄新蕾的例假快来了,眼睑浮肿着,下巴上爆出一粒红痘痘。她这几天脾气急躁,粗声大气,不由自主地找人吵架。这就是女人。可怜的女人,一点幽默感都不懂。作为不用来例假的男人,卞容大觉得自己怎么忍让女人都不过分。对不起,卞容大丝毫没有轻视女性的意思,他只是描述他妻子黄新蕾的客观生理现象,同时有一种更加清醒的自责:他是男人啊!作为一个男人,以前他以为自己完全懂事了,其实没有;以为自己完全动脑子了,其实也没有。以前的卞容大,真是很有一点自以为是和荒诞可笑。一切都不在把握中,却还以为一切都在把握中。卞容大身不由己他能够把握什么呢?想到这里,卞容大感到胸脯里头一阵难受,他心跳紊乱了。卞容大拍着他薄薄的胸壁,镇定自己。几年来,他其实一直都遭到这种莫名恐慌感的偷袭。可喜的是,现在他知道这恐慌来自哪里了,他至少不再莫名其妙了。卞容大提着裤子,回到了床上。他躺下了,像只消瘦的大虾,在不用上班的安宁之中,在凌乱不堪的床上,开始了他人生真正的思考。

一、与父亲和与血缘关系与擦鞋女人

集贤巷是中山大道背后的一条小巷。说是小巷，其实也不小，它弯曲蜿蜒，一直延伸到了长江边。有那么一段时间，集贤巷显得是那么永恒。那是卞容大五岁到二十岁的那段光景，他每天都在这条巷子里进进出出，几个太婆，似乎总是停留在她们的年岁里，不再年轻也不再老去，她们头面整洁地出去买菜，或者，坐在哪家的门口择菜，或者，用竹枝的扫把，在小巷狭窄的街面上，扫出细密而流畅的纹路。青苔，也总是盘踞某些墙面上，青了又黄，黄了又青。新春的对联，在每家每户的门框上，被夏日的风雨洗旧，又被新春的白雪刷新。其实，卞容大从五岁到二十岁，都是厌恶集贤巷的，因为他父亲卞师傅是家里的绝对主宰。可是，后来，慢慢地，当卞容大不得不一次又一次回到集贤巷的时候，记忆中却一再浮现出集贤巷往日的那种单纯与清丽。是卞容大的年纪使他变得容易怀旧？还是集贤巷现在的破败与堕落的衬托？还是两者兼而有之？大概是两者兼而有之吧。卞容大原本以为自己对集贤巷一点好印象都没有的，现在看来，人的感情没有那么简单。卞容大但愿如此。卞容大但愿往昔的一切，都会以美丽的面孔浮现于今天，今日的一切，都会以美丽的面孔浮现于将来的岁月；尤其是他的父亲。

因此，今天，当卞容大走进集贤巷的时候，他甚至产生了一种幻觉：父亲能够与他好好谈话了。父亲与他是平等的了。

远远地，卞容大就认出了父亲。这是认出，不是明确的看见，是感觉，是儿子对于父亲那种熟悉得不能再熟悉的感觉。卞师傅在集贤巷深处的一家影碟出租店门口打牌，牌友是一群与他同样的老头。卞师傅背对集贤巷的巷子口，背驼着，一头白发。他不停地吐痰，他用力地把痰喷射在地上，然后用脚尖去碾，好像碾灭一只害虫。走近的时候，卞容大还是紧张了起来。不要紧张，卞容大提醒自己，不要紧张，不要紧张，卞师傅是他的父亲，他是卞师傅的儿子，是普天之下最为自然和合理的关系，不要紧张！卞容大怀里揣了六千元钱。一次性地揣这么大额的一笔现金，走进集贤巷，在卞容大，这还是他有生以来第一次。钱总归是有分量的，这毋庸讳言。卞容大是一个非常成熟的成年人了，他是来赡养父亲、照顾妹妹的。今天他要让父亲听他说说话，只要听听就成。无论如何，卞容大都要把关系摆正。他们父子要能够正常对话。卞容大的单位没有了，工作没有了，他遇上人生的一个大坎坷了。他得把后顾之忧一一排除，然后轻装简行。轻装简行去哪里？卞容大暂时还不知道，但是他已经知道，像他这种情况，首先心理上就必须轻装简行。

卞师傅出完了手里的牌，才回头看了儿子一眼，说：“来了？我还没死呢！"

卞师傅的表情寒冷，不满，严峻；而方才，和老头们说话的时候，卞师傅完全是另外一种声调：温暖，随意甚至是热情。父亲永远是儿子的专制者。

新华书店的宿舍是一幢五层楼的房子，六十年代中期，他们改造了一栋洋行公寓，形成了一种不伦不类的居住格局。楼梯曲里拐弯，大白天也透不进来光线，楼梯的扶手沾满了油腻的烟尘，无法当着扶手来使用。上楼梯的时候，卞师傅就开始咳嗽和喘息，爬三步，停两步。卞容大跟在他父亲的身后。他知道父亲平日上楼不是这样的，他闭着眼睛都可以利索地回家。父亲才六十六岁。当卞容大度过了四十一岁生日之后，重新看世界，他认识到，六十六岁的人还算不上衰老的，父亲在装模作样。卞师傅也知道他的儿子明白他平日上楼并不这么艰难，但是，当儿子在他身后，他自然就感到了由于委屈而产生的艰难。卞师傅看过了许多老头的人生经历，人家也是养儿养女，没有谁像他这样对儿子倾注全部的心血，又当爹又当妈的，但是，他们的儿子都比自己的儿子孝顺。在父子俩沉重的脚步之下，楼梯好像比平日陡峭和漫长。这一次，卞容大心里头晃过了搀扶父亲一把的念头。不过，只是念头而已，卞容大没有行动，就是这个念头，都令卞容大难以为情。因为卞师傅根本就不睬这一套，端着一副冷冰冰拒人千里之外的架势。

　　三楼到了。一条狭窄的走廊，两边是密密麻麻的房门。婉容的笑声传来，同时，铁栅栏防盗门，被欢快地拍打着。爸爸、爸爸。哥哥、哥哥，哥哥来了。哥哥来了。从前一个医生说过，卞婉容只是畸形肥胖，智力并不特别低下。但是婉容就是要智力低下地说话：简单，反复，语无伦次，哭笑随意。婉容被关傻了。畸形肥胖的婉容，小娃娃的时候，反而比一般小姑娘要漂亮和有趣得多，活像民间艺人泥捏的那种福娃娃，许多人都疼爱她。那时候，婉容格外乖巧，见人就知道叫什么，叫男人叔叔，叫女人阿姨，叫学生娃娃哥哥姐姐。婉容曾经生活得无忧无虑，充满童趣，直到十岁的那年被人诱奸。那天下午，十岁的婉容下身鲜血淋淋，大哭大叫，却怎么也说不清具体经过，任卞师傅怎么诱导和打骂，都无济于事。此后，婉容就被关在了家里，再也不让出门了。婉容今年三十五岁，她被关了二十五年了。婉容的母亲，卞容大的继母，平日很少与卞容大说话的那位城市妇女，在离开这个家的时候，拉着卞容大的手，哀求了他。她说："容大，你是一个好孩子。妹妹命苦，往后就靠你多照顾她了。这辈子，你就当个牲口养着她吧。"当年，卞容大还不能完成理解继母的话，后来就慢慢理解了，到了现在，可以说完全理解了。生命重于一切。婉容当然也是一条命。这一次，卞容大带来的六千元钱当中，就有四千元是给妹妹的。卞容大今天之所以再三地下决心要和父亲谈话，其中的原因之一，也是为了妹妹。卞容大希望父亲用婉容自己的身份证，将哥哥给她的这笔钱，存入银行，以备父亲百年之后的不时之需。

卞师傅从裤腰带上取下一大串钥匙，摸索着，念念有词，终于找准了其中一把，打开了铁栅栏门。婉容啃哧啃哧挪动着身体，为卞容大倒了一杯茶水。哥哥、哥哥。婉容说。婉容笑眯眯的。这是一套一室一厅的单元房，过去的那种老式的单元房，厨房和卫生间都非常狭小，墙壁下半截还是用绿色油漆涂的卫生墙，所谓的卫生墙早就斑斑剥剥，非常不卫生了。家具陈旧，肮脏，残缺不全。所有纺织品的颜色都互相混杂了，都失去了鲜亮的色泽。地面上，痰迹覆盖着痰迹。卫生间的马桶里冲出强烈的尿骚味。靠近厨房的地方，空气则被泡菜的酸味占领。卞师傅长年吃泡菜。这个家里非常胡乱与肮脏，可是卞师傅绝对不允许任何人给他的家里做清洁。黄新蕾与卞容大谈恋爱的时候，曾经讨好地动手做了清洁，结果事后卞师傅大发雷霆：黄新蕾太自以为是了，她嫌卞师傅家里脏吗？她知道私人用品的重要吗？怎么能够随便扔掉她以为废旧的东西呢？在这个家里，卞师傅的任何东西，眼镜、痒抓、水杯、烟缸、打火机、报纸、扑克，都有它们固定的地方，卞师傅绝对不允许它们被别人随意挪动。卞容大到了父亲家里，立刻就感觉到了处处的限制。他无聊地拿过一张晚报扫了两眼，放下之后，卞师傅很不耐烦地将晚报收拾到了他觉得应该放置的地方。幸好有婉容在一边盲目乱叫哥哥、哥哥，使这个家里的气氛显得松散随和了一些。卞容大不时地朝妹妹点点头，以冲淡自己的拘束和尴尬。

卞师傅首先打开了电视机。然后坐下，捶自己的腰，说："我还没有死，又不逢年过节，你怎么来了？"

这是一种不需要回答的责怪性质问，卞容大自然哑口无言，今天他准备好了要加倍忍耐的。卞师傅的责怪还要进一步延伸，他说："你这样单独一个人来，不怕你老婆说你偷偷给我们钱了？"

卞容大勉强笑了笑。

卞师傅对儿子的表情嗤之以鼻，说："黄新蕾以为你是富翁吗？会拿出成百上千的钞票孝敬父亲吗？一个小小的科级干部，在那种没有一点油水的单位，能有几个钱？"

卞容大还是勉强地笑了笑，说出了一句简单的话。他说："话也不是这么说的。"卞师傅从儿子的态度里嗅到了反抗和自卫的气息，他被激怒了，顿时便火山爆发："怎么样？我说得不对？你提升了吗？你搞赢严名家了吗？现在是什么日子什么物价？我那点退休金，要养活我和你妹妹，我容易吗？啊？我出去连个大牌都不敢打，我有脸面吗？现在再穷的老头，没有退休金的老头，偶尔也敢打个大牌，我敢吗？人家都有儿女孝敬，逢年过节，都是成百上千地给钞票，我呢？一点小礼物，一只小信封，还是一点小礼物，还是一只小信封。现在想想啊，人生真是没有意思啊，我从少年时期就拼命努力，就懂得为将来的后代创造良好的生活环境，我生儿育女，呕心沥血，就连为你们取名字，都不肯有半点马虎，不知道翻破了多少本书，结果呢？现在我是什么光景？我得到了什么？你别埋着头死不吭气，看看电视，那里头晃动着多少人，哪一个人不比你父亲衣着体面？啊？你看李老头，你知道，从前他儿子是你们班成绩最差的，自己半辈子收荒货，现在穿的什么？法国名牌服装，他儿子买的。张老头，昨天打牌的时候，手机响了。他居然有手机了！哪来的？儿女给的！我不知道我这是作了什么孽？女儿是个讨债鬼，儿子如此平庸无能！而且，都没有半点孝心，一晃两三个月见不到人影，来了就是一副哭丧的脸。我这辈子究竟还有没有出头之日呢？"

卞师傅一口气倾诉完毕，末后吐出了长长的呻吟。突然，他的双手垂落下来，就像死去的小鸟一样耷拉在膝盖上。卞师傅的姿态充满了对儿子的绝望和对自己的怜悯。卞师傅保持着他悲凉的姿态，恨恨望着空中，许久许久地缄默。电视机在房间的昏暗角落里发出与此无关的声音。

卞容大再努力，也笑不出来了。他的胸口郁闷，手足无措，感到窒息和难堪。几天来的思考，几天来的决心，几天来的设想和演练，刹那间全泡汤了。卞容大再三再四地翕动着嘴唇，话却是一句都说不出来，最终，他还是慢慢握起了拳头，他不得不寻求他的左手。忽然，卞容大想起了怀里的钞票。他仓促地把它们拿了出来，放在父亲的餐桌上。婉容欢叫："钱！钱！哥哥！哥哥！钱！"

卞师傅疑惑地看了儿子一眼，赶紧伸手拿过了钞票。卞师傅只是掂了掂钞票，便立刻作出了判断："六千。"

"钱！哥哥！钱！哥哥！"

卞师傅怒斥了女儿："住嘴！看你敢告诉别人！我不打断你的狗腿！"

婉容顿时不出声了，但是她不难堪，因为她不懂自尊，这是弱智者面对世界的最强项。婉容捂嘴窃笑，对卞容大充满感激。婉容也知道钱是好东西。

卞师傅关上窗帘，关上房门，打开了电灯，并再次警告了女儿。卞师傅拉过椅子，端端正正在桌子旁边坐下，将一块湿抹布放在手边，他开始郑重其事地点钞。卞师傅点钞票的手法比银行职工更加娴熟。只听得一阵风吹草动，钞票就点好了。

"果然六千！"卞师傅得意地说。

卞容大走不出他的来历之路了。从父亲到儿子，是一条狭窄的血缘甬道。在卞师傅看来，他的儿子本来还应该是乡下人的，是他改变了儿子的成分，而儿子，就应该深深懂得继续奋斗和回报父亲。

卞师傅出生在湖北黄陂的一个小乡村，他从小就显露出了一种过人的天分，那就是精于计算。农闲的时候，卞师傅常常跟着父亲外出卖小鱼小虾，只要他父亲一报出斤两，卞师傅紧接着就可以报出价钱。由于有这么一个灵敏准确的活算盘，大字不识的父亲便勇敢地走出了乡下，把鱼虾卖到了武汉市。有一日，卞家父子满满的一担鱼虾，被一家新华书店的采购员全部购买了，因为他们单位过节要加餐。卞家父子，跟着采购员，将一担鱼虾，直接挑进了新华书店的食堂。采购员并没有立刻付钱，说是现在太忙了，等会给你们钱，放心吧！采购员诚恳又和善地要他们爷俩去逛逛大街，下午再来取钱就是了。国家的单位，共产党的天下，不会吃东西不给钱的。生意做得这么利索爽快，卞家父子都高兴，他们就真的去逛大街。结果高兴得过头，逛得晚了，下午回来的时候，书店下班关门了。第二天早上，采购员没有再来上班，他死了。据说采购员抢道过铁路，被火车撞了，当场死亡。

由于鱼虾已经被吃掉，没有人相信卞师傅报出的价钱，一个十五岁的乡下孩子，谁肯相信？卞师傅的父亲无奈地哭了，拉起儿子，准备回家。卞师傅甩掉了父亲的手，他告诉父亲：他不走！父亲可以先回家报信，但是卞师傅就决心赖在新华书店不走了！采购员不是信誓旦旦地说：国家的单位，共产党的天下，不会吃东西不给钱的吗？

卞师傅留在了书店里。他不哭，不闹，不搞破坏，就是待在书店里。书店下班关门，他就抱着桌子腿不走。好几个售货员上来，抱的抱，搂的搂，把卞师傅的手掰开，迅速地将他抬出大门。然而第二天一大早，卞师傅还是来到了书店。在许多天里，被饥饿折磨得日渐消瘦的卞师傅只说两个字："给钱！"同时，卞师傅开始小心翼翼地用鸡毛掸子为书店做清洁。有一次，遇上了一笔大量购书的买卖，女售货员的珠算一再出错，忽然，卞师傅报出了准确的价格。卞师傅的神速计算天赋，在新华书店，被售货员们奔走相告，经过一再重复的试验之后，卞师傅获得了售货员们的喜爱。尤其是女售货员，对卞师傅大动恻隐之心，她们把他带到浴池去洗澡，理发，吃牛肉米粉，给他穿上了干净的旧衣服。当卞师傅从女售货员们的母爱之手中挣脱出来的时候，人们发现，卞师傅原来是一个眉清目秀，憨厚老实的少年。卞师傅的父亲，再见儿子的时候，好久都不敢上去相认了。

新华书店始终没有付钱给卞家父子，他们含含糊糊地容留了卞师傅。还是在女售货员们的积极怂恿和张罗之下，卞师傅被书店送到自己系统的技术学校，参加了文化学习。卞师傅抓住了这个机会，以优秀的成绩令人瞩目，毕业之后，新华书店对他张开了欢迎的臂膀。

卞师傅正式参加了工作，成了新华书店一名光荣的营业员。他戴上了深蓝色的袖套，拿着鸡毛掸子，爬到梯子的顶端，去掸扫书柜顶端的灰尘，同时毫不耽误地为顾客迅速计算出购书的书款。女营业员们再也不用爬高，也再也不用练习珠算了。

但是，卞师傅一直都是郁郁寡欢的。新华书店是一个堂堂的国家单位，他们却始终欠着卞家的那担鱼虾钱，多年来，居然没有一任领导和任何有正义感的职工出来为这个打抱不平。他们的态度，在卞师傅看来，显然是城市人所共有的那种对于乡下人的毫不在意和蔑视。随着卞师傅的城市生活日渐长久，他发现了问题的根本症结所在。这就是：新华书店一定有人在贪污。国家买东西，是不会不给钱的。一定是有人把这笔钱给贪污了。卞师傅决心不放过这个隐藏很深的贪污犯，他一直暗暗观察着，每逢大小政治运动到来，他都要用匿名大字报和匿名信的形式，揭发他认为的那些可疑分子。另外，卞师傅永远不能够原谅绝大多数的女营业员。因为她们做过头了。她们实际上把卞师傅当作了玩物。卞师傅是她们廉价的长工。当卞师傅到了婚龄，她们纷纷替他做媒，可是介绍的全都是乡下姑娘，没有任何人愿意把她们自己或者她们的女儿嫁给他。因此，卞师傅在替她们到食堂打饭的时候，常常在楼梯拐角处，把唾沫喷到她们的饭碗里。卞师傅发现了所有城市妇女共同的缺陷：好逸恶劳、自以为是、爱慕虚荣！卞师傅的第一任妻子是这样，第二任妻子也是这样。她们都不让他说黄陂话，一定要他学说武汉话。她们都是城市妇女，因为卞师傅暗暗发誓非城市女人不娶，卞师傅相信他自己有这个本事！然而，她们和新华书店的女售货员们一样，无一例外地有着共同的缺陷。谢天谢地，卞容大的母亲因病早逝了，婉容的母亲自觉地提出离婚了，妻子们的离去，固然免除了卞师傅与她们一辈子的纠葛与烦恼，但是，这些女人，却把幼小的儿女甩给了他！女人可以不负责任，男人却不能够。卞师傅是一个男人。孩子是男人的骨肉、血脉和香火，卞师傅必须养好自己的孩子，他有这个骨气和能力！在抚养两个孩子的漫长岁月里，卞师傅常常勒紧裤带喝杂粮稀粥，把白花花的米饭都留给他的儿女吃。就连两个孩子的名字，卞师傅都是不能够让别人随便取的。尽管他们的母亲都是有文化的城市妇女，她们为孩子取名的水平，卞师傅真是不敢恭维。卞师傅当然不会采纳她们肤浅的意见。儿子出世前后，卞师傅正在文史古籍类柜台售书，他在书上翻阅到了林则徐。清朝的朝廷命官林则徐，自小聪明过人，为官之后，又是与众不同，他意志坚定，清正廉洁，刚直不阿，胸怀广阔，林则徐有一副著名的自勉联：海纳百川，有容乃大；壁立千仞，无欲则刚。对于自小聪明过人的人物，卞师傅总觉得自己的性格和命运与他们有共同之处，当然，林则徐的运气要好得多。由此，卞师傅由林则徐的自勉联取意，为儿子取名为卞容大。卞师傅深深喜欢这个名字。卞师傅的女儿是个畸形肥胖儿，不错，但是，无论她多么肥胖，她总归是父亲的心头肉，她总是最高贵的公主。于是，卞师傅为女儿名为：卞婉容。与末代皇帝溥仪的皇后同名。

　　历史事实证明，卞师傅依靠自己的能力，呕心沥血，含辛茹苦，养大了自己的儿女，并且儿子卞容大，从小作业工整，成绩优秀，人见人夸，之后考上了大学，被新华书店最有身份的女营业员陈阿姨看重，硬是巴结着，把她的女儿嫁给了卞家。

　　试想，一个十五岁的乡下少年，挑着一担鱼虾进城，最后在大城市扎根开花结果，居住在了中山大道的集贤巷里！要知道，集贤巷巷子口就是大名鼎鼎的南洋烟草大楼，一九二六年，国民政府从南京迁都武汉，这栋楼就是国民政府的中央机关，国母宋庆龄就在这里办公和居住。而卞家祖宗八代，在卞师傅之前，都是目不识丁土里刨食的农民，哪里能够得到与国母相邻而居的机会啊！

　　卞容大从来没有对父亲的创业史公开发表过自己的看法。但是他的心里非常明白：离宋庆龄女士居住过的地方再近，父亲还是一个农民。父亲对待许多事情的观点，态度与做法，卞容大绝对不能苟同，当然更不会像父亲那样去做了。

　　那么，卞容大怎么做，才能够算是"深深懂得继续奋斗和回报父亲"呢？当然卞容大怎么做都是不行的，卞师傅有他的标准和要求。

　　看着父亲专注地数钞票，看着父亲将钞票锁进抽屉里，看着父亲用罕见的和蔼，同谋般地对儿子说：你把钱放在我这里，就放一百二十个心吧，绝对不会有任何人知道我手里有这笔钱的！看着这一切，听着这一切，卞容大和父亲好好谈一谈的幻想彻底粉碎了。父亲根据社会现状，武断地以为这是一笔横财，实在令卞容大伤心欲绝，无话可说：这可是卞容大的养命钱，他这辈子的最后一次工资。

父子俩这一次的分手很滑稽。大约因为卞容大一次性给了六千元钱，卞师傅到底有些过意不去了，他想在指责和鄙视之外，再和儿子说点别的什么。卞师傅选择了他最感兴趣的话题：政治。

卞师傅对儿子说："你知道党中央为什么决定要在明年召开十六大？"

卞容大摇头，他不知道，说实在的，他也不想知道。

卞师傅说："我研究出来了，或者说我破译了。因为明年是二〇〇二年，二〇〇二，一个非常吉利的数字，具有绝对的平衡感，这样平衡稳定的年份一百年才出现一次。现在，中国的稳定重于一切。怎么样？"

卞容大说："哦。"

"哥哥，哥哥。"婉容一如既往笑眯眯地叫唤，叫唤得卞容大心里作疼，他知道他轻易不会再来了。他已经竭尽全力养活他的妹妹了。临走，他撸了撸妹妹的头发，满目离别的凄凉，感觉自己已然起程远行。

卞容大走到集贤巷的巷子口，天色已暮，他的双腿有点发软。擦皮鞋的女人不失时机地上前兜售生意，先生，擦鞋？一角钱。擦鞋女人只是看了一眼卞容大的神态，就把小板凳送到了卞容大的身后。坐吧，大哥。先坐坐，擦鞋不擦鞋，没有关系。卞容大坐下了，点了一支香烟，伸出了脚，他本来是没有想到要擦鞋的，现在他不好意思不擦鞋了。

在集贤巷的巷子口一坐下，卞容大顿时找到了感觉：他的腿软了。他就是想在集贤巷附近多待一会儿。他愿意他的眼前再一次浮现集贤巷从前的印象。或者，就这么待着，在大街上，合理地待着，什么也不要去想。总之，卞容大不能够马上就回家，和妻子黄新蕾大眼瞪小眼。没有黄新蕾什么事，只是现在的卞容大，处于一种纯粹的个人状态之中。男人是孤独的动物，在许多时候，宁愿独自踯躅。在大街上也孤独。擦鞋很好。擦鞋就是中年男子在大街上的独自踯躅。

卞容大对擦鞋的女人说："慢慢擦吧，多擦一会儿，我给你五角钱。"

中山大道上的霓虹灯，先先后后地亮了，灯红酒绿歌舞升平的感觉，顿时就上来了，灯光这个东西真是奇妙，比什么都具有粉饰功能。集贤巷里头的路灯，好像是特意的昏暗和残缺不全，于是发廊的粉红灯光就非常耀眼了，夹杂在发廊之间的性用品商店，灯光却是幽暗的绿，表达一种暗示与鬼魅。卞容大的身后，是一只大垃圾桶，垃圾桶上方，挂了一只投币的避孕套自动售货箱，箱子上面用醒目的红字写着：为了自己和他人的健康，请用避孕套。有人用彩色油性笔修改了这句话，改成：为了妓女和嫖客的健康，请用避孕套。一个男人，在垃圾桶的掩护下，唰唰地小便，酣畅淋漓。卞容大回头看了一眼，男人背着的身体在微微抖动，他在享受排泄的快感。一个人，只要能够做自己想做的事情，那是会有快感的。悲哀的是，有的人不能做自己想做的事情。还有的人，做了自己想做的事情，却无法获得快感。更为悲哀的是，有的人，有了快感也无法表达。

卞容大把信马由缰的思绪和散漫的目光，收了回来，低头一看，发现自己的皮鞋亮得晃眼！卞容大这才注意到，他的一双灰尘满面的旧皮鞋，在擦鞋女人的殷勤抚摸之下，变得光可鉴人了。忽然，卞容大冒出了俏皮话，他说："看看，都被你擦成水晶鞋了！还哪里舍得踩在地上呢，你让我扛着脚走路啊？"

擦鞋女人咧嘴笑了。她说："谢谢先生。先生付的钱多嘛。"

擦鞋女人的牙齿很白，当然也许是由于她的脸黑。这是一个结实的乡下妇女，脸颊上留着两片太阳的灼伤，铁锈一般。女人的笑容朴实好看。她眉眼端正，胸脯饱满，眼睛因为卞容大的慷慨而满是毫无戒备的欢喜。卞容大忽然产生了强烈的交谈愿望。玻璃吹制协会解散这么多天了，卞容大一直没有一丁点与人交谈的欲望。今天，现在，他忽然有了说话的冲动！对象是一个陌生的擦鞋女人。

卞容大说："看样子，以后还要找你擦鞋。"

擦鞋女人嘻地一笑，说："那就托先生的福了，我总是在这一带擦鞋。"

卞容大说："家里的田怎么办？"

擦鞋女人说："抛荒呗。现在种不得田了。越种越亏本。现在种子、化肥、农药都贵得很，还有假的，各种税费也收得狠，傻子才留在乡下种田呢。"

看来擦鞋女人也愿意和卞容大说话，这就很好。

卞容大说："城市里的生活容易一些吗？"

擦鞋女人欢快地说："不容易啊。常常受欺负啊。但是，怎么也比种田好。像我这样，下午才出来干活，又不晒太阳，不管赚多赚少，每赚一个都是自己的，多好！"

卞容大想起了父亲，想起了父亲对于城市妇女的仇恨情结，他探询地问："难道受城里人欺负的滋味好受吗？"

擦鞋女人说："大哥啊！赚钱都是要先付本钱的。哦，照你说的，又赚钱，又还能够不受欺负，那不是成了共产主义呀？"

卞容大情不自禁地大笑起来。他发现自己大笑了，很好！卞容大就在集贤巷的巷子口，就在离他父亲不远的地方，放声大笑了。而他父亲，压抑了他整整一个下午，不，半辈子！卞容大半辈子就没有这么笑过，只要他父亲在他的周围。

擦鞋女人也应和着卞容大，嘻嘻地笑。一边笑一边不住地拿眼睛扫着从麦当劳进进出出的孩子们，羡慕的表情，一览无余。

卞容大发现了擦鞋女人的向往，就在这一刻，他是那么地想了解她的心思，因为他自己一系列建设性的设想，在今天下午，惨遭父亲的剿灭。人们为什么不能够为了生活得更美好而进行沟通呢？卞容大又主动说话了："你结婚了？"

"结了，大哥。"

"有孩子了？"

"有了。大哥。"

"男孩子还是女孩子？几岁了？"

"大哥，老大是丫头，老二是儿子。儿子今年六岁了。"

"他们想吃麦当劳吗？"

"怎么不想啊，大哥，人都被他们吵死了。这麦当劳也就是两片面包夹一块肉饼，凭什么害得孩子想得要死啊？"

"那你带孩子们吃过没有？"

擦鞋女人刹那间流露出了她真实的忧伤。她那闪动在霓虹灯下面的白牙齿不见了。她卑微地问："大哥，我要是给你叨叨这些事情，你不会烦吧？"

卞容大的怜悯油然而生，他说："不烦不烦！我喜欢听。"

女人感激地看了卞容大一眼，扭头盯着麦当劳那个大大的醒目的"M"，说："我真是恨这个招牌！太惹孩子了！大哥，里面的东西那么贵，我们怎么敢吃？来武汉四年了，丫头从来没有吃过。儿子今年过六岁生日，给他买了一个汉堡回来。这孩子倔强，把汉堡扔了，说是不要买回来的，要在麦当劳吃的，还要薯条和可口可乐。大哥，那不就是一杯糖水和土豆吗？价钱那么贵！美国人也真是敢想。我就是不明白你们城市的人，怎么这么傻！其实很简单就可以让麦当劳的生意做不下去，大家都不去吃就行了，想吃就自己去做。我们地里又不是没有小麦和土豆，河里又不是没有水，又不是不会养鸡养牛！恼火人哪，大哥！"

卞容大心里想：是啊，恼火人哪，女人！

卞容大热血一涌，特别想做点好事，用抚慰他人来抚慰自己吧。卞容大掏出了三十五块钱，递给擦鞋女人，他说："这可以买两份套餐，带你的两个孩子来吃一次吧。"

擦鞋女人慌张极了，攥着钞票，想不要又舍不得，她悄声问："先生，你是不是还要其他服务？"

"不！"卞容大磊落地给了她一个答复。卞容大说："就是请你的孩子吃一次麦当劳。我也有孩子。我希望你孩子在他们的童年时光里，能够获得一次他们渴望的快乐。"

擦鞋女人扑通就给卞容大跪下了，再抬起头来，已是泪流满面。

卞容大赶紧制止了擦鞋女人。擦鞋女人也很明白事理。飞快地恢复了原状。疑惑不解的行人看了他们一会儿，没见怎么样，便离开了。擦鞋女人热情慷慨地向卞容大保证：一，一定用他的钱让孩子们吃一顿麦当劳；二，以后再遇上了卞容大，免费为他擦鞋；三，她丈夫是个泥瓦匠，但是现在也做证件的生意，他们愿意以成本价为卞容大提供各种证件。

新的话题顺理成章地冒出来了。

"证件怎么个做法？"卞容大饶有兴致地问，他觉得他跟着这个擦鞋女人，走进了这个城市的小巷深处，那种路灯年久失修的小巷的暗处。擦鞋女人已经对卞容大推心置腹了。她说："随便你要什么证件，我丈夫都可以给你做出来，绝对和真的一样使用。大哥啊，现在改革开放，政府号召大家自谋生路，可是又不给人开证件。大哥，你相信不相信？做这种生意可是做好事呢，可是积善积德呢，要不我又生了一个儿子？比如你，大哥，人太好，在社会上就很容易吃亏，像你就应该暗地里备一些证件，方便的时候好用。"

卞容大说："你认为我需要备哪些证件呢？"

擦鞋女人不好意思地笑了笑，白牙齿又开始闪烁。转而，她还是认真地回答了卞容大的问题。女人建议卞容大办一个身份证，办一个学历证明，或者清华，或者北大，至少办成研究生，她丈夫会考虑到卞容大的年纪，把毕业时间写早早的，电脑资料上都没有，人们没有办法查对。女人半恭维半开玩笑道："我看你应该办个博士，你说话的水平，做人的教养，一看就像博士。"

"嗬!"卞容大说。卞容大再次地大笑了。擦鞋女人也笑。她笑着说:"再就是结婚证和离婚证了,你可以根据自己需要挑选。"

卞容大又忍不住笑了,擦鞋女人的幽默是天然的幽默。

好了。说够了。也说透了。卞容大站了起来,付擦鞋的钱。擦鞋女人推了推,还是收了,从腰里摸出一张名片给了卞容大,名片上印着她丈夫的呼机。他们点点头,表示了再见。擦鞋女人就拎起她的擦鞋箱,挨着屋檐,低着眼睛,走开去了。

卞容大很快就登上了公共汽车,回家。他安静地坐着,神态安详,与所有的乘客和睦相处,大家带着一种陌生的默契,暂时性地休戚与共。就算这种临时的集体主义精神,也让卞容大感到亲切和安全。卞容大来到集贤巷之前的焦躁和紧张,已经没有了。父亲也远离了。原来,和陌生人相处多好啊!和陌生人说话多好啊!别看擦鞋女人是一个乡下女人,没有多少文化,可是她保持了天然的感受能力和表达能力,朴素的真理还保留在她心里。而且,这是一个真正的女人。真正的女人天生就懂得她与男人的关系和位置。什么样的关系是什么样的位置,她靠本能就可以做到,好比巴西球星,当足球飞过来的时候,他动若脱兔,会恰好出现在最佳的射门位置上,人们常常还来不及明白他要干什么,他就起脚了,因为他不是规范的,不是被教练训练出来的,他的跑位在理论上也许还是空白的一页,一切都是天生的!也正如天才球星寥若晨星一样,天生的女人也寥若晨星,绝大多数的女人都是被教育被培养被文化出来的,她们能够懂得大的原则和规范,就算不错了。天生的女人是妖精,她们隐藏在各种不同的外形和身份之中。对于她们,男人是可遇不可求的。能够偶尔遇上一次,也就非常愉快了。卞容大今天就非常愉快。这一天以沉重开始,却以轻松愉快结束,当然要感谢擦鞋女人。卞容大沉默了多久了?卞容大多久没有与人轻松愉快地交谈了?好像几辈子了!

最后,卞容大还想明白了一个道理:过去他一直非常看重的血缘关系,其实就是一种简单的物种传承关系。直系的血缘关系,是摆脱不了干系的,是有义务和责任的,然而,他们之间可以是亲人,也可以不是亲人。卞师傅和卞容大,他们不亲,真的不亲,不要自欺欺人了。亲人不一定是有血缘关系的人。亲人应该是那种彼此贴心贴肺十指相连的人,他们不受义务和责任的约束,他们为对方所做的一切,都是基于爱!卞容大没有亲人。卞容大亲戚六眷俱全,生活过得不错,但是他举目无亲。卞容大的儿子还小,才十岁,不知道日后会怎么样?但是儿子现在的自我中心意识就已经很强烈了。卞容大不要求儿子成为自己的亲人,要求他人就是给他人累赘,并且要求也是无用的,亲人是天然生成的。

公共汽车就要到站了。卞容大在夜行的公共汽车上,正视了自己从前不敢正视的一个重大问题,心里的一块石头砰然落地,他仿佛听见了石头砰然落地的声音,他觉得自己的身体忽然利索了。车窗开着,尖利的秋风刮着卞容大的脸,他的脸冷冷的,铁青的胡子在暗中生长。卞容大四十一岁了。这个岁数的男人应该果决,冷静和坦然了。卞容大可以回家了,并且还可以在回家以后,正常地与黄新蕾嘘寒问暖,也可以辅导儿子的功课了——该干什么干什么,无论处于什么状态,都应该进得去出得来，这就是男人。

二、与黄新蕾与婚姻与自己

中国文字是象形文字，其中的讲究，非常有意思。卞容大在玻璃吹制协会上班的时候，有不少时间研究汉字。比如"闻"，是听的意思，把耳朵伸进门里头谓之听。这就是说，从造字的那个年代开始，人们就喜欢把耳朵伸进门里头，可见中国人酷爱刺探别人隐私的毛病，是由来已久的了。还有，比如一个人失去了自由，就是被最大限度地限制了活动空间，那就是"囚"。"婚姻"二字，"婚"就是昏头昏脑地和一个女人在一起了。"姻"就是一个大人，被一个女人彻底地限制了自由。"婚姻"一词也可以合解，意思是头脑发昏地不对原因进行深入了解，就和女人在一起了。中国古代的男人，三妻四妾的，按说他们的婚姻生活，应该是够开放和宽松的了，而且男人只要一不高兴，当即就可以写休书，妻妾只要接到休书，就得无条件走人。古人还要怎么着啊？怎么还是这样制造"婚姻"二字呢？那么现在的男人，他们怎么过日子啊？并且，最近出台的新《婚姻法》，为了更严厉地限制个人空间，都顾不上严谨了。法律这么规定：禁止有配偶者与他人同居。在学习贯彻了《新婚姻法》之后，玻璃吹制协会的直接损失是：出差住房费用成倍增加。大家全享受单间包房了。禁止有配偶者与他人同居嘛！那么，不管公款是否够用，谁都不能够做违法的事情啊！——这真是荒谬了。

平心而论，卞容大对自己的婚姻，没有原则上的不满。他也不能有原则上的不满，是他自己把自己绕进去的。卞容大只是觉得奇怪：他怎么就把自己绕进去了呢？一个大男人，又不是傻子，做任何事情的时候，都觉得自己挺明白的，怎么偏偏就是婚姻这件事情，做下来之后，需要经过几年、十几年乃至几十年的时间，才能够有比较清醒的认识呢？而当认识终于来到的时候，男人的这一辈子，已然接近尾声，没有力气再调整了。可能中国古人借"婚姻"二字道出的，正是这一点苦衷，男人私心里的苦衷。三妻四妾也好，休书随便写也好，清醒的认识总是姗姗来迟，什么都再也换不回生命的时间。

卞容大的婚姻，是由他的门牙带来的。卞容大的一颗门牙，没有按道理与另外一颗门牙并排而立，却是往斜刺里长，企图覆盖别的牙齿。卞容大十二岁，正是由少年过渡到青年的定型时期，卞师傅不允许儿子的门牙长成这个模样。儿子不再是乡下人了，他应该是一个五官端正的城市少年，就像卞师傅贴在家里的那些年画人物一样，如杨子荣、少剑波、郭建光、李玉和，都是革命样板戏里头的英雄人物，个个浓眉大眼，五官方正。卞师傅把儿子带到医院去看五官科，医生却不以为然，医生说在青少年中，牙齿的这种长法，太普遍了，不算什么大问题，等它长长再看看，看看是否能够拔掉哪颗牙，以保持整体牙齿的基本整齐，但是，家长如果一定要求矫正，那医生就有责任提醒家长：第一，费用相当昂贵；第二，武汉还不能够做，要去上海的专科医院做；第三：去上海的来回路费和在上海的住宿费伙食费医疗费，也相当昂贵。卞师傅一听，脸就垮了。

卞师傅阴沉着脸，一言不发地带回了儿子。然后，卞师傅自己动手，土法上马，取出半导体电线里头最细的铜丝，为儿子做了门牙矫正术。卞师傅把儿子捆绑在一只靠背椅子上，因为他没有麻药。卞师傅把铜丝穿进牙缝，套住，用力拉紧，再穿进后面的牙缝，再套住，再拉紧，这样便借助了一排正常牙齿的力量，带动门牙朝正直的方向生长。理论上说起来容易，实践起来异常困难。矫正手术进行了好几个小时。父子俩好像在进行肉搏战。寒冬腊月的天气，卞师傅折腾得一身大汗。卞容大的衣服当然也汗湿透了。他嘴角的两侧被撕裂了，鲜血和着涎水，一滴一滴地挂在他的下巴上，三三两两往下滴，卞容大就是在这个时候想起课文中的江姐的，反复想着江姐，他才忍住了流泪和叫喊。

手术基本成功了，因为铜丝终于不再从口腔掉出来。矫正是一个漫长的过程，牙套能够坚持戴多久就戴多久。但是，卞容大就不能吃饭了。卞师傅把儿子带到他们单位的食堂。新华书店的食堂里，有一只极大的砂锅子，长年放在炉子上，一年四季都熬着骨头汤，这汤是炊事员们烹调的原料之一。卞师傅就买这种原汤，一天三餐都让儿子喝汤。三天后，卞容大饿得走路都打晃晃了，卞师傅就在汤里头下了一点面条，把面条煮得稀烂，使儿子仍然可以不使用牙齿就喝下去。卞容大永远不声不响，驯服地按照父亲的要求去做。放学之后，他默默地来到新华书店，拿起食堂的搪瓷碗，在大家的热嘲冷讽中，埋头喝面条汤。喝完面条汤，卞容大默默回到门市部，趴在书架的沿子上面，安静而专注地写作业。卞容大的作业写得工工整整，作文的标题用美术字来突出，每道数学题的后面，都是老师给予的红色对钩。尤其难得的是，卞容大会在无意中替别人着想，他选择的写作业的书架，总是顾客光顾最少的地方，比如出售高级宣纸、高级毛笔和高级研墨的专柜。而其他的一些职工子女，在门市部粗野地乱叫乱窜，随便就趴在当面的柜台上写作业，丝毫不考虑顾客的需要，练习本上肮脏混乱，简直就像鬼画符。坐在门市部收款台后面的收款员陈阿姨，一位现役团级军官的妻子，人称军官太太，观察了三天，就打心眼里喜欢上了卞容大。因为陈阿姨有一对与卞容大年纪相当的双胞胎女儿。

陈阿姨几乎是巴结地对卞师傅夸奖了卞容大："你这个孩子非常难得！非常！"

"哪里哪里，一个普通孩子而已。"卞师傅谦虚地说，事实上却受宠若惊。小陈不仅仅是军官太太，还是老红军的女儿。

一个星期之后，度日如年的卞容大获得了救助。他的面汤端上之后，总是有人找父亲说话，陈阿姨则飞快地调换了卞容大的搪瓷碗。在陈阿姨送过来的搪瓷碗里，面条底下压的是鸡蛋羹和汽水肉。卞容大最早看见的是陈阿姨的手，短短胖胖的手指，扁扁的指甲，指甲缝里有陈旧的污垢，但是，对于他来说，这是世界上最温暖最美丽的手！卞容大的眼泪，唰地就冒出来了，他顾不上害羞，惊讶地抬起头来，寻找到了陈阿姨的眼睛。陈阿姨笑了，示意卞容大赶紧吃饭。他们仅仅对视了一眼。从此，卞容大这辈子再也无法忘记他与陈阿姨这高度默契的对视。

不久之后的一天，午后的门市部，一个女孩子出现了。那天，一切都好像是随意和顺便的。卞师傅在门市部上班，小陈的军官丈夫带着一个女儿来买书籍。他们正好遇上了。小陈向卞师傅淡淡地介绍了自己的丈夫和女儿："这是我爱人和孩子，他们是来买书的。"冬天里，新华书店不太明亮的店堂，被一位高大英武的军官与他活泼秀丽的女儿照亮了。卞师傅紧紧握住了军官的手。女孩子却跑到卞容大写作业的书架那里，挑选毛笔，东挑挑，西挑挑，公然拿过卞容大的练习本看看，然后撅起小嘴，发出一种故意不以为然的声音，给卞容大留下了深刻的印象。这就是陈阿姨的女儿。卞容大只看了她一眼，就眼花缭乱了。女孩子戴着一顶洁白的绒线风雪帽，脸颊彤红，眼睛水灵灵，活像个洋娃娃。当天晚上，在卞容大的睡梦里，陈阿姨的女儿小鹿般地跳来跳去。醒来之后，卞容大发现自己知道害羞了。

卞师傅的自制牙套，不到半个月就松懈了。卞容大吐出一口铜丝，交给了父亲。而卞师傅这个时候的重点，已经是小陈。在同事了十几年之后，卞师傅忽然发现小陈其实非常平易近人，她穿的固然是毛呢料子裤，戴的固然是瑞士英纳格手表，但是她真的非常平易近人，深谙人情世故，为了答谢小陈对儿子的厚爱和照料，卞师傅不断赠送他的家乡土特产：莲藕、鸡蛋、糯米和鱼虾等。人家小陈立刻回赠粽子、京果、酥糖什么的。卞师傅和小陈你来我往，心照不宣，竟然来往成亲戚一般了。

事实上，卞容大与黄新蕾的所谓革命友谊，主要是双方的家长在努力维系。卞师傅与小陈长期保持着他们心照不宣的状态，他们既密切又疏淡，既随和又矜持，既创造孩子们见面的机会，又把这机会限制在非常短暂的时间内，并且还严密地控制在他们的眼皮底下——他们都害怕由于孩子们的年幼无知，过早发生不应该发生的事。所以从表面上看起来，卞容大与黄新蕾的见面，总是像意外。门牙事件过后，卞容大就不再每天都来新华书店了。直到春节前夕，他们才再一次见面。这是新华书店的春节加餐，许多孩子都来代替家长，在食堂窗口排队。人很多，家属和孩子们也很多，食堂里一片热闹。卞容大只敢看了黄新蕾一眼,但是卞容大的这一眼是含着感谢的笑意的,黄新蕾是陈阿姨的女儿嘛。黄新蕾害臊了,她立刻掉开了眼睛,目光定定地看着别处。转眼就是春天了,期中考试都过去了,偶然的一天,他们在新华书店碰上了。他们的父母就在店堂里,不远不近地看着他们。他们根本就不用目光对视,都像盲人一样,在书柜之间胡乱转圈,但是,他们都能够感觉对方的存在。再一次遇见,又是几个月过去了,暑假了,还是在新华书店,还是在他们父母的眼皮底下。这一次陈阿姨说话了。她让卞容大把他喜欢的一种词典推荐给她的女儿,同时要她的女儿黄新蕾好好向卞容大学习。卞容大找到了词典,把它递给了黄新蕾,黄新蕾说了一声"谢谢"。黄新蕾的个子长得很快,看上去已经是一个高挑的少女。高挑的少女瘦削瘦削的,身板直直,不说话,冰清玉洁的模样——卞容大偏爱这个成语——但凡身板笔直,不聒噪,干净整洁的女孩子,卞容大一律认为这就是冰清玉洁。卞容大固然偏爱冰清玉洁,但是他一直忘记不了黄新蕾初次的欢声笑语,蹦蹦跳跳,和一种故意肆无忌惮的态度。模糊的印象,也能够让卞容大觉出黄新蕾的变化。但是,卞容大自己不也是极不稳定,变化很大吗?他下身长出阴毛来了!多么丑陋的卷曲的毛啊!他在变声,他听见自己的声音会突然跑调,就像一匹无法控制的受惊的马。他长喉结了,胡须开始变得又硬又多,脸颊上出现了青春痘,深夜里发生了丑恶的梦幻并梦遗了!没有任何人告诉卞容大这些现象到底是怎么回事,不可告人的龌龊感使得他陷入自卑,他只有更加沉默。在沉默中,卞容大对黄新蕾深深抱歉。因为他梦遗的对象,有时候,竟然就是蹦蹦跳跳的黄新蕾,她总是戴着洁白的风雪帽，彤红的脸颊，水灵灵的眼睛，活像洋娃娃，而下半身，竟然是裸体！

从门牙矫正事件开始的一九七二年到一九八三年，这是整整十一年的时间，卞容大从十二岁长到了二十三岁，从一名小学毕业生成了一位大学毕业生。然而，他的人生并没有发生任何奇遇。高考之前，卞容大还野心勃勃，充满了展翅高飞的幻想，北京或者上海的一流大学，天南海北才气横溢的学友，校园里到处都是漂亮多情的女大学生。结果，卞容大考取的只是荆州师范学院。在接到录取通知书的当时，卞师傅劈头盖脑给了儿子一顿足以让他懂得羞耻的暴打。这顿暴打加深了卞容大的自卑和郁闷，直到大学三年级，他才逐渐恢复自信。恢复和建立自信，几乎占用了卞容大的全部业余时间，他选择了对于文学的进攻来作为自己疗伤的途径。他日夜沉浸在图书馆里，埋头阅读古今中外的文学作品，然后自己开始尝试写作。四年级上学期，屡遭退稿却锲而不舍的卞容大，终于在荆州日报副刊版，发表了第一篇散文《我的母亲》，卞容大散文里头的母亲并不漂亮，是个戴高度近视眼镜的中年妇女，她有着短短胖胖的手指，扁扁的指甲，指甲缝里间或还有陈旧的污垢，但是，对于儿子来说，这就是世界上最温暖最美丽的手！卞容大在报纸的副刊上连续发表了几篇散文之后，有一个女同学对卞容大好了，她主动找他说话，抱走他宿舍的脏衣服，晚自习的时候约他在校园散步。两个星期之后，女同学建议把他们两个人的饭菜票合在一起使用，由她掌握用度，在他们吃饱的前提之下，尽量节约，能够积攒多少就积攒多少。女同学忧患地说：现实生活是严峻的，他们应该尽早懂得这一点，并尽早开始积蓄，否则，日后的婚礼，连手表和皮鞋都会没有。女同学如此务实和高效，直奔婚姻主题，丝毫没有浪漫情调，卞容大被吓坏了。而远在武汉的黄新蕾，反而一直都是以冰清玉洁或者活泼欢快的形象，活跃在与卞容大的通讯之中。

卞容大和黄新蕾一直在通信。黄新蕾的信写得很好。简洁大方，文字流畅，使用的形容词都恰到好处，明显超过卞容大的许多女同学。尤其是黄新蕾高考失利之后，她似乎突然长大，懂得了人生的艰辛，在信中，坦率地表示了对于卞容大的羡慕和敬佩。卞容大特别喜欢黄新蕾给他的这种感觉。通信这种文学方式，把他们的革命友谊，推向了一个崭新的阶段。大学毕业分配在即，卞师傅不断地催促儿子与黄新蕾明确关系，陈阿姨这方面也充满了含蓄的暗示和期待。最后一个寒假，卞容大决心与黄新蕾正式见面，确定关系。于是，大家商定了日期，等候卞容大寒假归来。卞容大将在父亲的陪同之下，正式去陈阿姨家拜访，陈阿姨也正式通知卞师傅，他们家将聊备薄酒，请他们父子一起吃饭，同时他们还将邀请一位朋友，作为媒人到场。他们将把见面举办得正正规规，冠冕堂皇，免得日后别人说这对年轻人的闲话。卞容大当然同意父亲与陈阿姨的决定，但是，他还是给自己留了一丝小小的浪漫，他提前回到武汉，直接奔了新华书店。这个时候，黄新蕾已经顶替母亲的职位，在新华书店当售货员。这一天，又是漫天的风雪，卞容大进入新华书店之前，眼前再次浮现黄新蕾当年头戴风雪帽的洋娃娃模样。然而，毫无准备地出现在卞容大面前的黄新蕾，已经是一个有点老相的女青年，她羸弱，萎黄，表情木然，稀薄的头发趴在头皮上，戴一双和卞师傅一模一样的老蓝色袖套。卞容大哆嗦着,搓着手,一句话都说不出来。黄新蕾又羞又恼又生气,直挺挺站在那里,好久才阴沉地说:"请你离开我的工作场所!"

然而,正式见面还是照常举行了。卞容大没有勇气抗拒父亲,更不忍心拂逆陈阿姨的好意。卞容大以为,就算见了面,以后两人谈不来,也还是可以分手的,现在提倡自由恋爱,又不是旧社会。见面这一天,黄新蕾倒是换了一种新气象,穿着红黑相间图案的毛衣,头发刚刚洗过,蓬松又光泽,在热气腾腾的饭桌上,黄新蕾的腮边漾着红晕。这么看上去,黄新蕾倒又成了一个蛮不错的姑娘,但不是她从前的自己,是另外一个姑娘。卞容大被姑娘的善变弄得稀里糊涂的,也说不出什么话来。黄新蕾的手腕上,戴着一块亮闪闪的上海牌女式小手表,非常时髦,是她爸爸送给她参加工作踏上社会的贺礼。媒人喜欢黄新蕾的手表,黄新蕾立刻就取下来,给媒人戴上过过瘾。事后,卞师傅据此细节大肆表扬黄新蕾懂得人情世故,卞容大也觉得黄新蕾的为人还不错,只是她不是当年的她了。这个下午,黄新蕾几乎没有搭理卞容大。大家都把这种淡漠看作了害羞。黄新蕾却不是害羞,她是在讨回她的自尊。这以后,他们的通信停止了。一个星期又一个星期,默默地僵持。僵持到一定的时候,黄新蕾采取了主动的进攻。她退还了卞容大写给她的所有信件,打开从邮局取回来的挂号包裹,里面是一大叠整整齐齐的信件,用紫色绒线扎成十字,同时附了简单的留言:希望卞容大同志迅速寄还她的所有信件。这种突然的变故,令卞容大晕头转向。这是不是在说明一个事实:卞容大失恋了?或者说黄新蕾认为:如果他们的关系不继续发展的话,应该是卞容大被抛弃？卞容大没有想到瘦弱的黄新蕾，还挺会抢占有利地形的！

最后是卞容大的毕业分配，解决了所有问题。卞容大的毕业分配极不理想，他没有如愿以偿地分回武汉，而是被分配到荆州郊区的一所中学教书。好强的卞师傅，对于命运的戏弄，这一次是鞭长莫及了。陈阿姨义不容辞地承揽了卞容大调回武汉的重任。调动工作，尤其是从地区的郊县调入省城，这是何等艰巨的事情啊。陈阿姨夫妇不惜血本，启动了他们的各种社会关系，用了还不到一年的时间，就把卞容大调回了武汉，单位还很好——湖北省科学技术协作委员会。在调动的过程中，卞容大常常在荆州和武汉之间跑来跑去，向陈阿姨夫妇及时地汇报事态动向。卞容大在陈阿姨家吃晚饭，大家头碰头商量到深更半夜，为波折反复而焦虑，为进展顺利而欢笑，黄新蕾自然就参与其中了。在一个欢笑的夜晚，卞容大走进黄新蕾的房间，把她退还给他的信件又都送给了她，并羞羞涩涩别别扭扭地拥抱了姑娘。

这是一九八五年的春节前夕。黄新蕾的姐姐，好不容易获得了一个回家过年的机会。黄新蕾的双胞胎姐姐黄新蓓，十二岁就参军走了，文艺兵，开始跳舞，后来改唱歌，逢年过节永远都有演出活动，永远都在慰问边防哨所。这一次春节，陈阿姨特别想念大女儿，结果大女儿正好可以回家探亲，这真是双喜临门了。陈阿姨说的双喜临门，其中一喜，指的是卞容大的进步。卞容大已经在新的工作单位站稳了脚跟，最近又在省报和市报上频频发表通讯报道。能够把自己的文章变成铅字的人，那当然就会被众人称之为才子了。对于卞容大的成就，陈阿姨比谁都高兴。事实终于证明，她没有看错卞容大这个孩子！这一天，陈阿姨夫妇喜气洋洋的，他们把小女儿黄新蕾和她的男朋友留在家里，安排他们收拾打扮房间，准备好晚饭，等候他们接回大女儿。陈阿姨坐上军官丈夫的小车，去武昌火车站去接他们的大女儿。正在收拾房间的黄新蕾忽然说："咦，他们怎么提前两个小时就去了？"话一出口，黄新蕾就捂住了嘴，她冒失了。这也就是说，陈阿姨夫妇故意给这对年轻人留下了至少两个小时的单独相处的时间，这可是以前从来没有发生过的事情。父母给年轻的未婚夫妇留下时间和空间，意味着什么呢？卞容大的心开始狂跳，黄新蕾也在不停地做着深呼吸。然而，男女之间该发生的事情，还是发生了。事情发生之后，具体的过程极其短暂，因为他们都没有经验，根本把握不了进度，难能可贵的是，他们基本可以算是获得了成功，这让他们两人都比较地放下心来，觉得自己都还不至于太傻。在接下来的时间里，黄新蕾的态度发生了天翻地覆的变化，她飞快地就完成了自己的角色转换，从过于矜持的黄新蕾变成了卞容大温情的未婚妻。黄新蕾羞答答地拿出了她在私下里偷偷积攒的嫁妆，让卞容大一一过目：一床软缎被面，一对鲜艳的尼龙绣花枕套和一些零零碎碎，花花绿绿的东西。但是，卞容大对于这些东西一律视而不见，他脑子里一片轰鸣，额头不停地冒汗，好像患了低血糖。这是因为，床单上没有处女之血，一点点都没有！那么，这是怎么回事呢？问题在哪里呢？在卞容大这方面，他肯定是初欢，他与所有的童男子一样，慌张潦草，难以入门。而黄新蕾，似乎比他更加羞涩慌乱，不懂阴阳。况且他们的革命友谊这么多年，黄新蕾的品行一贯端正；严肃和专一，使得卞容大的良心强烈地阻止他去怀疑她的无辜,那么卞容大应该怀疑谁呢?猥亵的民间传说无数次地告诫过男孩子们:初欢必须见血,否则对方就不是处女。当然,除非女方发生过非常特殊的情况。黄新蕾是否发生过非常特殊的情况呢?卞容大不知道。黄新蕾那么敏感好强,这种情况应该怎么去询问才不致使她感到羞辱呢?卞容大觉得自己快要哭了。卞容大是一个流血不流泪的男子汉,但是他怕受委屈。他窝不得,窝了就容易哭。当黄新蕾以罕见的娇俏之态,问卞容大喜欢不喜欢她的这些嫁妆的时候,卞容大的一滴泪水终于忍不住夺眶而出,他心酸地说:喜欢。

紧接着,一个声音在窗外的马路上欢快地高叫:黄新蕾!

这是黄新蕾的姐姐。陈阿姨夫妇把他们的大女儿接回来了。这欢快的叫声,闪电一般击中了卞容大。黄新蕾跑过去开门的时候,卞容大快要虚脱了,他赶紧扶着门框,命令自己握紧左手:要冷静!要微笑!要行若无事!

一个俏丽的女军官冲进了房间,笑嘻嘻的,还是一双水灵灵的眼睛!还是那万变不离其宗的洋娃娃脸蛋!还是灵巧,好动,喜欢噘嘴!还是用不以为然的腔调与她想戏弄的人打招呼:"啊,这就是我的妹夫吧?"天哪!原来,人是不可改变的。越是细小的动作和习惯,越是不可改变,无论历史把它们放大多少倍,它们还是保存着自己固有的特征。她是黄新蓓,不是黄新蕾。她是黄新蕾的双胞胎姐姐,年长黄新蕾十分钟,穿着绿军装,戴着红领章、红帽徽,俊俏非凡。她说笑着,脱掉军帽,摇松头发。她白里透红,阳光一般明亮和健康。姐妹俩的身段和五官大体都是相似的,但是肤色、神态、性格和后天的职业训练，又使她俩有着天渊之别。有人把她们姐妹俩弄错了！是谁把她们弄错了呢？是卞容大自己吧？卞容大不知道。卞容大最初的喜欢与最初的认识，当然是黄新蓓；后来出现的自然是黄新蕾。没有任何人在卞容大面前混淆她们姐妹俩，却也没有任何人提醒卞容大辨别清楚他们姐妹俩。那么到底发生了什么事情呢？卞容大来不及细致地回顾和分析历史，更无法询问。这顿晚饭，首次与黄新蓓、黄新蕾共同进餐，满屋子的欢声笑语，卞容大却口口食物都噎在喉咙口，实难下咽。在这短暂的三个小时里，卞容大再一次地感到窝得慌。世界在破碎，喳喳作响，到处是裂缝，生活真是恐怖！

两个月之后，卞容大和黄新蕾结婚了。

成功的初欢，给卞容大带来的是满腹疑云，给黄新蕾带来的是受孕。未婚人流，必须首先坦白交代性关系的发生情况，然后接受道德审判和单位的处分，然后任由社会舆论羞辱，档案上还得留下一辈子的污点。黄新蕾品性的端庄，是大家公认的，她绝对是一个冰清玉洁的好姑娘，因此黄新蕾宁死也不愿意被人发现她的未婚先孕。迅速结婚的首要目的，就是为了迅速获得合法的已婚妇女身份，以便去做人工流产。婚后的第一个星期，黄新蕾便带上结婚证和夫妻二人的工作证，在卞容大的陪同下，理直气壮大大方方地去了医院，做人工流产的理由是他们都还年轻，都想先干好事业。

正如黄新蕾在婚后就时常挂在嘴边的一句格言说的那样："在我们的人生里，有些错误是能够犯的，有些错误是不能够犯的，一旦犯了就无可挽回，所以你得在事先牢牢地想清楚。"

卞容大在等候黄新蕾从人工流产室出来的时候，总算理解了黄新蕾的格言的意义。他就是没有把事情牢牢地想清楚，稀里糊涂地结了婚，便犯了一个不应该犯的错误：他把新娘弄错了！一个男人，不得轻率地与大姑娘发生肉体关系。发生了，她就算你的人了，你就得负责到底。即便弄错了人，你也没有翻悔的余地了。卞师傅对于儿子突然要翻悔与黄新蕾的关系，给予了严厉的制止。很简单，如果黄新蕾去派出所报案，告发卞容大强奸，二话不用说，卞容大就得去坐牢；告发到单位，二话也不用说，单位就会处分卞容大，都是身败名裂，一辈子再难抬头。你怕不怕？卞容大怕。沉默了好多天，卞容大选择了婚姻。至于到底是谁把黄新蓓变成了黄新蕾，卞师傅认为这是卞容大自己的误会。黄家的一对双胞胎女儿，卞容大娶谁都一样——直到后来，黄新蕾的体弱多病暴露出来之后，卞师傅这才指认陈阿姨。他说他老早就明白小陈的阴谋诡计，一方面千方百计笼络卞容大，一方面巧妙地偷天换日、移花接木，目的就是想把一个病恹恹的女儿塞给他们卞家。对于父亲的事后诸葛亮，卞容大哑口无言，他太了解他的父亲了，当年面对军官太太小陈的主动，卞师傅受宠若惊，生怕高攀不上，至于小陈想把哪个女儿嫁给卞容大，卞师傅才不计较呢。

由于心里窝得慌，新婚的卞容大表现得并不好。他沉默得比哑巴还彻底。每天晚上都熬夜给报社写通讯，早上睡懒觉。对于新郎应尽的职责，他假装懵懂无知。对于黄新蕾的怀孕，卞容大显得薄情寡义，新婚之夜的黄新蕾便提出要去做人工流产，卞容大听之任之。对于卞容大的表现，黄新蕾采取了高度克制和忍让的态度。他们一起回娘家的时候，黄新蕾还主动往丈夫饭碗里夹菜，使得陈阿姨看在眼里，喜上眉梢。最后，弄得卞容大都闹不清婚姻生活就是这么清淡平和还是他们又在僵持？这次是卞容大无法忍耐了。毕竟他是一个正常的健康的已婚男青年，毕竟每天晚上身边都睡着一个年轻女人，他无法长时间这么清淡，但是他又实在不甘心让命运摆布。卞容大找黄新蕾认真地谈了话。卞容大说："我国的法律规定婚姻自由，这就是说如果两个人结婚之后，在共同的生活中，发现他们的婚姻并不合适，互相之间其实没有什么感情，睡在同一张床上却都无动于衷，那么，我认为，他们就应该离婚。连恩格斯都说过：没有爱情的婚姻是不道德的婚姻。你认为呢？"出乎意料地，黄新蕾一点都不动气，她语气和蔼地回答："是的。"卞容大进了一步："假如我们发现自己其实没有感情，你同意离婚吗？"黄新蕾说："当然。"卞容大忽然卡壳了，试想想，一个新婚的女子，几乎没有享受新婚快乐，又刚刚承受了人工流产的痛苦，可她却还是如此的通情达理。卞容大是不是太混账一点了呢？

卞容大接下来说的话不是探讨离婚的可能性了，而是温和的关心："你困了？"

黄新蕾说："不困。"

卞容大说："不困你在想什么？"

黄新蕾说："你在想什么？"

黄新蕾偷偷地笑起来，主动把胳膊搭在了卞容大腰上，还意味深长地用了一点劲。卞容大闭上眼睛，伸手抚摸了妻子的笑容。

结果，卞容大稍一心软，他们的婚姻之箭就飞快地穿越了时光，刷刷地过去了十六年。

当年，未婚的时候，卞容大只是碰了碰黄新蕾，她就怀孕了。可是结婚以后，黄新蕾再一怀孕就习惯性流产。从婚后开始到一九九一年的七年当中，黄新蕾习惯性流产三次。流产一次，就大出血一次，就需要将养一年。再受孕，再习惯性流产，再大出血，再需要将养一年。之后再尝试着受孕。三次习惯性流产之后，医生警告：再不可随意怀孕和流产了，否则就会终身绝育。黄新蕾严重贫血，骨瘦如柴，全身的皮肤就是一层打皱的薄纸。一个女人有多少鲜血啊，怎么经得起这年年岁岁的流淌？卞容大紧张极了，他再不敢随便碰妻子，夜里经常噩梦缠身。在这七年里，他们家庭生活的主题，就是保胎。全家人上下一心，同仇敌忾，与黄新蕾的习惯性流产做绝不妥协的斗争。这期间，卞师傅与陈阿姨反目。卞师傅郑重地将陈阿姨约了出去，在某公园的角落，进行了一场事关卞家后代香火的谈话。陈阿姨气得两眼红赤赤地回来，一整天吃不下饭，从此断绝了与卞师傅的来往。卞师傅秘密地紧急召回儿子，要求儿子把生活的主题转换成离婚。卞容大断然拒绝了父亲的要求。卞容大绝对不能够做这种落井下石的事情。卞师傅气坏了，因为不是他们落井下石，是陈阿姨事先就埋设了陷阱！卞师傅也暂时地断绝与儿子的关系。陈阿姨拉着女婿的手哭了，感谢他的深明大义，知恩图报。于是，陈阿姨腾出了他们家朝向最好的房间，接卞容大夫妇回家居住，女儿的起居饮食，一概由她亲手伺候。陈阿姨发誓要尽最大的努力让女儿成功生育。她到处谋求流传在民间的宫廷保胎养子秘方。每当弄到一单秘方，她都要与卞容大仔细商议。对于年轻夫妇的房事，陈阿姨询问辅导之细腻，落实到了每一个细节上，卞容大的窘迫变成了惊恐，他觉得自己都要阳痿了。同时，家庭的凝聚力又变得空前强大，共同的隐私和坦率的密谋使卞容大和岳母一家人的关系亲密无间。一九九一年元旦，卞容大被要求节制性欲二十天，吃偏碱性的食物二十天，然后在某一天的午夜，与妻子同房。妻子的后臀被一只特制的厚枕头高高垫起，卞容大的动作不能对妻子的小腹造成压迫感，但又应该激情充沛地将精液喷射到最深处。对于任何一个男人，这恐怕都是高难度的动作。卞容大简直战战兢兢如履薄冰。临战时刻，卞容大难以勃起，他几乎完全丧失了信心。黄新蕾握着丈夫的手，微笑着，鼓励他说："这肯定不比发表文章更难。"黄新蕾偶尔的幽默感，对卞容大非常重要。事情做成了！第二天早上，卞容大从房间出来，就发现家里进入了一个新的阶段，大家都轻言细语，屏息静气，王顾左右而言它。他们开始了虔诚的等待。谢天谢地，黄新蕾再一次成功受孕了！这一次，黄新蕾遵照医嘱，完全卧床，禁绝房事。卞容大每天下班之后，花两个小时为妻子活动四肢，按摩背部，以免她生出褥疮。卞容大被客气地要求将他们夫妻的房门敞开，以便陈阿姨随时进出伺候孕妇，严格地监督医嘱的实施。这一次，黄新蕾没有出现严重的流产征兆。在全家人小心翼翼地度过了十个月之后，黄新蕾一朝分娩，生了一个瘦弱但是健全的男孩子。卞容大为自己瘦弱的儿子取名为卞浩瀚，希望来之不易的儿子如长江之水一般，气势磅礴地健康成长，同时预祝儿子成为一个真正的胸怀广阔的男子汉。

三十一岁的卞容大终于做了父亲。卞浩瀚小朋友满月，举家欢庆，大宴宾客，鞭炮齐鸣。酒席上，卞容大高兴得多喝了几杯，往事历历，令他泣不成声。他情不自禁地紧紧搂抱了一对活蹦乱跳的孩子——这是黄新蓓的双胞胎儿子，两个小家伙在酒筵上闹得最欢。黄新蓓是在妹妹结婚的第二年，从部队转业回武汉的。婚后不久她就挺出了大肚子。黄新蓓挺着大肚子照常每天骑着自行车上班下班，有一次还摔得鼻青脸肿。怀孕对于黄新蓓，就像好玩似的，她全然没有把它当个什么事情，眨眼间就生了一对白白胖胖的双胞胎男孩。现在小家伙们四岁多了，正是活泼淘气人见人爱的年纪。往日，卞容大看见了黄新蓓和她的儿子们，总是尽量找借口躲了开去。直到卞容大有了自己的儿子，他才敢于正视往日的遗憾与心酸。

在儿子长到三岁，上了幼儿园之后，卞容大才渐渐又有了一些属于自己的业余时间。这时候，他却发现，报社早就遗忘了他。卞容大再次煽动起内心的激情，写了许多通讯报道，这些稿件却一一地石沉大海。某一天，他才偶然得知，剪掉信封一角就可以免费寄稿的方式，早就取消了。这也就是说，卞容大的所有稿件，可能从来都没有到达过报社，并且，所有的报纸杂志社，也都不再邮寄退稿了。这也就是说，你的稿件无法与他人建立问答关系了，稿件是否收到？是否被采用？它有哪些优缺点？都由某个你不知道的个人说了算，甚至这个人心情的好坏，都可以决定稿件的命运。那投稿还有什么意思呢？卞容大不知道正常的社会秩序为什么要被毫无道理地打乱。关乎大众公共习惯的一些规矩，到底由谁说了算？真是烦人！这个时候，卞容大的工作也出现了挫折。他受到了排挤，被调动到科协下面一个无所事事的单位闲挂了起来。卞容大开始心神不宁，焦虑不安，直到他决定重拾集邮的业余爱好，凌乱的心绪才有了一些寄托。不久，卞容大机会来了。他受到老干部蒋武汉的赏识和鼓动，便调到了蒋武汉的麾下，帮助他创建玻璃吹制协会。老干部蒋武汉酷爱玻璃工艺，他一直都在寻找机会从科委分离出来，成立专门的研究玻璃吹制和推广玻璃制品的单位。专家的研究成果证明，玻璃的品质非常稳定而且造型美观，有着不可替代的审美价值和实用价值。从环保的角度来看，玻璃制品就相当于器皿业的绿色食品了。所以说，玻璃吹制事业，是造福于人类的事业。怀才不遇的卞容大，很快就与老干部蒋武汉一拍即合，他积极地投身入玻璃吹制协会的草创和建设。由于卞容大的献身精神、工作能力和以往的成就，他很快就被蒋武汉提拔为正科级干部，任协会的秘书长兼办公室主任。尽管卞容大再三告诫自己做人要谦虚谨慎不骄不躁，可无奈在客观上，卞容大还是比较少年得意。每当他因为工作回家晚了，黄新蕾没有及时做饭，卞容大还是要挂脸的。

  黄新蕾似乎并不懂得丈夫挂脸的含义，她反而会居高临下地瞥丈夫一眼，眼神里含着一种讥讽。卞容大倒懂得这种讥讽绝对不仅仅因为是他的个子比她矮了两厘米。那么黄新蕾是什么意思呢？黄新蕾阴沉地说：“我没有什么意思。”

  又花了几年的时间，卞容大才慢慢读懂黄新蕾讥讽的眼神：卞容大欢天喜地地创建什么玻璃吹制协会显然属于不识时务，因为与此同时，全中国的人都开始做生意，开公司，炒股票，倒卖各种东西，赚钞票就像玩似的，弯腰就捡一大把。中国社会在发生巨大的躁动和变化，而卞容大这个人呢，却煞有介事地为创建一个群团组织浪费青春。

卞容大的许多个夜晚，还是伏案写写画画，绞尽脑汁，写出一篇篇豆腐块文章，暗自奢望获得报社的重视和发表；星期天去集邮，傻乎乎地排队购买邮票，回家之后对从不集邮的妻子和幼小的儿子津津乐道邮市趣闻；节假日看望父亲和畸形肥胖的妹妹，偷偷塞给他们一点计划之外的钱，还以为黄新蕾不知道；一年四季，春天一定要带儿子去踏青，秋天一定要带儿子去秋游，夏天一定要带儿子去游泳，冬天一定要带儿子去打雪仗——年复一年，年年新瓶旧水，时间就这么过去了。卞容大要问了：对于一个儿童身心健康成长所必须的生活情趣，黄新蕾能够持这种无知的态度吗？人的时间是用来做什么的呢？不过，卞容大没有真的发问，卞容大是一个崇尚沉默的男人，他不会向黄新蕾发出任何具体的诘问。黄新蕾是一个生性沉闷的女人，她也没有过多的语言。但是，她用自己的生活态度，表示了对于卞容大的不满和不屑。

在儿子出生之后，黄新蕾自己也脱胎换骨了。大约在生育之后的五年时间里，她的身体状况好了起来，人长胖了许多，月经也通畅了，经前期综合征不治而愈。黄新蕾能够吃苦耐劳，做事发狠，渐渐学会了在公众场合说话。他们新华书店效益不好，要分流员工，黄新蕾不等别人分流她，她主动请缨承包了一个图书批销中心。这个图批中心，远在市郊，仓库陈旧，压货几百万码洋。黄新蕾却自信看到了它的美丽前景。可是，第一年，黄新蕾的经营首战失利。在梅雨季节里，她坐在发霉的书堆上，一身欠款，两眼发直，四周爬满鼻涕虫。然而，这个女人硬是挺过来了。她开动脑筋，到处张罗，又筹措了款项，把仓库改造成了仓储式的图书超市，仓库前面的空地，没有资金做成花园和草坪,她便自己动手,扎起竹篱笆,种上了丝瓜、苦瓜和葫芦,大门上爬满牵牛花和金银花,几条大青石,卧在篱笆边,算是读书和歇息的地方了。没有想到,这种别致的风味,正好迎合了城市人的乡村梦想和小资情调。居然开始有人口口相传,大老远特意跑到她的图书超市购书和阅读。黄新蕾抓住机遇,冒险推出大胆的举措:购买五本书,就可以拿批发价;但凡购买书籍,一律给打八折。在将近一年的时间里,黄新蕾干脆居住到了图书批销中心。她以惊人的毅力,蚂蚁啃骨头,日夜工作,一点一滴地实现着她那些近乎荒诞的设想。随着城市的迅速扩大,随着教育消费的迅速攀升,随着宽敞的马路和公共汽车通到图书批销中心,黄新蕾的图书超市红火起来。当黄新蕾的经济收入高于卞容大之后,她为自己的母亲重新配了进口的高度近视眼镜;为父亲换了进口的心脏起搏器——他的正师职级别也只够资格安装国产起搏器。黄新蕾将儿子送进了重点学校;为卞师傅家里装上了一台空调——尽管卞师傅不阴不阳地对待她;她的一对双胞胎侄子,还有卞婉容,也都各得其所地收到了礼物。最后,卞容大结婚时候的上海手表也被换成了日本表。唯有黄新蕾自己,辛苦几年,一分钱都还不曾用到她自己身上。黄新蕾无私的大家风度,迫使卞容大自惭形秽。说实话,卞容大不喜欢这块日本手表,他并不认为一个秘书长兼办公室主任,在工作的时候需要经常亮出自己的手腕。学习成绩远远好于黄新蕾的卞容大,学历远远高于黄新蕾的卞容大,事业一直兴旺于黄新蕾的卞容大,遭受了绵里藏针的轻视和打击,终于也就读懂了黄新蕾讥讽的眼神。

卞容大又变懒惰了。新婚阶段的消极怠工在卞容大身上又惊人地重演：他晚上熬夜，早晨睡懒觉，爬起来就蹬自行车去上班，根本不管谁谁谁吃过早餐没有，下班回来就横躺，臭袜子丢在床头，看电视新闻联播节目就开始打很大的呵欠，当别人睡觉的时候他又活跃了起来，故意蹑手蹑脚在房间走来走去，看书，写作，把书页和稿纸翻得哗哗响。要知道，他们居住的是一间半的小房子，卧室里拥挤着大小两张床。黄新蕾也仍然拥有新婚阶段的那种忍耐精神，她装聋作哑视而不见的本领可能是世界第一流的。这个时期，卞容大老是赖在单位加班，他的心灵密友是办公室的文秘汪琪。卞容大黄新蕾夫妇之间的那种特有的默默僵持再次开场，第一次是在婚前，陈阿姨跑调动的一片苦心感动了卞容大，卞容大首先妥协；第二次是婚后，黄新蕾新婚就做人流还善解人意，卞容大再次妥协；这一次，卞容大坚决不会妥协了。这个社会的本质关系就是交易关系。黄新蕾用金钱与物质替代柔情，交换和阉割他的自尊，这是卞容大不能够答应的。女人首先应该懂得依恋、期盼和柔顺；而不是一有机会就颠覆男女关系，并且还用这种残酷的颠覆表示对男人生活态度的讥讽和否定。

好在谁的生活道路都不是一帆风顺的，黄新蕾也不例外。她的图书批销中心火爆，必然地遭到了所有新华书店门市部的嫉妒和攻击，匿名举报信雪片一般飞到她们的上级主管部门。为了图书系统的安定团结，根据国家有关规定，上级主管部门收回了黄新蕾的私人承包权。黄新蕾依然还是图书批销中心的经理，但是派来了新的党委书记，黄新蕾的资金使用和经营管理方式，都受到了极大的限制。黄新蕾的身体，又渐渐地出毛病了。通过生育而开张的经脉，好像又开始堵塞和封闭。经前期综合征再度出现。每个月有半个月的时间，黄新蕾都沦陷在痛经，经血不畅，经血过多和经血淋漓不尽的过程中。黄新蕾面目浮肿，脾气暴戾，捂着小腹在床上打滚。为了阻止疾病的吞噬，黄新蕾大口大口吞吃中草药汤药，每天清晨起床练气功，深夜还辗转在公共汽车上到处求医。至此，他们夫妻之间的僵持却不战而和。卞容大看着妻子憔悴不堪的模样，看着被子宫支配的女人还被残酷的社会游戏规则所支配，他无法不心软。黄新蕾毕竟是他的妻子，毕竟是他儿子的母亲，毕竟他们共同度过了漫长的艰难岁月。好强的女人太累了，也太可怜了。卞容大自然又变得勤快起来。他每天清早起床，安排一家三口的早点。回家就进厨房。臭袜子直接扔进洗衣机。每天都戴西铁城手表去上班。

　　生活又被季节刷新了。当寒冬之后，春日的艳阳给万物带来勃勃生机的时候，卞容大又跃跃欲试地携妻带子，到江边放风筝来了。背包，食物，口香糖，矿泉水，一家三口悠闲地步行在桃红柳绿的公园里，这就是卞容大的散文：美好的风景，暖暖的亲情，和煦的春风是心情的熨斗。

　　在沙滩上买好风筝之后，卞容大带儿子直奔趸船。趸船上的风，正是放风筝的好风。卞容大手里的风筝，很快就扶摇直上，一路超越，然后遥遥领先。众多的看客观赏着和夸赞着，卞容大父子不免洋洋得意。一位少妇，带着女儿和小狗，上到趸船来了。她们兴奋地鼓捣着线团，可是风筝就是不肯升上天空。少妇焦焦急急忙忙碌碌的，在卞容大身边钻过来钻过去。最后，她还是不得不央求卞容大替她放一放风筝。对于卞容大，这当然不是问题了。少妇的风筝很快也升上了天空，孩子们高兴地大呼小叫，之后又去逗小狗玩耍。卞浩瀚已经与小女孩成了好朋友。有江鸥的滑翔，春风显得更加轻盈和松弛。有波涛的絮语，长江变得万般温情。一位姿色明丽的少妇在身边擦来擦去，惊醒了卞容大的许多感觉。少妇与卞容大并肩放风筝，亲昵地与他说话，老朋友一般熟悉，有一点撒娇，还有一点玩笑。当少妇圆润的臀部再次触碰到卞容大的时候，他突然向往了，膨胀了，勃起了。卞容大赶紧坐在了趸船的缆绳系留柱上，不敢动弹。他严密地掩饰着自己，仰着一张冷冷的面孔，专心专意只看天空。一个中年男人的身体，还能对一个可意的异性作出如此迅捷的自然反应，卞容大是窃喜的。当然，卞容大同时也明白，以道德的标准衡量，他的身体是可耻的。但是他并没有做出什么不良举动来，他还是一个理智的男人。惊醒与感悟，自责与窃喜，放纵与克制，遐想与收敛，这种种感觉，使卞容大涨满了情怀一腔，又痒又疼，百感交集。他找了一张小纸片，套在风筝上，抖动线索，让小纸片攀升上去，这叫作给风筝打电话。风筝风筝，卞容大给你打个电话，与你分享一个男人隐秘的快感。

  黄新蕾一直没有参与放风筝。在江滩上买风筝的时候，她就从小摊贩那里获得了一个巨大的启发。黄新蕾撇下丈夫和儿子，对江滩上的小摊贩展开了调查研究，收获很大。黄新蕾兴奋地告诉卞容大：风筝可以作为教辅资料与手工劳动课本搭配出售！你算算，一只风筝的成本只要五角钱，而搭配在课本里出售，至少也可以定价五角钱。如果自己组织人工生产，仅仅提供制作风筝的原材料，装配程序留给孩子们自己动手，成本还可以降低。这是手工劳动，就是应该让孩子们自己动手去做的呀！你想想！会有家长拒绝多花这五角钱吗？绝对不会！手工制作原料与手工劳动课本一起买回去，该是多么方便啊，如果分开购买，家长所付出的金钱和精力，肯定超过五角钱！这真是一举几得的绝妙创意，可以为她们图书批销中心带来多少利润啊！你再想想，我们有多少学校？我们有多少人口？我们有多少生源啊！黄新蕾说："今天出来果然收获不小！孩子他爸，谢谢你！"

卞容大避开了妻子热切的目光，生涩地说："有什么可谢的。"

卞容大应和不了妻子。一时间他实在转不过这个弯来。是的，今天出来收获很大，非常开心，小小的风筝把他带进了一个沉醉的世界，而这个世界却与利润一点关系都没有。一点都没有，妻子！

黄新蕾被卞容大的神态惹恼了，她说："又怎么哪？简直莫名其妙！"

黄新蕾气愤地将下巴颏一扬，拽起儿子的手，母子俩快步往前走了。卞容大独自落在后面，忍气吞声地跟着。童话散文被真实的生活撕得粉碎。事实上，卞容大很久都没有再写这一类粉饰温情的散文了，他知道这辈子再也写不出来什么散文来了。

二〇〇〇年到来的前夕，世界一片混乱。人类很有趣，总是喜欢把世界搞得一片混乱。唯恐天下不乱的媒体高兴坏了，它们拿出大幅版面，让一种人欢呼新世纪的到来，又让另一种人严肃地反驳新世纪理论：二〇〇〇年还不是新世纪，二〇〇一年才是新世纪，这不过是一个简单的数学问题啊！玻璃吹制协会也乱成了一团，大家在办公室里高声争论，两派都挥舞报纸，声嘶力竭。因为这牵涉到了玻璃吹制协会是否举行庆祝活动，以及庆祝活动的规模有多大的问题。办公室主任卞容大很冷静，连数字本身都是人为规定的，新世纪不新世纪有什么太大的意义呢？到时候怎么庆祝？随着上面的倾向和规模来就是了。

然而然而，这个冬天的周日，卞容大的心情还是波动了。一个人为的数字，二〇〇〇，一个被他认为是扯淡的东西，不知怎么搞的，还是悄悄地触动了他。午饭之后，卞容大坐在阳台上晒太阳，看报纸，满纸的二〇〇〇跳动起来。我的天哪，纪年真的要开始一种新的写法了？卞容大生于二十世纪，长于二十世纪，怎么着？写习惯了的"一九几几"真的要过去了？卞容大惆怅地放下报纸，随手翻了翻正在进行冬晒的几只箱子，发现了他中学时代收藏起来的一只医药盒子。这是从五十年代使用到八十年代的那种正方形葡萄糖安瓿药盒，天蓝色的字，白纸已经发黄。盒子打开，涌出一股陈年往事的味道。盒子里头有几张老邮票，梅兰芳什么的，但是品相不好。还有一只铁皮哨子，是学工学农又学军的初中时代留下的，来自军营的一只真正的军队哨子。一颗他的智齿，上面有牙垢，顽石一样难看。还有两支炭棒笔，这是从大号的废旧电池里头磨出来的，是他少年顽劣的明证，在电影院的公共厕所里的木板隔断上，胡写乱画，画一个椭圆形的圈，四周再划上黑茸茸的毛，这就是女性生殖器了。有趣的是，父亲为他制作的牙套，不知怎么也收藏在里头了。牙套已经变成一团满是铜锈的乱麻，看上去细弱无力，腐朽败落，真不知道当年它怎么就能够给卞容大造成那么大的痛苦，它套住的哪里只是卞容大的门牙呢？是他的一辈子！

卞容大拿着盒子，看着看着，在温暖的太阳下面打了一个盹。从一个盹中蓦然醒来，卞容大的头脑格外清醒。他迅速地把盒子放进了公文包，穿好上班的衣服，以他惯有的冷静，蹬上自行车，来到了单位。卞容大告诉门房刘老头，他有急事要加班，他让刘老头锁好大门去餐馆喝个小酒。卞容大用二十块钱，急切地支开了刘老头。然后，卞容大间谍一样闪进自己的办公室，关好了门窗，放下了窗帘。在昏暗与隐秘的单独空间里，卞容大重温了他少年时代的胡闹。他用炭棒笔画了女性的器官，现在的画，就很真实和形象了。他还摹仿小说《金瓶梅》，勾勒了一幅春宫图。春宫图上面的女人，健康，丰腴，脚翘得老高，是一个活泼的女人。卞容大将自己的双手插进裤口袋，摇晃身子，吹口哨，吹那种没有名堂的小调：大姑娘美呀大姑娘浪，大姑娘走进青纱帐。这句小调，是他去东北出差，在民间听二人转听来的。此前他还不知道自己已经会哼哼了。正经的东西，想学都学不会；不正经的东西，不学就会了。人啊人，人这个狗东西！最后，卞容大拿起铁皮哨子，吹了一下；再用力吹一下，口腔和喉咙灌满了铁锈味。少年时候也曾经想当军官，想当交通警察，口里衔着银色的铁皮哨子，冲谁吹谁就得听话。卞容大有节奏地吹起了哨子，士气随着就上来了，他来回地走着正步，一直走到觉出了自己的荒唐。突然的寂静到来了，宇宙空旷无垠，星星向各处飞旋而去，眼前只有他再熟悉不过的办公室。卞容大颓然倒在自己的办公椅里,双手反枕脑后,两腿交叉,架在办公桌上。直到刘老头试探地敲响办公室的房门:卞主任?卞主任?时候不早了,你忙完了没有?

知道了!卞容大说。他自然就使用了一种小官僚的腔调。该死!卞容大一边自嘲一边拿下双腿,忽然,他觉得自己脸上有蚁走感,他用力一抹,是泪。一颗冰冷的泪。

玻璃吹制协会被解散的消息,还是先一步被黄新蕾获知了。这天早晨,黄新蕾迟迟不肯出门上班。当卞容大整装待发了,黄新蕾在他身后清醒地发问:"你去哪里?"

卞容大顿时被钉在了说谎的耻辱柱上,他索性回答:"我去找工作。"

黄新蕾说:"这是不是意味着你现在其实没有工作了?"

"可以这么理解。"

"那你现在去哪里找工作?"

"我去新世纪饭店。那里有一家法国化妆品公司,正在招聘工作人员。"

这个沉着的女人再也无法控制地发出了跑调的尖声:"化妆品?你?"

卞容大不再说话。对化妆品从来没有感觉的卞容大与化妆品联系在一起,形象是很滑稽。可是卞容大不想再说假话了。但是,他也不想详细解释还没有结果的事情。这么多日子了!卞容大失败地应聘过多种工作了!这个男人他不想一一解释他的失败!

黄新蕾抓着胸口,深呼吸,极力控制着自己的情绪。她尽量平和地说:"你今天能不能把实话告诉我?"

卞容大说:"不存在实话不实话的问题。你不是都知道了吗?今天我有重要的事情,现在我必须走了。"

黄新蕾说:"现在你肯定不能走!"

卞容大说:"为什么?结婚证上有规定吗?新婚姻法有规定吗?妻子不让丈夫出家门,丈夫就不能出门?去你的!"

黄新蕾忽然雷霆大发了:餐桌上的碗筷茶杯被哗啦推翻,一团油腻的抹布摔到了卞容大的脸上。黄新蕾火山喷发,两眼炯亮,直直地盯着丈夫,用一种近乎喊叫的声音控诉起来,她声音的高亢,语言节奏的飞快,语句的流畅,是卞容大在他们十六年的婚姻生活中,从来没有发现的。黄新蕾说:"卞容大!你太看不起人了!发生了这么大的事情,满世界都知道了,大家在议论纷纷,你却一直瞒着我!你以为我是个什么人?我会唯利是图?我会嫌贫爱富?我会怨天尤人?我会靠你的钱养活自己?卞容大,我为你感到羞耻。说谎是可耻的,这是你教育儿子的话,也是我们做人的准则;你这是羞辱儿子、羞辱我和你自己!现在的社会形势人人都看得明白,单位解散,不是什么稀奇事情。失业下岗,更不是什么稀奇事情。成千上万的人都在经历这样的曲折和艰难,为什么人家都能够坦然处之,而你却偏要瞒天过海呢?你躲过了初一躲得了十五吗?卞容大啊卞容大,我和你夫妻十六年,相识相恋二十多年,为你一而再再而三地怀孕流产,命都差点送掉了,你怎么忍心欺骗我啊?当初我看上你,不就是看上了你的善良和诚实吗?你以为你还有什么值得我看上的?你以为我还指望自己嫁了一个才高八斗、学富五车、家产万贯、英俊潇洒的白马王子?以为我自己从此就锦衣玉食,一步登天了?不!我清醒得很!一直都很清醒!我一直都在依靠自己的努力辛勤劳动——哪怕瘦得只剩下一把骨头了!

"我哪怕瘦得只剩下一把骨头,我还是在拼命工作,为这个家庭创造更好的生活环境。多年来,我关心你,关心大家,远远超过关心我自己,可是你却对我说'去你的!',好像你下岗了你就受委屈了,你就应该比别人都娇气,你想撒谎就撒谎,想出门就出门,全然不顾别人的感受。卞容大,你怎么是如此没有良心的一个人呢?我当初怎么就没有看透你呢?你的所作所为,还算一个男人吗?如果我说了这么多,你还是不在乎的话,那你就出去吧。"

卞容大出去了。他以一个不变的姿态,僵立在门边,听完了妻子的控诉。然后一言不发地出门了。他是一个男人,他必须遵守约定的时间:今天他要接受欧洲老板的面试。

随着卞容大的出门,黄新蕾把一只热水瓶掼到了房门上,那是一声异常的巨响,宣告着日常生活中的和平结束,烽烟四起。

黄昏时分,大家都回家了。儿子闹着,要求打开电视看动画片,一会儿央求爸爸,一会儿央求妈妈。爸爸和妈妈都说同样的话:作业做了吗?先做作业!尽看动画片,耽误了学习,将来怎么办?爸爸妈妈都在厨房忙碌。他们互不理睬,但是配合默契。食盐没有了,爸爸赶紧开封一袋新的食盐,妈妈接过去撒在菜肴里。吃饭。爸爸妈妈都与儿子说话,甚至还可以说笑,不影响儿子的心情和学习,是他们夫妻的最高守则。父亲卞容大做得不错,母亲黄新蕾也做得很好,他们都可以深深隐藏自己的痛苦——这也是难得的一种默契。晚饭吃完了,收拾碗筷，拖地做清洁，整理屋子，洗衣机打开了，里面搅动着一家三口的脏衣服，早上粘满火药的衣服也无奈地在一起旋转。看看儿子的作业。看看电视新闻。看看报纸。接接无关痛痒的电话。儿子该睡觉了。睡觉之前，儿子必须喝一杯鲜牛奶。鲜牛奶的意义是：防止骨骼缺钙。现在他们的儿子个子偏瘦小，将来千万别又长成一副穷苦人模样。只有一间卧室，买大房的理想刚刚纳入艰苦奋斗的远景规划中。时间不早了。该睡觉了。夫妻两人，一人挂在大床的一侧，关灯。深夜，窗外明月高挑，不谙人间疾苦，圆润华美得没心没肺。迷迷糊糊的睡梦中，女人转过身来，伸手摸索着，摸索着，也不知道是有意还是无意。男人还是接住了女人摸索的手。女人顺势溜进男人的怀抱，男人慢慢抱住了女人。女人发出低低的啜泣。男人的小眼睛在月色中慢慢睁开，贼亮，他的确狠不下心来，他无法拒绝女人的寻求和这寻求本身所传达的复杂意义。卞容大完蛋了！他无法拯救自己。无法反抗与报复。无法记恨。无法掌握局面。多少次的抗争与搏斗，被无数个这样的夜晚所消解。一切的委屈和难受，都慢慢变成了命中注定之物被接受下来，养成了习惯。

习惯是一种何等强大何等可怕的存在啊！

三、与单位与汪琪与外面的世界

谢天谢地！幸亏卞容大占了一个好单位：省科学技术协作委员会。当年，卞容大到单位报到的第一天，他就领到了紫红色的宽敞的办公桌、墨水瓶、钢笔、材料纸、复写纸、蜡纸、钢板、油印机。卞容大的人事档案先他而到，省科学技术协作委员会领导已经再三调查研究过他的档案了，领导们看出了卞容大是一个文才的苗头，为他分配的工作是文化宣传干事。卞容大非常喜欢他的工作。这喜欢是多么宝贵啊，因为单位就是一个人终身的依靠。

省科学技术协作委员会真是一个美好的单位。五十年代修建的苏式楼房。大院子。院子中间有一棵古老的雪松。锅炉房凌晨三点就撬开炉火。清早六点，食堂就开始卖早餐。二两一个的大馒头、大花卷，热气腾腾，每个只要三分钱，稀饭咸菜免费，自己拿碗去粥桶里打。"五一"国际劳动节，免费加餐。"七一"党的生日，免费加餐。"八一"建军节，免费加餐。"十一"国庆节，"免费加餐"。元旦、春节，皆免费加餐。"三八"妇女节，女同志休息，赠送电影票；男同志半天打扫办公室清洁卫生，半天也可以休息了。"六一"儿童节，单位派车，送职工的孩子们去动物园游玩；没有孩子的职工，也可以提前下班，回家休息，准备生孩子——这是笑话，是卞容大的同事们在办公室哈哈大笑说的笑话。卞容大没有参与哈哈大笑，他本来就不爱笑，加上妻子黄新蕾患有习惯性流产，生养孩子是他们最酸楚的话题。不过，这并不妨碍卞容大在单位里工作得顺心和舒畅。

这是一个令人顺心和舒畅的单位，每天你都知道自己应该做什么事情。如果出色地完成了工作，就会得到大家的赞赏和领导的表扬。他们单位的领导非常像领导。书记和主任，都是德高望重的老同志，既慈祥又威严，衣服式样传统，整洁干净，专注地听你汇报工作和汇报思想，能够解决的问题，他们也不会当面立刻许诺，但是，事后很快就会给予兑现或者答复。这里头就有一种认真，负责，言必信行必果的精神，体现着党和组织的力量与威信。所有的事情，一律按部就班，都有组织照顾和管理。就连手指头破了，医务室人员也会马上给你涂碘酒。工会女工委员会经常性地主动询问："你爱人好吗？她是吃药还是戴环？你需要避孕套吗？"最初，卞容大还脸红，后来就不脸红了，他们单位凡是已婚者，人人都被严肃地询问同样的问题，计划生育是我们的国策，这是单位在监督国策的执行情况。他们单位，俨然一架巨大的精密仪器，大小齿轮都在强有力地转动，这种转动足以使卞容大这种年轻敏感的小伙子联想到国家机器的正常运转，他的自豪感，他的参与意识，他的献身精神，他建功立业的渴望，便都油然而生了。

个人感情生活里种种难言的委屈和痛苦，成了卞容大工作上的动力。卞容大狂热工作着。他们单位麾下的省科学技术协作委员会，分布全省，大大小小，星罗棋布，有一万多家，每天都涌现出大量的发明创造，每天都发生许多感人的事迹，卞容大在整理材料之外，还以文学的笔法，更加生动地写作了许多小散文。这些小散文，被富有经验的办公室主任看见了，他立刻判断它们达到了发表水平，并且主动加盖了单位的公章，把它们送到了报社。很快，卞容大的散文就被刊登了。卞容大的文章，本来就达到过发表水平，不过那是在地区一级的报纸上，上了省报，那个档次就不一样了！报纸，带着油墨的香气，在办公室里被大家争相传阅。卞容大的名字，迅速地传遍了整个单位。卞容大到食堂排队买饭，总是会有陌生的同事主动过来，开玩笑说要与才子握握手和说说话，沾点灵气。卞容大很快就提升了副科级，并且担任了单位共青团委员会的组织委员。

有了一定级别和相应职务之后，卞容大工作的积极性更加高涨，也更加拥有施展才能的空间了。他组织优秀共青团们集体上井冈山，重走革命路。他们还参观了毛主席的故居韶山，瞻仰红太阳升起的地方。站在长沙的橘子洲头，卞容大带领青年们举起自己的拳头，面对湘江，集体背诵毛主席的《沁园春·长沙》一词。"……恰同学少年，风华正茂；书生意气，挥斥方遒。指点江山，激扬文字，粪土当年万户侯。曾记否，到中流击水，浪遏飞舟！"

对于卞容大来说，那感情冲动忘乎所以声嘶力竭的背诵，是他这一辈子永远无法忘怀的宣泄。那个时刻，他年轻人生的所有痛楚、委屈、窝囊，还有雄心壮志，统统都被喊叫了出来。湘江那轮又大又圆又红的夕阳做证，在那一刻，卞容大心里，真是充满了对于单位的热爱和忠诚。那时候的逻辑就是：单位等于事业，事业等于党的利益，党的利益等于国家、人民和自己的利益。

卞容大带领的共青团支部，被共青团湖北省委树立为全省团支部唯一的标兵单位。卞容大他们的照片，陈列在省委礼堂大厅里，供大家参观和学习。卞容大再接再厉，冒出了许多新的想法，比如建立发明家人才资料库，建立大胆设想征集小组，以便将国家建设所急需的各种科技资料和人才，发掘、整理和培养起来。他的想法，引起了北京中国科学院有关专家的高度关注，专家居然直接给卞容大打来了电话。卞容大是多么荣耀啊。他们省科协书记去北京中国科学院出差就带上了他。男人需要什么？就是需要这个！需要把事情做得很漂亮！需要因为你的漂亮引起领导的重视、社会的关注和著名人物的认可，于是，你也就日渐重要起来，这就是所谓的事业！在黄新蕾连续流产的七年里，卞容大如果没有事业上的蒸蒸日上，恐怕他早就彻底垮掉了。

　　更有意义的是，事业的兴旺，必然会带来丰富多彩的生活。市科协的姑娘小柯，大家亲昵地称她为小鸽子，有一段时间，为筹备某个活动，专门跑省科协。她每次来了，首先就会跑到卞容大的办公室。小鸽子是那种生动顽皮的姑娘，爱说爱笑，笑声香甜。就是诉说倒霉的事情，语调也无比快乐。说实话，在卞容大的内心深处，他总是喜欢这一类的女孩子，她们春天一般健康、蓬勃和明丽，身上都有黄新蓓的影子。直到有一天，小鸽子为卞容大织了一件毛衣，不由分说地强迫卞容大穿上试试。卞容大这才觉出大事不好。一般说来，姑娘们是不会随便给男同志织毛衣的。卞容大脱下毛衣，还给了小鸽子，他不得不告诉姑娘：他结婚了。豆大的泪珠，就那么活生生地，从小鸽子明亮的眼睛里，一珠一珠地滚落出来。卞容大慌神啊。他手足无措，给姑娘擦眼泪不是，不擦眼泪也不是。这甜蜜的尴尬与甜蜜的痛苦啊，实在是好感觉。卞容大开始认识到，作为男人，他并不瘦小；或者说，作为男人，他的瘦小并不能遮挡他的魅力，对吗？对的！

　　城市变得是如此熟悉和亲切。卞容大在这个城市的大江南北跑来跑去，精力充沛，不知疲倦，常常在最繁华的大街上和公共汽车里遇上熟人，他们大声地向他打招呼，以认识他为荣耀，而卞容大，还是不说话的性格，显得很有内涵。他向他们点头致意，握手的时候用用力以答谢熟人对他的热情。卞容大尤其喜欢报社召集社外通讯员会议。他喜欢把通讯员的证件举起来，向报社大门口的岗哨示意一下，脚步都不用停留，就那么大模大样地进去了。报社，是党的喉舌，是这个城市意识形态的关口，是文化系统所有单位唯一拥有武装警察站岗放哨的地方，卞容大就可以这样大模大样地进去，感觉是多么好啊！通讯员们来自全市的各行各业，都是才子或者才女。他们坐在一起，穿着打扮与言谈举止，就是与众不同，男人留披肩长发，女子公开抽香烟，实在是时尚与个性。卞容大在这里交结了许多朋友。他们一起抽烟、喝茶，谈论国家大事、社会新闻、文学创作和名人轶事。一个总是身着长裙的女子——对于长裙的穿着者，卞容大觉得只能冠以"女子"这个名词才相配——文静，幽怨，回眸留给卞容大一抹特别的眼神。卞容大首先注意到了她健康的肤色和丰满的体魄，她的眼睛明亮，发言的时候，中气十足。有一天，卞容大在自己的笔记本里发现了一张纸条，上面写道：莫愁前路无知己，天下谁人不识君。卞容大立刻就感觉到了长裙的飘拂。副刊部的编辑大姐与卞容大开玩笑了："容大啊，有人找我打听你啊，你到底结婚了没有啊。"

卞容大赶紧装出憨厚的样子，说："结了结了。大姐啊，你是看见过我爱人的。"

黄新蕾常常复述的人生格言是：在我们的人生里，有些错误是能够犯的，有些错误是不能够犯的，一旦犯了就无可挽回，所以你得在事先牢牢地想清楚。卞容大当然非常明白生活作风错误是不能够犯的。但是，你不想犯错误，并不等于不能有犯错误的幻想；你不想犯错误，也并不等于错误它不来犯你；你不想犯错误，更不等于错误本身不动人和美好。事业兴旺的男人好比跻身于原始森林的一棵大树。在这棵大树上，该隐藏了多少动人而美好的错误啊！并且这棵大树越是枝繁叶茂，隐藏的错误就愈多。只要最终不结出错误的果实，那不就行了吗？

熙熙攘攘的大街上，如果有一条长裙为你飘过，男人，那终究是你的自豪。

卞容大的工作干劲是越来越大了。随着他经验的丰富，随着他的成熟，随着他的成就，他内心开始膨胀起一种渴望，那就是他想获得更有挑战性的工作，他想长成好大一棵树！在这种迫切的心情促使之下，平日少言寡语的卞容大，终于下决心找省科协的领导谈心了。卞容大谈的都是真心话，他希望组织在他的肩头压上更重的担子，希望在工作中获得更多的锻炼机会。果然，组织上并没有让卞容大等待很久的时间，忽然他就接到了调令。卞容大被调动到市里的科普协会。卞容大去了以后，才发现是一个闲散的小单位，只是向老百姓做做推广普及的教育工作，宣传那些最普通的科学知识。比如，电的故事；比如，遇上闪电你应该躲在什么地方。显然，卞容大被下放了。卞容大苦闷不堪，只好用集邮来排遣自己的烦恼。通讯员朋友中的几个好友，约了卞容大喝酒聊天，给他开窍，说：卞容大啊卞容大，你这是在要官做啊！你现在成绩显赫，大有功高盖主的势头，应该采取后退的姿态，夹起尾巴做人，到处装孙子，使你们领导都放松警惕，这样才能够升官。有你这么咄咄逼人的吗？

卞容大咄咄逼人了吗？卞容大真的是想多做一点事情啊！卞容大的话说得非常明确：他不是要提拔，也不是要担任什么职务，只是要更适合他的岗位。

幼稚啊，幼稚啊，政治上的幼稚啊！卞容大，请你记住，世界上有两种人，绝对是说反话的：一种是政客，他们说"不要"那正是要；一种是妓女，她们说"要"，那正是不要。

可是，卞容大想：如果一个人真心实意地只是想要合适他的岗位呢？难道他应该告诉别人说他不想要合适他的岗位？不行！卞容大得回到原单位，再次与领导们谈心，他可以夹尾巴，他可以装孙子，只是他必须再次强调他的真心话。

等卞容大的灰心丧气慢慢变成勇气之后，他真的来到了省科协。他做好了让同事们嘲笑的心理准备，踏破铁鞋也要找到老领导。可是，省科协改制了。国家正在进行经济体制改革，许多重复的机构都在精简和改组。卞容大回来的那一天，锅炉停了，烟囱没有冒烟，院子的地上，材料纸到处飞舞。几辆造纸厂的大卡车，正在装运资料、报刊和书籍。然后，这些资料、报刊和书籍，将化成纸浆，再生产出崭新的白纸。造纸厂的纸浆池里，将翻滚着卞容大的亲笔字迹、无数次的激情、冲动、奇思异想、刻钢板磨起的血泡、食指上的老茧和白衬衣上永远洗不掉的油墨。

卞容大只得承认：他这个人的运气，不是太好。

再一次鼓起勇气，再一次干出漂亮的成绩，是在老干部蒋武汉的煽动、怂恿和大力支持之下。蒋武汉本来是市科协的副主任，战争年代就参加了革命，也是杀过敌人的，也算得上德高望重。他人很好，有事业心，信奉宁做鸡头，不做凤尾的人生信条。老干部蒋武汉紧紧握着卞容大的手不放，语重心长地说："是金子，到哪里都会发光！你的大名，我早就久仰。你遭受的嫉妒和排挤，我也早有耳闻。我就是欣赏你的才华和说老实话做老实事的作风。小伙子啊！我们就把玻璃吹制协会干起来吧！我老了，你就重整旗鼓，再创辉煌吧！"

如此热情豪迈胸襟宽阔的领导，在官场上，是可遇不可求的。卞容大是有一点经历的人了，懂得机遇的重要性了。于是，卞容大接受了老干部蒋武汉的邀约，甩开膀子大干起来。他又开始早出晚归，通宵熬夜写报告写材料，替老干部蒋武汉同志拎着公文包，跑北京，跑省里，跑市里，跑各种重要领导同志的家。最后，他们终于获得了成功，玻璃吹制协会诞生了！一栋小楼的半边是他们的单位所在地，头两年财政局全额财政拨款，编制办公室下达正规编制名额。蒋武汉成为玻璃吹制协会的书记兼主任，党政一肩挑，卞容大担任了秘书长兼办公室主任，也是两个重要职务一肩挑，由副科级提升为正科级。虽然说，卞容大的级别并没有破格提升，相对蒋武汉对卞容大的频繁使用，相对卞容大所付出的劳动，卞师傅、陈阿姨和黄新蕾都不太满意，可是卞容大满意了。卞容大真的并不在乎级别是否可以获得破格提升，他更在乎是否给他提供了展现工作能力的岗位。他也学会了蒋武汉的人生哲学：宁做鸡头，不做凤尾。卞容大成了办公室的总管家和协会的总管家，这是实质性的权力拥有。卞容大在回请他的通讯员朋友吃饭的时候，就可以带上会计，用支票付款了。这些朋友在卞容大跑事情的过程中，提供了许多关键性的帮助，如果卞容大连请他们吃顿饭的权力都没有，那就很窝囊；有，心情就很舒畅。时代在变化，工作得是否心情舒畅，是一个人事业好坏的重要标志了。

可惜的是，蒋武汉同志因病去世了，接任的党组书记就是严名家。严名家接任的那年，年纪还不到五十岁，染一头黑发，使用发胶，西装，花哨的领带。严名家刚来的时候，把卞容大唬住了。他热情，豪迈，侃侃而谈：门前三包，五讲四美，关于增强本单位竞争实力以及如何代表先进文化的构想。其讲话事先打印成册,开会时人手一份,会后报送省市有关领导、办公室厅、人大、政协、有关兄弟部门以及主流新闻媒体——电视台和日报社。严名家也拍卞容大的肩,称兄道弟,十分的亲切与信赖。从此,卞容大便开始为严名家整理讲话材料,打印成册,分发到各科室,封装,送公文转换站。卞容大不断地在筹备各种活动,广泛获取企业赞助,各种活动的开幕式一定要冠冕堂皇,力争省市有关领导出席,请主流媒体记者吃饭,邀约电视台采访,催促新闻见报。开幕以后,就可以轻松潇洒了。卞容大总是以为,当会议与活动结束之后,他们就可以实施一些建设性的具体设想了。然而,严名家的会议与活动,永远都没有间断的时候,永远都没有实施具体的建设性设想的时候。有的会议与活动,都举行到俄罗斯去了。如此几年之后,卞容大恍然大悟:严名家们的工作就是会议与活动。会议与活动的实质内容就是游山与玩水。会议与活动的表面效果就是空泛的鼓噪与喧哗。卞容大勤奋的工作,就是为严名家的游山玩水跑腿和擦屁股。

汪琪告诉卞容大:社会上有人把他们单位称为玻璃吹牛协会。

汪琪的肚子大起来的时候,把卞容大吓了一大跳,这个年轻文秘的肚子怎么像怀孕一样鼓起来了?原来,汪琪正是怀孕了。汪琪不声不响地结婚了。单位的人没有吃喜酒,没有凑份子送礼物,没有人去闹洞房。作为办公室主任的卞容大十分抱歉,这是组织对个人的严重忽略和失礼。汪琪说:"我结婚你道什么歉?"汪琪说:"严书记一天到晚在外面出差开会,你们几个干部一天到晚在参加活动或者举办活动,神仙都不在庙里,和尚们还念经?谁还关心你结婚不结婚?我又不是傻子,还劳心费神地去告诉每一个人:我要结婚了。"

卞容大说:"再怎么说,结婚是大喜事啊!记得我结婚的那年,我们单位的同事从武昌赶过汉口来,公共汽车坏在六渡桥了,大家一直走到我们家,步行了一个多小时,我们也一直等着,大家来了我们才举行典礼。那个热闹啊!那是终生难忘的啊!"

汪琪说:"卞主任啊,醒醒吧。像这种干耗国家财政的单位,不是我乌鸦嘴,说话晦气——迟早要散伙的!"

汪琪只有对卞容大说话,才这么犀利,这么刻薄,这么直接,这么恶毒和这么客观。也正是因为汪琪能够对卞容大这么信任与坦率,卞容大才把她引为心灵密友的。他们说这番话的那天,是下班的时候,窗外大雨滂沱。汪琪站在卞容大身边,背着手,随意地腆着她微微凸起的小腹,悠闲地等待大雨变小。当大雨迟迟不肯变小的时候,汪琪就回到她的办公桌前玩电脑去了。只有卞容大依然站立在窗前,看着大雨。汪琪答答答的打字声仿佛是雨的节奏,这节奏很快就把汪琪带进了网络交流,把卞容大带进的却是比表面现象更为幽深的过去现在和未来。卞容大一下子看不见他的事业了。蒋武汉那"再度辉煌"的激励声言犹在耳,卞容大却无法感知何谓辉煌了!是的,卞容大只得承认,现在的玻璃吹制协会只是一个消耗国家财政的空皮囊。会议与活动只是严名家个人的享乐与政绩。群众的人心散了,近年来,这个单位没有婚礼了,没有新生儿的哭啼了,没有大家一起去替哪位职工搬家了,没有聚集在东北老同志家里包饺子了，没有谁记得分发避孕套了。如今，这个城市的街道变得如此陌生。在大街上和公共汽车里，再也难得遇见熟人。一天跑出去两趟，人就会倍感疲劳。当年的通讯员朋友们，早已风流云散。多情的长裙，不知何时凝固了它的飘拂。

生命在照常行进，儿子每天都在长高，卞容大会在忽然之间，一阵头重脚轻，或者，会忽然一阵阵地焦虑和恐慌。不，不仅仅是怀旧或者失意，不仅仅是报纸上每天都有杀人越货和高官腐败的故事发生，不仅仅是物质生活在发生巨大的变化，卞容大是一个坚强的男人，从他祖父挑着一担鱼虾进城到现在，他们卞家男人最大的优点就是富于现实感。如果不是特别富于现实感，卞容大不可能老老实实地在科协系统工作这么多年，也不可能踏踏实实地守候七年，战胜黄新蕾的习惯性流产，生育他们的儿子。现在是怎么哪？似乎是花开花落春种秋收的秩序被打乱了。似乎是一个不可以遗忘的约会被遗忘了。出发预知不了抵达。抚慰关怀不到痛痒。卞容大正是年富力强的人生阶段，他怎么就没有把握了？他的左手，会突然变得软绵绵，怎么用力也握不紧拳头。卞容大要怎么做，才能够与预期的感觉会合？才能够每一天都结结实实地入梦，松弛安详地醒来？

卞容大不知道。汪琪肯定也不知道。汪琪还太年轻了。年轻的汪琪心情烦躁了，就会去网络上遨游。汪琪认为只要你进入了网络，全世界的人都能够安慰你。而卞容大的认识恰恰相反：全世界的人都能够安慰你，那就等于没有任何人可以安慰你。手指，脑袋，文字，打字时刻的内外环境，都能够一致吗？朋友，你那边也正好是滂沱大雨吗？当文字到达的时候，意义已经转变。只有面对面是最真实的。只有人与人的面对面，热气、呼吸、眼睛、睫毛，它们才会流露出真实的情绪。不用说话，不需要语言，需要安慰恰好遇上了需要给予安慰，只有这样的安慰，天然渠成，才能够真正驱除焦虑与恐慌。汪琪在打字，朝屏幕滥施微笑。她的这种微笑就安慰不了卞容大。所以，他们始终都无法成为情人，关系怎么好都只是停留在好友的程度上。黄新蕾用不着胡乱猜疑，更不用老是拎着她的那段人生格言对卞容大进行旁敲侧击。她以为男人骨子里头都是流氓，见了年轻漂亮的女人就爱之入骨，错了！大错特错了！男人的骨子里头还是男人！

对于健康女性的欣赏，是卞容大此生无法改变的情结。汪琪首先就是以她的健康姿容，引起卞容大的注意和惊喜的。汪琪到玻璃吹制协会上班的第一天，卞容大看着她从走廊的那端走过来。汪琪完全是一头结实的小野兽，走在杂技团那种有弹性的垫子上，她的脚步被轻盈地弹起，脚腕、小腿、屁股、胸部、肩膀，处处有劲。她的头发浓密乌黑，额头正中有一只发旋，翻起一股油亮的发浪。对于这股发浪，汪琪自己非常恼火，不停地用手去压迫它。而卞容大实在喜欢这股发浪，它自然、柔韧，随时随地张扬着青春与健康，对于男性尤其具有警示作用：女人还是健康的好！

"卞容大，好名字！"汪琪说："海纳百川，有容乃大；壁立千仞，无欲则刚。"

这是卞容大有生以来的第一次，他的名字没有被对方忽略或者不解，而是得到了直接的理解和赞赏。卞容大已经是一个成熟男人了，他倒没有被这种理解和赞赏感动得怎么样，让卞容大感动的是：汪琪具备这种理解与赞赏的能力。

汪琪是玻璃吹制协会带给卞容大的唯一"礼物"，也是玻璃吹制协会带给卞容大最后的遗憾和惆怅。女人可以是你的母亲、妻子、女儿和情人，最难得的是你的密友。密友是一点麻烦都没有的朋友。玻璃吹制协会解散之后，卞容大的手机就关闭了。卞容大一直没有给汪琪电话。汪琪也就一直没有给卞容大电话。他们在互相等待。他们在等待最难受的时刻过去。等待那个他们能够面对面进行安慰的时候的到来。

直到卞容大去欧佳宝化妆品公司做了面试之后，他才给汪琪打了电话。对未来的新工作，卞容大有了一定的把握。他想他可能要远离武汉了。他想他和汪琪见面聊聊的时刻到了。卞容大去的电话，显然正是汪琪的期待。她的喜出望外，从简单的一个"喂"字里，就完全听得出来。在彼此问安之后，卞容大邀请汪琪晚上出来喝杯咖啡。汪琪说："好啊。"卞容大说："皇家百慕大。"汪琪沉吟了一刻，还是说："好啊。"汪琪一定想说"不用去那么昂贵的咖啡馆吧"，但是她一定害怕自己的话刺伤了一个失业者的自尊。人的处境一旦不同，就要注意分寸了。汪琪也在长大，单纯在渐渐消失。卞容大觉得这也算是一件好事。

皇家百慕大，无论作为咖啡馆或者别的什么店铺的名字，都是很奇怪的。卞容大不知道皇家百慕大是什么意思，但是知道它是本市最时尚最潮流最昂贵的咖啡馆，卞容大选择它的意义就在这里。有时候，环境逼得人只有屈服于庸俗的选择：价格代表我的心。卞容大想：能够昂贵到哪里去？不就是一杯咖啡吗？

卞容大与汪琪，不是第一次在一起喝咖啡了。他们在同一个单位,许多次会议和活动,晚上都是要去喝喝咖啡的。但是,以往都是公款,以往都还有别的人在座。对他们两人来说,完全彻底地单独两个人出来喝咖啡,这还是第一次。世界的大小是不一样的,多一个人,少一个人,那都是新的世界。卞容大和汪琪,的确进入了一个新世界。他们对坐着。笑笑,又不笑了。深绿色的格子桌布,燃烧的红烛,鲜艳的玫瑰,还有一架作为艺术品的古老座钟,座钟还在正常走动,发条的声音像音乐。这架古旧发黄的座钟,倒是非常能够宽慰人:不要怕老,也不要怕旧,只要熬到一定的时间,仅仅因为古旧便又会身价百倍。咖啡很香。主要是从他人杯子里飘过来的味道香。卞容大为汪琪点了几碟干果小吃。汪琪变得客气起来,说:"不要了,不要了。"关于从前的单位,他们提了提,又欲说还休了。确实,关于玻璃吹制协会,再也无话可说了。说起严名家,两人都难免生气。可是,这个人还值得他们花这么贵的钱,来生他的气吗?你的家庭怎么样?我的家庭怎么样?这是最俗气的话题了,家家都有一本难念的经,没法和别人谈的。家庭这个东西,最不适合朋友之间谈论,谈不到实质上去,只能隔着实质去感慨,而感慨又有什么用呢?他们对坐,忽然无话,都惶然起来。咖啡喝了一杯又一杯。汪琪拼命去压她的发旋。她紧张。她用没有感情色彩的声音回答说,她的新工作还可以。她怕卞容大难过。她以为卞容大这种年纪不太好找合适的工作。卞容大赶紧告诉汪琪,说他大概可以算是找到工作了。汪琪赶紧问:"什么工作?"卞容大刚要出口说:欧佳宝化妆品公司。他又把话吞回去了。本来,卞容大想逗汪琪开心。如果他告诉她欧佳宝化妆品公司,汪琪一定忍俊不禁,因为汪琪不知道欧佳宝公司的意图是什么,而从来不使用和关心化妆品的卞容大又能够做什么工作?话到嘴边,卞容大还是决定不说了。他忽然又觉得一阵恐慌袭来,很有把握的事情,变得又没有把握了。欧佳宝,东方青苔,西藏,八千元的月工资,另加一千元高原补贴。真实吗?不真实。无论咫尺还是天涯,都很虚幻。如果一个男人无法胸有成竹,那么最好还是闭嘴!汪琪没有追问卞容大。汪琪用一种虚无的态度观赏了一下座钟,然后说:"我们唱歌吧。"

卞容大说:"你知道我不会唱歌。"

汪琪沮丧地说:"我也不会。我五音不全。"又说:"可我想试试自己的勇气,看看我能不能把做不到的事情也当礼物送给你。"可爱的汪琪,总是可以偶然蹦出非常可爱的话来。

卞容大笑笑说:"那就去吧。"

汪琪又压了压额头的发旋,腾地站起来,走上了歌台,拿起了麦克。汪琪拿起麦克,放在唇边,又像要吃它又像要亲它,良久,汪琪叹了一口气,放下麦克,跑下来了。"对不起,"汪琪说:"我还是做不到。"

凡事都有一个时间限度,他们该离开咖啡馆了。"还是我来买单吧。"汪琪说:"你是老大哥,平日给我的照顾多了,今天很高兴,我们就不讲谁请谁了。"

卞容大生气地横了汪琪一眼,难道卞容大就真的这么寒酸,真的这么需要同情吗?

汪琪连忙说:"好吧好吧,你买单。你这个人就是这个样子。"

可是,卞容大出丑了,他掏尽了口袋里所有的钱,还是差那么一点点。卞容大以为,不就是喝个咖啡吗?他真是没有想到，一小碟瓜子，都是五十元。一般咖啡店，也就是五元了。面对皇家百慕大的账单，卞容大完全没有谱了。物价局是怎么批准一小碟瓜子卖五十元的呢？卞容大想不通。现在的消费完全没有谱了。现在的什么都没有谱了。你无法安心，无法享受，无法获得依据。瓜子就是瓜子啊，总还不是金子吧？

汪琪却不想与账单较劲。她说："没事没事！他们就是这么贵的。"汪琪若无其事地帮上了缺额。两人出来，卞容大这才发现汪琪有车。她是自己驾车来的。真是士别三日，当刮目相看，不过两个来月，汪琪就学会开车并且拥有私人小车了。这是一辆崭新的银色富康。汪琪低调地说是她先生送给她的生日礼物，其实用的是银行的钱，分期付款，现在每月都得供车，其实受累得很。汪琪要送卞容大送回家。卞容大执意不允。卞容大心里认为还是男人送女人比较合适，比较安全，比较放心，也比较有美感。但是此时此刻此时代，卞容大送不了女朋友了，卞容大别扭着，没有一个好脸色。汪琪了解卞容大，她只好先走了。是卞容大为汪琪拉开的车门和关上的车门。在关上车门之前，卞容大还是告诉了汪琪一句他早几年就想说的话："汪琪呀，你知道你最出彩的地方在哪里吗？在额头——你的发旋，漂亮极了！"

汪琪的回答张口就来："谢谢！"

卞容大失望极了。这是一般女人回答一般男人的一般性恭维的。卞容大不是一般的恭维，是按捺了几年的心窝子里的话，汪琪不可以这么冒失，不可以这么流俗。

汪琪不可以这么冒失。瓜子也不能够这么昂贵。聊天也不能够这么敏感和拘谨。卞容大口袋里也不能够只带三百元钱。

今天晚上有多少暗暗的失望啊，生活怎么就悄悄地偷换了约会的主题呢？

卞容大站在公共汽车站，急促地抽了几口香烟，又把它碾灭了。他刚刚登上公共汽车，就发现自己其实没有车钱了。他立刻装出忘记了包包的样子，说："对不起，对不起，我把包包丢在皇家百慕大了。"可是包包分明就被卞容大夹在胳膊弯里。还好，司机懒得奚落他。卞容大步行回家，走了一个多小时，到家的时间已经是凌晨一点多了。

黄新蕾没有睡着，也不问什么，只是拿眼睛斜看着卞容大，意思分明是请他自己说话。卞容大气呼呼地说："怎么哪？一个男人，偶尔和朋友玩得晚一点，不行吗？现在有多少男人，玩得彻夜不回家？我还要怎么的？啊？今天晚上，心情不好，和几个朋友泡咖啡馆了。瞎聊了一番。就这样。你认为我交代清楚了吗？我可以上床睡觉了吗？"

黄新蕾冷冷地说："怎么火气这么大呢？又没有人说你什么，你还强词夺理？"

黄新蕾说完，紧闭眼睛和嘴巴，身体窝成一团，表示她的厌战。卞容大提着睡裤——睡裤的皮筋断了，为自己的虚张声势感到了羞愧。几个朋友。几个。你怎么不敢说一个。一个，年轻女性，汪琪。他和汪琪什么都没有，为什么就不敢坦率地说呢？

不过，算了，好在今天真的过去了，明天的太阳肯定是新的！这句话看起来好像是格言，其实不是，它就是一个简单的客观事实。关键时刻，还是要靠简单的客观事实来支撑在梦幻中的失意之人。

结语

很简单,卞容大找到了工作。欧佳宝化妆品公司聘用了他。得知这个消息的人,全都会把眼睛大大地睁一下。卞容大不想解释。这只能说明人们思想的僵化和认识的局限。化妆品就一定只能与油头粉面的俊男靓女有关系吗?

"很简单"是卞容大应付大家好奇追问的最简略答词。事情当然不那么简单,不过肯定也算不上复杂,是另外的一种方式。对于卞容大来说,好像做了一次游戏。游戏,这个词找得准确,就是游戏。通过这次见工,卞容大对游戏已经有了崭新的看法。游戏的骨子里头其实是非常严肃的。玩得好的人需要高智商,幽默感,真正的超然精神和义无反顾的勇气。

现在可以承认了,玻璃吹制协会解散的那一天,卞容大被一闷棍打蒙了。他行若无事地离开办公室,那是装出来的。接下来三天,他行若无事地去江边看水,也是装出来的。卞容大不是故意地装,是本能地装。男人嘛,被打倒之后的第一个本能反应就是要装出自己没有被打倒。应该说，要谢谢那位清洁女工，是超市的遭遇及时地提醒了卞容大：生存的重要性超过一切！因为，卞容大不仅是为自己的生存而生存，他更要为他的血缘至亲们而生存。经过了几天的痛苦思索，卞容大放下了自己的身份和面子，放下了与严名家的过节，出去寻找工作了。在出门之前，卞容大做了认真细致的准备，他用上好的电脑打印纸，不褪色的蓝黑墨水，亲手书写了自己的简历。现在人们都使用打印的材料，用人单位无法从打印件上看出更多的个性与才气来。卞容大的钢笔字是相当漂亮的，小时候他在父亲的严格监督之下，苦练了一手正宗的行书。可是，卞容大那字帖一般漂亮的简历，出门之后，竟然屡次受到漠视。有的招聘人员接过卞容大的简历，心不在焉地扫了一眼，就把简历还给他。有的招聘人员，根本就不伸手去接卞容大郑重其事递上去的表格，只是示意他自己取表格去填写。对于卞容大递上简历时候的暗示表情，有的招聘人员木然地回避开去；有的招聘人员，尤其是女人，还会受了侮辱一般地反击说："你有毛病啊！"。遇上卞容大情绪好的时候，他会对忽略他简历的人进行富有暗示意义的解释，他说："这是我的简历。"对方却警惕地后退几步，说："知道了。放下吧。"卞容大当然不愿意把他认认真真亲笔手写的简历放在那些简陋肮脏的临时围栏上。无论是在人山人海，彩旗飘飘的再就业赶集大会，还是在挂满红色横幅标语，号称自己求贤若渴的人才超市，卞容大都没有获得应有的重视和尊重。这种场合，经历了几次以后，卞容大才明白，所有这些单位和企业，并不是真正在招聘可用人才，是在借举办这种大型活动的机会，展览、表现和广告自己的产品，因此他们不会认真接待卞容大，他们尽凑着电视采访镜头，追着视察的省市领导握手，虚假热情地敷衍大家。卞容大是干什么出身的？他还不懂这一套吗？什么都搞活动，什么都来虚假的，这不是害人吗？卞容大只好彻底地抹下面子，去朋友那儿找出路。本来，卞容大是特别不愿意让朋友知道他混得这么栽的，但是，看来只有朋友才了解卞容大的人品，才气和工作能力。朋友相见，那自然是不同，高兴啊！握手，欢笑，请坐，沏茶。可是，当卞容大吞吞吐吐地说明来意之后，朋友的神情黯淡了。

朋友说："容大，我们去吃饭，好吧？我请，好吧？咱们哥俩痛痛快快喝一次，好吧？别的就不说了，好吧？你有才气，我知道，你有经验，我知道，你会写文章，我也知道。哥们只是推心置腹告诉你一句话，你四十一岁了，在适合你的工作岗位上，现在都是二三十岁的年轻人了，所以说：不管白猫黑猫，过了四十就是老猫。现在什么是硬道理？年轻就是硬道理。残酷吧？可这就是现实！"

去新世纪饭店，是卞容大最后一次见朋友。还是因为朋友首先打来了电话，很客气地请卞容大去坐坐，想卞容大帮他策划一下他们企业报的栏目。是不是机会来了呢？新世纪饭店四星级，豪华气派，是一家集饭店、旅游、餐饮、娱乐于一体的集团公司，卞容大的朋友在这个公司主编一份企业报。说实在的，这个朋友当年的情书，都请卞容大帮忙代写，就他的文才，能够办出什么好报纸来？如果卞容大加盟了，那不是吹牛，这份报纸的文学品位立刻会大大提高。

不难想见的是，卞容大的幻想再次受挫。朋友自己都是泥菩萨过江了，公司董事会对这份报纸的存在产生了重大分歧，朋友希望竭尽全力，隆重推出精彩一版，竭力歌颂各位董事，以求打动董事会某些只看见金钱，看不见文化的经济动物！朋友诉说的时候，急得快要哭了。如果朋友失去工作，他那患肾炎的女儿的医疗费怎么办？卞容大见状，差点晕过去，但是他还是硬撑着，闭口不谈自己的困境，尽力替朋友出谋划策了一番。朋友请卞容大吃的是公司免费供应的盒饭，朋友自己买了几瓶啤酒，哥俩就着盒饭喝了一通啤酒，卞容大没有再说一句话，只是频频地上厕所。上厕所的自由总归还是可以享受的吧？

就是在卞容大踉踉跄跄推开大堂的旋转门，准备离开新世纪饭店的时候，偶然看见了欧佳宝化妆品公司竖立在大堂的招聘启事。启示写得简单务实：法国欧佳宝公司，现在正在本饭店二楼举办最新系列化妆品展示会并招聘东方青苔系列化妆品开发与研究的工作人员，敬请光临！忽然，卞容大被推到一边，旋转门里拥出一群年轻人，男男女女，他们穿着牛仔裤、黑夹克、名牌旅游鞋，身挎时尚背包，头发在风中劲舞，一片黑色与黄色，他们指点着招聘启事，说说笑笑奔二楼而去。卞容大借着酒劲，想：世界是你们的吗？世界是你们的，也是我们的！卞容大一生气，也就奔上了二楼。

二楼香氛弥漫。接待小姐西装革履，轻言细语，礼貌周全。偶尔有拿着资料的法国人进进出出。应聘的年轻人们自觉地排着长队领取表格。沿着墙壁的地毯上，坐满了正在填写表格的年轻人。都是年轻人！年轻人表格上写的字，却都比他们漂亮的相貌要丑陋得多。卞容大想给自己寻一点开心了。他想：我很老，但是我的字很年轻漂亮。卞容大有一点为老不尊地与接待小姐开玩笑，说："我可以为我的儿子领一张表格吗？"这是一位富有幽默感的女孩子，她说："当然，您还可以为您自己领一张表格。在我们欧佳宝公司，机会朝所有愿意竞争的人才敞开。"两个月来，倍遭拒绝、戏弄和冷淡的卞容大，恨不能跑上去亲吻一下这个女孩子的额头，但是，中国的礼节是不允许这样的。卞容大便把他的感激之情，表达在了女孩子递给他的表格上。他格外来劲地填写了简单的表格。他把钢笔字写得十分工整漂亮。卞容大将表格递过去的时候，继续调侃说："我主要是想展示一下我的字。"女孩子端详着卞容大的表格，惊呆了，说："哇！"

卞容大今天就是想开开心了。他除了字是认真写的，其他的都是即兴发挥。出生地：西藏拉萨。年龄：三十八岁。专长：策划、规划、组织、书写、书法、文学、运动、思想、鉴赏。已有业绩：发表文学作品若干。创建玻璃吹制协会七年。成功策划与组织研究玻璃艺术会议以及鉴赏玻璃艺术品活动上千次。工作获得上级主管部门奖励上千次。是武汉市劳动模范以及团省委号召青年人学习的标兵。

卞容大为什么要让自己出生在西藏呢？很简单，现在他厌恶武汉。因为可爱的女孩子桌面上，一根点燃的线香下面有注明：东方青苔之香。东方青苔：来自西藏寺庙的青苔。卞容大喜欢"来自西藏的青苔"这句话。卞容大真真假假，假假真真，把自己变成了另外一个小自己三岁的卞容大。因为他希望自己小三岁。开个玩笑嘛，何必当真。

女孩子说了"哇"之后,并没有一笑了之。她请卞容大稍等,自己拿起卞容大的表格,去找一个法国老头了。卞容大的心,突然地,开始别别别地跳动起来,他发现自己正在应聘呢!他预感自己大概是他们的合适人选!就在一瞬间,卞容大完全清醒了,一点酒意都没有了。他严肃地伫立着,希望有机会向如此和蔼可亲的认真办事的女孩子道歉和说明原委。一会儿,法国老头随着女孩子过来了。法国老头比卞容大更加严肃,他问卞容大:"你能够为你表格上所填写的一切提供证明吗?"法国老头身后的女孩子,满眼期待地盯着卞容大,一心要证实她的工作能力:她为公司找到了宝贝。卞容大无法道歉和说明原委了,他只得背水一战。卞容大反问:"如果我能够呢?"

法国老头简单地说:"那就请你带着证明材料来参加面试。"

卞容大果敢地回答:"OK!"

卞容大忽然发现自己还会洋腔洋调地说什么"OK",这是他从来也不曾想到的。

女孩子笑了,笑得像太阳。笑得卞容大心里暖洋洋。

卞容大给擦鞋女人的丈夫打了呼机。三天之内,卞容大的新证件一应俱全,天衣无缝。同时卞容大还借朋友的一个公司,调出了自己存放在再就业中心的个人档案,也重新制造了一份。对于有十几年办公室行政工作经验的卞容大,这一切都不难办。平日卞容大在办公室听到的社会流行民谣,现在居然被他一一实践着。

法国欧佳宝化妆品公司,进入中国市场已经十余年了。在中国市场,他们发现了巨大的消费潜力。于是,欧佳宝公司根据中国消费者的特点,不断推出新的化妆品系列。这一次,欧佳宝将要推出的是"东方青苔"系列。"东方青苔"系列，品质格外细腻，为皮肤细腻的东方女性和渴望皮肤变得细腻的全球女性，特意研制生产。清雅幽深的香型，采集于西藏寺庙的青苔，为优雅高贵，超脱淡远的女性所特意研制。现在，欧佳宝公司需要一位能够适应西藏气候职员，去西藏专门从事寺庙青苔的采集和研究。该职员在西藏采集寺庙青苔的工作状态，会被真实地摄像和拍照，因此这位男子除了富有工作经验之外，最好还有一张典型的中国男人的脸：轮廓模糊，皮肤黝黑，小眼睛，神态漠然，目光里时时闪现狡黠的智慧光芒。照片将使用在"东方青苔"的产品推荐书和说明书中，专用于公司的全球市场开拓部。公司给予的条件是：公司提供该职员在西藏的住宿，工作服装以及工作午餐，月薪八千元，高原补贴一千元，每年休假两次。

卞容大正是轮廓模糊，皮肤黝黑，小眼睛，神态漠然，目光里时时闪现狡黠的智慧光芒。并且人还没有去西藏，额头就已经皱纹累累，饱经风霜。

"OK？"法国老头问。

卞容大说："OK。"

法国老头说："你被录用了。"

卞容大的最初动机就是游戏一番，可是游戏就这样证明了它的真实性和严肃性。

很简单。卞容大下岗了，又找到工作了。他要上班去了。卞容大与欧佳宝公司正式签订合同之后，黄新蕾哭了。她说："你哪里是什么西藏人！你怎么就知道你的身体适应高原气候？

那么远，那么苦，我们不要挣这个钱了！"卞容大没有说话，只是拍拍她的手。卞容大知道黄新蕾也只是这样说说的，表示心疼自己的男人。一年就可以挣十来万，多好的机会，谁愿意真的放弃？黄新蕾一边说还是一边积极地为卞容大准备着行装。

卞容大临行的前夜，黄新蕾变得惴惴不安，这里坐坐，那里站站，说是去拿毛巾，结果拎出了抹布。儿子得知爸爸要远行，去西藏工作挣钱，怎么忽然就懂事了，他晚上没有提出看电视的要求，与卞容大打闹说笑了一阵之后，就去写作业了。黄新蕾再次地清点了卞容大的行装。卞容大也围着自己的行囊转了几个圈，又想起了一些遗漏的小东西，比如指甲钳子，挖耳勺之类的。之后，夫妻俩坐在沙发上，目中无物地看着电视，商量了一些家常的事情。无非是马桶坏了，冰箱好像不制冷了，楼上人家的卫生间又在往他们家漏水了，这个月的电话费发生了奇怪的国际长途，得去电信局交涉了，儿子卞浩瀚的疝气该动手术了，据说现在一住院就是几千块钱，卞婉容也生病住院了，卞师傅来电话借钱了，还是得给儿子请一个家教了，等等。黄新蕾唉声叹气，说：如今条条蛇都咬人啊。卞容大苦涩着脸，但他还是温和地拍了拍妻子的手。夜也深了。儿子却还在写作业。夫妻俩无法单独相处，无法有亲密动作；按说应该有，不然彼此都觉得对不起对方，都觉得不太符合人情。卞容大过去，摸了摸儿子的头，说："卞浩瀚同学，该睡觉了。"可是，儿子坚决地说："我不困，我还可以学习。"夫妻俩闻声，互相对了一个眼神，又很快把目光飘走了，两个人都还是觉得应该表扬和鼓励儿子这种罕见的学习精神。儿子获得了表扬和鼓励，更加憋足劲头，要表现给爸爸看一看。夫妻俩无奈地又呆看了一会儿电视。好不容易，他们才等到了儿子上床睡觉。卞容大先去洗澡。等他洗澡出来，黄新蕾已经在打瞌睡。她歉意地揉揉眼睛，赶紧起身，说："我去洗澡。洗了澡就好了。"

在黄新蕾洗澡的时候，卞容大看起了影碟，他酷爱战争片和灾难片。卞容大选择了一部美国电影，片名《黑鹰计划》，是根据真实事件改编拍摄的。这是一九九三年的索马里，联合国维和部队的特种兵遭遇了一场艰苦卓绝狼狈不堪的地面战。影片的许多镜头，是按新闻纪录片的方式拍摄的，且不说战争是多么可怕和残忍，单看索马里人的饥饿与贫穷，就足以使卞容大毛骨悚然。饿死的黑人一排一排的，他们的脚杆子，枯瘦如柴，苍蝇在他们无法瞑目的眼珠上嗡嗡嘤嘤，母亲的奶头干瘪地吊在胸前，婴儿因为吸不出奶水而绝望地哭泣。联合国的飞机空投着食品，地面的黑人奔跑抢夺，互相厮杀，命若草芥。

"太可怕了！"卞容大嗫嚅。黄新蕾从卫生间出来，注视着丈夫。卞容大却入神了，他直直地盯着电影，对妻子说："快来看，真是太可怕了！"

黄新蕾没有过来，她说："你说什么呢？"

"索马里！"卞容大说："索马里人民过的是什么生活啊！"

黄新蕾还是没有过来，她继续注视着为索马里人民犯愁的丈夫，丈夫明天清早就要远行，今天的深夜却被美国好莱坞的一部战争片迷住了。

卞容大忘情了。他被索马里吓住了。索马里人民的苦难真是触目惊心！战争与饥饿真是残忍可怕！人类的生命居然可以是如此地卑贱和肮脏！怎么会是这样的呢？人类之中的有一些人,难道是没有理智的疯子?

卞容大陷入深深的迷惑,他几乎是自言自语地说:"来看,来,快看看!"

黄新蕾停顿了半响,才说出一句话来:"看看你自己吧!"

卞容大没有理会妻子的话,或者说没有听见妻子的话,因为黑鹰被击中了!正冒着黑烟往下栽,所有仪表盘的红色警示灯纷纷闪烁,呜呜叫唤,飞机剧烈颤抖,东倒西歪,时间像闪电一样飞掠而过,世界末日逼近飞行员,一个具有血肉之躯的男人被恐惧撕裂着,这是何等的恐怖啊!这种恐怖的观赏性是何等强烈抓人啊!卞容大情不自禁地握紧双拳,叫道:"我的天啊!我的天啊!"

黄新蕾始终没有理会电视,她靠在卧室的房门边,一直注视和等待着丈夫。一个耐心的等待阶段悄然过去了。黄新蕾尽到了她的职责,她可以问心无愧地上床睡觉了。一个男人,作为丈夫,总不能让女人跑过来强行地拉他吧?作为妻子的女人,那是应该有妻子的自尊的。何况黄新蕾最近一段时间根本没有情绪,她丝毫不觉得自己有性的需要;她是在尽妻子的义务,纯粹是奉献,她是一个通情达理的女人。人人都认为黄新蕾通情达理,善于隐忍,卞容大应该了解自己的妻子。今天夜晚,卞容大更应该尊重和体贴自己的妻子,把眼睛从血肉横飞的战争场面上转过来!卞容大无法转动他的眼睛了,电视屏幕上枪炮齐鸣,血肉横飞;密密麻麻的索马里人欢呼着,举着刀枪和木棍,涌向黑鹰的残骸。美国飞行员,在冒烟的机舱里,拖着断腿,露出极端恐惧与绝望的神色。黄新蕾同样眼露绝望,独自退进卧室,轻轻关上了房门。

电影结束了。卞容大再去看他的妻子，黄新蕾不见了。卞容大很遗憾。他一直都以为黄新蕾会过来，坐在他身边，与他一同观看电影，这哪里是电影，简直就是苦难和战争的真实展现！然后他们议论电影，大发感慨，怀着感恩之心，感谢造物主没有把他们造成索马里人，作为中国人，已经多年没有饥饿与战争了，这就是天大的幸福啊！于是，他们拥抱在一起，共同感受和平与温饱的幸福。宏观的幸福在他们的互相抚摸之下，渐渐渗透到两个人的具体幸福之中来，离别之苦，将变得轻描淡写；到远方去工作，那是天经地义的事情。远行的前夜，将给卞容大留下长久的留恋和回味。但是，黄新蕾独自去睡觉了。

卞容大心潮难平。他靠在沙发上，吸上烟，让自己慢慢平静下来。卞容大平静下来之后，听到了从里间传来的轻微鼾声和磨牙声。儿子在磨牙。鼾声是黄新蕾的。她睡着了。卞容大明天要远行，今夜，他的妻子居然睡着了。不过无论如何，比起索马里人民来，卞容大认为自己应该有满足感。黄新蕾的健康状况太差了，能够这么安然地多人睡是很好的事情。大家不都是说男靠吃女靠睡吗？让她睡吧。女人还是健康的好。黄新蕾健康一些，卞容大在西藏就少一些牵挂和担心。很好！卞容大吸完了一支香烟之后，进了卫生间。他轻轻地插紧卫生间的房门，坐在马桶盖上，开始摩挲自己。他在卫生间扭动和痉挛着，跳着男人最隐秘的舞蹈。最后一刻，当他控制不住，要发出叫唤的时候，他握紧了左手，死死握紧。卞容大还是成功地保持了高贵的沉默。可也就是在这一刻，他厌恶了自己所谓高贵的沉默。明天他不想再这样了。明天他也不会再这样了。前路是莫测的,他也不知道自己去西藏会怎么样。但他知道,那并不重要。卞容大变了。卞容大已经暗暗地转换成另外的状态了。卞容大将留下从前的卞容大,一个脱胎换骨的卞容大即将远行。远行是男人永远的诱惑,没有什么能够拴住他们的心。从前的卞容大,恐怕再也回不来了。

卞容大在心里问自己:"肯定回不来了吗?"

卞容大听见自己坚定地回答了一个字:"嗯。"